Die Fundgrube

Eugène Fromentin

DOMINIQUE

Winkler-Verlag München

Vollständige Ausgabe, aus dem Französischen übertragen und mit einem Nachwort versehen von Ludwig Wolde

Nr. 25

Verlegt 1966 im Winkler-Verlag München. Schutzumschlag: Else Driessen
Gesamtherstellung: Graphischer Großbetrieb Friedrich Pustet, Regensburg
Printed in Germany

An Frau George Sand

Hier ist das kleine Werk, das Sie gelesen haben. Zu meinem Leidwesen muß ich es ohne Änderungen herausgeben, das heißt mit allem Ungenügen, aus dem hervorgeht, daß es nichts ist als ein Versuch. Seine Mängel sind meinem Dafürhalten nach unausrottbar. Sobald ich mich bemühe, sie auszumerzen, sehe ich ein, daß ich mich damit begnügen muß, sie festzustellen. Wäre das Buch besser geworden, würde es mich glücklich machen, es Ihnen zuzueignen. Aber, wie es nun einmal ist, bitte ich Sie, Ihrem unbedeutendsten Freunde zu vergeben, gnädige Frau, wenn er es der Obhut eines Namens empfiehlt, der ihm schon einmal geholfen hat und für den seine Bewunderung nicht geringer ist als seine Dankbarkeit und Verehrung.

Paris, im November 1862 Eugène Fromentin

I

»Ich habe keine Veranlassung zu klagen«, sagte der Mann, dessen vertrauliche Mitteilungen ich in der simplen Erzählung wiedergeben werde, die jetzt beginnt und die nicht eben viel von dem hat, was man gemeinhin einen Roman nennt. »Denn gottlob bedeute ich heute nichts mehr, ja ich behaupte, daß ich immer ohne Bedeutung gewesen bin. Trotzdem wünsche ich manchem Ehrgeizigen, daß es ihm ergehen möchte wie mir. Ich habe Sicherheit und Ruhe gewonnen, und das ist mehr wert als alle zweifelhaften Hoffnungen. Ich habe mich mit mir selbst abgefunden; und niemand dürfte imstande sein, dem Unmöglichen einen größeren Sieg zu entreißen. Früher habe ich keinem genützt; heute nütze ich ein paar Menschen, und damit hat mein Leben, an das man allerhand Erwartungen geknüpft hat, ein Ziel erreicht, auf das man am wenigsten gefaßt war. Ich habe mich zu Anspruchslosigkeit, Umsicht und Gelassenheit durchgerungen; und damit entfällt für mich jeder Anlaß zur Klage. Ich habe mich in der Welt eingerichtet, und zwar so eingerichtet, wie es meinen Wünschen und meinen Gaben nach am besten ist. Ich führe ein ländliches Dasein, und eben das Ländliche steht mir nicht schlecht an. Ich habe mein Leben beschnitten, wie man Bäume von niedrigem Wuchs beschneidet. Es ist also weder prächtig noch reizvoll noch auffallend; und wer es kennenlernen will, muß es aus der Nähe betrachten. Dafür wird es um so tiefere Wurzeln schlagen und um so weitere Schatten werfen. Für drei Geschöpfe habe ich zu sorgen. An sie binden mich genaue Pflichten, eine Opferbereitschaft, die niemals drückend ist, und eine Zuneigung, die weder Enttäuschung noch Schmerz je zu trüben vermögen. Es ist eine Aufgabe, deren Erfüllung keine Schwierigkeiten bereitet. Und wenn es wahr ist, daß man das Ziel alles menschlichen Seins weniger in einem lärmenden Erfolg als im Weitergeben des Lebens zu sehen hat, wenn das Heil im Ausgleich von Wollen und Können besteht, dann wandle ich auf den Pfaden der Weisheit so sicher wie nur einer, und Sie können getrost bezeugen, daß Sie in mir einem glücklichen Menschen begegnet sind.«

Übrigens ist er keineswegs so durchschnittlich, wie er behauptet. Jedenfalls hatte er die Provinz, in deren Entlegenheit er zurückgekehrt war, ehemals mit einem Schimmer von Berühmtheit verlassen. Trotzdem zählte er seiner Meinung nach zu den vielen Namenlosen, die er gern als »negative Größen« bezeichnete. Wenn jemand von seiner Jugend sprach und ihn an den Glanz erinnerte, der sie umstrahlt hatte, pflegte er zu erwidern, das bildeten die Leute oder er selber sich nur ein; er sei nie etwas Besonderes gewesen. Bewiesen werde das durch die Tatsache, daß er sich heute von der Allgemeinheit nicht unterscheide, was er übrigens als ein Wirken der ausgleichenden Gerechtigkeit begrüße, die ja stets alle Fehlurteile korrigiere. Bei diesem Gegenstand hielt er sich gerne länger auf und fügte etwa hinzu, es gebe wenig Menschen, die sich für ungewöhnlich halten dürften, und nichts sei so abgeschmackt, so unentschuldbar und überheblich, wie den Bevorzugten spielen zu wollen, wenn die entsprechenden Gaben nicht vorhanden wären. Wer danach trachte, mehr zu sein als seinesgleichen, betrüge meistens die Gesellschaft und kränke die Bescheidenen und Anspruchslosen. Sich ein Ansehen zu geben, das einem nicht gebühre, sei nichts anderes, als wenn man sich einen Titel zulege, der einem nicht zukomme. Übrigens laufe man dabei Gefahr, eines Tages beim Plündern des durchaus erschöpfbaren Vorrates an Auszeichnungen auf frischer Tat ertappt zu werden.

Es mag sein, daß er sich so klein machte, um jedem etwa aufsteigenden Gedanken und etwaigen neuen Klagen seiner Freunde vorzubeugen. Ich habe mich oft gefragt, ob er aufrichtig sei, und nicht recht glauben wollen, daß ein Geist wie der seine, der nach Vervollkommnung strebte, sich mit seinem Versagen wirklich so ganz habe abfinden können. Selbst der Ehrlichste hütet ja etliche geheime Schlupfwinkel; auch kann man auf mancherlei Art die

Wahrheit sagen. Eine so völlige Loslösung von allem Früheren, daß nicht noch ab und zu ein verstohlener Blick nach dem Verlorenen schielt, dürfte es nicht geben; und welches Herz vermag dafür einzustehen, daß sich nie ein Bedauern in einen Verzicht einschleicht, der nur von ihm abhängt, und daß es einem Vergessen, das nur die Zeit gewähren kann, nicht doch einmal untreu wird?

Aber, wie er sich auch einer Vergangenheit gegenüber verhalten mochte, die sich, wenigstens zu der Zeit, von der ich spreche, mit der Gegenwart nicht mehr vertrug: er hatte ein Maß von Selbstentäußerung und Weltabgewandtheit erreicht, das ihm völlig recht zu geben schien. Ich bediene mich daher auch nur seiner eigenen Worte, wenn ich ihn wie einen Nie-Genannten behandele. Es war, um seinen Ausdruck zu gebrauchen, so wenig aus ihm geworden, daß viele sich in ihm wiederfinden können; und deshalb brauche ich mich keines Mangels an Verschwiegenheit zu bezichtigen, wenn ich noch zu seinen Lebzeiten einen Menschen schildere, dessen Bild für manche ein Spiegel ist. Etwas hebt ihn indessen immer aus der Menge derer heraus, die ihm gleichen möchten; vor allem der seltene Mut zu ständiger Selbstprüfung und das schonungslose Urteil, mit dem er sich dem Durchschnitt zuzurechnen pflegte. Und trotzdem schien er oft von so geringem Gewicht, daß es fast gleichgültig ist, ob man von seinem vergangenen oder von seinem gegenwärtigen Leben redet.

Es war Herbst, als ich ihm zum ersten Male begegnete. Der Zufall wollte, daß ich seine Bekanntschaft in jener Jahreszeit machte, die er am meisten liebt und von der er am häufigsten spricht, vielleicht weil er in ihr den getreuesten Spiegel seiner selbst findet und in der heiteren Stille abgeklungenen Lebens am ehesten zum vollen Frieden gelangt. Oft hat er mir seitdem erklärt: »Ich bin ein Beispiel für gewisse unselige Beziehungen, die vollständig zu ergründen niemandem gelingt. Ich habe alles Erdenkliche getan, um nicht schwermütig zu werden; denn nichts ist, und zwar in jedem Alter und erst recht in dem meinen, so lächerlich wie Melancholie. Aber es gibt nun einmal Menschen, in deren

Geist so etwas wie ein Gewebe aus Trübsal allezeit bereit ist, ihr Wesen zu vergiften. Um so schlimmer für jeden, der in der Zeit der Oktobernebel zur Welt gekommen ist.« Bei diesen Worten lächelte er über die etwas gesuchte Redeweise, gleichzeitig aber auch über die ihm auferlegte Belastung, obschon er sie im Grunde als Demütigung empfand.

An jenem Tage jagte ich in der Nähe des Dorfes, das er bewohnte. Ich war erst am Abend zuvor gekommen, und zwar hatte es keinen anderen Anlaß gegeben als die Freundschaft zu meinem Gastgeber, dem Doktor . . ., der erst seit einigen Jahren in der Gegend ansässig war. Wir verließen gerade das Dorf, da erschien auf dem mit Reben bewachsenen Hang, der im Osten von Villeneuve die Fernsicht verschließt, gleichzeitig noch ein Jäger. Er bewegte sich gemächlich und glich eher einem Spaziergänger. Zwei große Vorstehhunde, ein Spaniel mit falbem Haar und ein Bracke mit schwarzem Fell, begleiteten ihn und durchstöberten das umliegende Weingelände. Das waren, wie ich später erfuhr, in der Regel die beiden einzigen Wesen, die er bei seinen fast täglichen Ausflügen als Gefährten zuließ; denn das Aufspüren des Wildes diente nur als Vorwand für eine tiefere Neigung, nämlich für den Wunsch, sich im Freien aufzuhalten, und vor allem für sein Bedürfnis nach Einsamkeit.

»Dort jagt Herr Dominique«, sagte der Doktor, der das übliche Gespann seines Nachbarn aus der Entfernung erkannte. Bald darauf hörten wir einen Schuß, und der Arzt meinte wieder: »Das ist Herr Dominique.« Der Mann jagte ungefähr im selben Gelände wie wir und beschrieb auch etwa den gleichen Kreis um Villeneuve, da der aus Osten kommende Wind und die fast unveränderlichen Lagerstätten des Wildes uns den Weg vorzeichneten. Solange es Tag war, verloren wir ihn kaum aus den Augen, und obschon uns ein Abstand von mehreren hundert Metern trennte, konnten wir sein Jagen beobachten, wie er das unsere hätte beobachten können. Das Land war eben, und von der kaum bewegten Luft wurden die Geräusche in dieser Jahreszeit so weit getragen, daß wir, als wir ihn nicht mehr sahen, jeden Knall aus seinem Rohr noch ganz deutlich hörten, ja ab und zu sogar den Klang seiner Stimme, wenn er die ausbrechenden Hunde rügte oder zurückpfiff. Allein, mochte es Zurückhaltung sein oder, wie ich nach einer Äußerung des Doktors vermutete, weil er wenig Gefallen an einem Jagen zu dritt fand: er, den der Arzt Herrn Dominique nannte, suchte unsere Begegnung erst gegen Abend. Da kam es dann zu einem an sich belanglosen Vorfall; und mit ihm begann unsere Freundschaft, die seitdem einen weiten Weg zurückgelegt hat. Ein junges Rebhuhn, das mein Hund aufgestöbert hatte, ging hoch, als wir etwa einen halben Fuß breit voneinander entfernt waren. Herr Dominique befand sich zur Linken, und das Rebhuhn schien die Richtung zu ihm zu nehmen.

»Die Reihe ist an Ihnen«, rief ich ihm zu. Während der kaum merklichen Frist, die verstrich, bevor er das Gewehr schulterte, beobachtete ich, daß er festzustellen suchte, ob der Doktor und ich nicht wirklich nahe genug waren, um schießen zu können; und erst als er sich vergewissert hatte, daß es für uns alle eine versäumte Gelegenheit bedeutete, wenn er sich nicht entschlösse, legte er rasch an und gab Feuer. Der Vogel wurde mitten im Fluge getroffen und schien sich eher selbst herabzustürzen als zu fallen. Als er auf dem harten Rebengelände aufprallte, gab es ein Geräusch wie von einem schweren Tier.

Es war ein Huhn von prächtigem Rot und auch sonst schön gefärbt. Schnabel und Ständer waren rot und hart wie Korallen. Die Krallen glichen denen eines Hofhahnes, und die Brust ihrer Breite nach der eines gut gefütterten Huhnes.

Herr Dominique trat auf mich zu und sagte: »Sie werden entschuldigen, daß ich zuerst geschossen habe, obschon Ihr Hund vorgestanden hat; doch mußte ich meiner Ansicht nach für Sie eintreten, weil wir sonst ein außergewöhnlich schönes und hierzulande seltenes Exemplar eingebüßt hätten. Es steht Ihnen zu. Ich würde mir nicht erlauben, es Ihnen anzubieten; ich gebe es dem zurück, dem es gehört.«

Er fügte noch einige verbindliche Worte hinzu, die mich vollends entwaffneten. Dann nahm ich die Gabe an, die ich seiner Höflichkeit zu verdanken hatte.

Er war ein Mann von jugendlichem Aussehen, obschon er damals die Vierzig überschritten hatte, ziemlich groß, braungebrannt und ein wenig nachlässig in der Haltung. Der ruhige Ausdruck seiner Züge, die gemessene Redeweise und das unauffällige Benehmen ermangelten weder des Ernstes noch der Liebenswürdigkeit. Er trug Bluse und Gamaschen eines ländlichen Jägers. Auf Wohlstand ließ nur das Gewehr schließen; auch hatten die beiden Hunde ein breites Halsband mit einem silbernen Schild, auf dem eine Zahl zu lesen stand. Er schüttelte dem Doktor freundlich die Hand und verließ uns fast augenblicklich, um – ich gebrauche seine eigenen Worte – seine Winzer zu treffen, die an diesem Abend mit der Ernte fertig wurden.

Es war Anfang Oktober. Die Weinlese ging ihrem Ende entgegen. Auf den Feldern, die man zum Teil schon der Ruhe zurückgegeben hatte, befanden sich nur noch zwei oder drei Gruppen von Arbeitern, die in jener Gegend die Bezeichnung »Brigaden« führten; und ein hoher, von einem lustigen Wimpel überflatterter Mast, den man dort eingerammt hatte, wo die letzten Trauben abgenommen wurden, deutete in der Tat darauf hin, daß die Brigade des Herrn Dominique sich zum fröhlichen »Gansessen« anschickte, das heißt zum Schluß- und Abschiedsmahl, bei dem es Brauch ist, zur Feier der vollendeten Arbeit neben anderen ungewöhnlichen Gerichten auch eine gebratene Gans zu verzehren.

Es wurde Abend. Die Sonne mußte nach wenigen Minuten die scharfe Horizontgrenze erreichen. Aber noch ergoß sie, lange Streifen von Schatten und Licht bildend, ihr breites Leuchten über ein großes, ebenes Land, das, freudlos in Rebengelände, Brache und Sumpf aufgeteilt, ganz ohne Gehölz und kaum wellig war und nur selten einen fernen Blick aufs Meer freigab. Auf einer Bodenerhebung lagen ein paar weiß schimmernde Dörfer mit flach gedeckten Kirchen und sächsischen Glockentürmen; sonst belebten nur vereinzelte kleine, von spärlichen Baumgruppen und riesigen

Vorratsscheunen umstandene Höfe die ausgedehnten, eintönigen Flächen, deren malerische Kargheit ohne die einzigartige Schönheit, die Atmosphäre, Stunde und Jahreszeit ihnen verliehen, nicht hätte überboten werden können. Nur Villeneuve gegenüber, in einer Bodenfalte, sah man ein paar Bäume mehr als anderwärts. Sie bildeten eine Art von winzigem Park, der einen ansehnlichen Bau umgab. Es war ein Landhaus in flämischem Stil, edel, streng, durch wenige und regelmäßige Fenster gekennzeichnet und von Türmen mit schiefergedeckten Giebeln flankiert. An den Zufahrten drängten sich mehrere neue Anlagen, ein Hof und ein Betriebsgebäude, alles äußerst anspruchslos. Ein Nebel, den man hinter den Bäumen aufsteigen sah, bezeugte, daß es in dieser Niederung doch wenigstens so etwas wie einen Wasserlauf gab; eine lange, sumpfige Allee, die eigentlich nichts war als ein Wiesenstreifen, den Weidenbäume säumten, führte geradeswegs vom Hause zum Meer.

»Was Sie dort sehen«, sagte der Doktor, auf das einzige grüne Eiland mitten im kahlen Weingelände zeigend, »ist das Schloß ›Les Trembles‹, das Herr Dominique bewohnt.«

Dieser befand sich inzwischen auf dem Wege zu seinen Winzern. Er entfernte sich gemächlich. Sein Gewehr war entladen. Die beiden Hunde trotteten erschöpft hinter ihm drein; als er jedoch kaum ein paar Schritte auf dem von Wagenspuren zerfurchten Pfade getan hatte, der zu seinen Reben führte, wurden wir Zeugen einer Begrüßung, die mich entzückte.

Zwei Kinder, deren Lachen wir hörten, und eine junge Frau, von der wir nur das Kleid aus zartem Stoff und eine rote Schärpe wahrnahmen, gingen dem Jäger entgegen. Die Kinder drückten ihre Freude durch Zeichen aus und liefen so geschwind, wie ihre kleinen Beine sie tragen wollten. Bei der Mutter ging es weniger rasch, dafür winkte sie mit den Enden ihrer purpurroten Schärpe. Dann sahen wir, wie Herr Dominique jedes Kind in seine Arme schloß. Die durch helle Farben belebte Gruppe stand eine Weile auf dem grünen Pfad, mitten im stillen Lande, vom abendlichen Glanz umleuchtet und gleichsam eingebettet in den

Frieden des bleichenden Tages. Dann machten sie sich alle nach Les Trembles auf; und die letzten Strahlen, die das sinkende Gestirn schenkte, geleiteten die glückliche Familie bis zu ihrem Heim.

Der Arzt belehrte mich mit wenigen Worten, daß Herr Dominique de Bray – einem freundlichen, den vertraulichen Umgangsformen der Gegend entsprechenden Brauche gemäß kurz Herr Dominique genannt – ein Edelmann aus dem Ort und Amtmann der Gemeinde sei und daß er diesen Vertrauensposten weniger seinem Wirken verdanke, denn er bekleide ihn erst seit einer Reihe von Jahren, als der alten Wertschätzung, die sich mit seinem Namen verbinde. Er sei den Notleidenden gegenüber hilfreich, allgemein beliebt und werde von jedermann gern gesehen, obschon er mit seinen Untergebenen, abgesehen von der Bluse, wofern er sie überhaupt trage, keinerlei Ähnlichkeit habe.

»Er ist ein liebenswürdiger Mann«, fügte der Doktor hinzu, »zwar ein bißchen ungesellig, sonst aber ganz vortrefflich, einfach und ungezwungen. Er verbraucht sich mehr im Tun für andere als im Reden. Wie ich das meine, werden Sie verstehen, wenn ich sage, daß alle, die seiner Gemeinde angehören, soweit ich sie kenne, ihm verpflichtet sind.«

Der Abend, der diesem im Freien zugebrachten Tage folgte, war so schön und so völlig klar, daß man glauben konnte, man sei mitten im Juli. Ich entsinne mich seiner besonders auf Grund eines bestimmten Zusammenklanges von Eindrücken, der es allein möglich macht, daß alle empfänglichen Stellen des Gedächtnisses selbst die unbedeutendsten Erinnerungen gleichzeitig festhalten. Der Mond schien, und zwar so hell, daß die kreidige Straße von Villeneuve mit ihren weißen Häusern blendete wie um die Mittagszeit; nur war es ein milderes Licht, darum aber nicht weniger hell. Die Fahrstraße, die geradeswegs durch das Dorf führte, war verödet. Wenn man an den Türen vorbeiging, hörte man kaum noch Leute, die unter sich, hinter schon geschlossenen Läden, die Abendmahlzeit einnahmen. Ab und zu, das heißt überall da, wo die Bewohner noch nicht schliefen, drang ein dünner Lichtstrahl durch die Schlösser oder durch die Gucklöcher und flog wie ein roter Pfeil durch die kühle Helligkeit der Nacht. Nur die Kelterräume waren offengeblieben, weil man dem Fußboden Luft zuführen wollte; und vom einen Ende des Dorfes zum anderen vermischten sich der feuchte Atem gepreßter Trauben und die warme Ausdünstung gärender Weine mit dem Geruch von Hühner- und Viehställen. Draußen schwieg jedes Geräusch. Nur die Hühner, die aus dem ersten Schlaf erwachten, regten sich und gackerten, um zu melden, daß die Nacht feucht würde. Krammetsvögel, die der Ostwind hertrieb, und andere Zugvögel auf der Reise von Norden nach Süden durchzogen den Luftraum über dem Dorf und riefen einander ständig wie nächtliche Wanderer. Zwischen acht und neun entlud sich hinten im Flachlande ein frohes Getöse besonderer Art, woraufhin sämtliche Hunde der Nachbarschaft auf einmal zu bellen anfingen: es war die gellende, abgehackte Musik der Sackpfeifen, die zum Fest aufspielten.

»Bei Herrn Dominique wird getanzt«, sagte der Doktor. »Eine gute Gelegenheit, ihm, wenn Sie Lust haben, noch heute abend einen Besuch zu machen, zumal Sie ihm Dank schulden. Wenn bei einem Gutsbesitzer, der die Weinlese hält, zum Dudelsack getanzt wird, dann heißt das nämlich fast soviel wie ein öffentliches Fest.«

Wir schlugen den Weg nach Les Trembles ein, und zwar gingen wir durchs Rebengelände. Der Zauber der herrlichen Nacht berührte uns eigentümlich. Der Arzt, der sie auf seine Weise erlebte, erging sich in Betrachtungen über die wenigen Sterne, die der helle Glanz des Mondes nicht verdunkelt hatte, und verlor sich in astronomischen Träumereien, den einzigen, die ein Geist wie der seine für erlaubt hielt.

Getanzt wurde vor dem Gitter des Hofes auf einem freien Platz. Dieser hatte die Form einer Tenne und lag zwischen hohen Bäumen und Rasen, die von der Feuchte des Abends so naß waren, als habe es geregnet. Der Mond beleuchtete den improvisierten Ball, und es war so hell, daß man auf jedes andere Licht verzichten konnte. Die Tänzerschar bestand eigentlich nur aus den Weinarbeitern des Hauses; dazu kamen vielleicht noch ein paar junge Leute aus der Nachbarschaft, die der Ruf des Dudelsacks angelockt hatte. Ich wüßte nicht zu sagen, ob bei dem Musiker, der ihn handhabte, das Talent der ihm gestellten Aufgabe genügte; auf alle Fälle spielte er mit so großem Feuereifer und brachte so langgezogene und so kreischende Töne hervor, daß der mächtige Lärm die schöne nächtliche Stille zerriß und ich mich nun nicht mehr wunderte, wie das Geräusch des Instruments uns von so weit her hatte erreichen können. Eine halbe Meile im Umkreis träumten die Mädchen der Nachbarschaft in ihren Betten ohne Zweifel vom Tanz. Die Burschen hatten nur ihre Wämser abgelegt, die Mädchen hatten ihre Wollschürzen hochgesteckt, aber alle hatten sie ihre Holzschuhe oder, um mit ihren eigenen Worten zu reden, ihre »Klumpfüße« anbehalten, vermutlich, weil sie dadurch mehr Sicherheit bekamen und weil sie durch das feste Auftreten den Takt des schwerfälligen, gehackten Gebärdentanzes, den sie »Stoß- und Pufftanz« nannten, deutlicher betonen wollten. Mägde, eine Kerze in der Hand, überquerten den Hof, und zwar kamen und gingen sie von der Küche zum Speiseraum und zurück; und wenn die Musik eine Pause machte, vernahm man deutlich das Krachen des Wellbaumes, mit dem die Winzer den Trester zerquetschten.

Wir entdeckten Herrn Dominique mitten zwischen Balken, Bohlen, Windemaschinen und sich bewegenden Rädern an der eigenartigen Arbeitsstätte, die man Kelterhaus nennt. Zwei oder drei Lampen, die man in dem weiten, mit gewaltigen Maschinen und Gerüsten ausgefüllten Raum verteilt hatte, ergaben eine sehr spärliche Beleuchtung. Man war eben dabei, »den Trester zu schneiden«, das heißt, man breitete die von den Maschinen zermalmten Trauben noch einmal aus, und zwar auf rechtwinkligen Platten, um den letzten Saft herauszupressen. Der Most, der kaum noch ergiebig war, tropfte mit dem Geräusch einer ausgelaufenen Quelle in die Steintröge; ein langer Lederschlauch, der einem Feuerschlauch glich, brachte ihn in die Behälter und leitete ihn in die Tiefen eines Kellers, in dem der süße Geschmack der gekelterten Trauben in Weingeruch überging. Wenn man in die Nähe kam, spürte man bereits eine mächtige Hitze. Überall rieselte der junge Wein. Die Mauern waren durch das Keltern so feucht geworden, daß sie schwitzten. Vor den Lampen verdichteten sich berauschende Dämpfe zu einem Nebel. Herr Dominique stand mitten unter seinen Leuten, die auf die Stützbalken des Wellbaumes geklettert waren, und leuchtete ihnen mit einer Traglampe; und bei deren Schein erkannten auch wir ihn im Halbdunkel. Er trug noch sein Jagdgewand und wäre von den Arbeitenden nicht zu unterscheiden gewesen, hätten sie ihn nicht alle »unser Herr Dominique« genannt.

»Machen Sie nicht viel Worte«, sagte er zu dem Doktor, der ihn der Stunde und des Augenblickes wegen, den wir für unseren Besuch gewählt hatten, um Verzeihung bat. »Sonst hätte ich zuviel Anlaß, mich meinerseits zu entschuldigen.«

Ich glaubte ihm, so völlig ungezwungen und entgegenkommend war er, als er uns, die Lampe in der Hand, im Kelterhaus empfing, und zumal er in Verlegenheit geriet, weil sich in dem Raum keine passende Sitzgelegenheit fand.

Von unserer Unterhaltung, der ersten, bei der ich einem Manne zuhören durfte, mit dem ich seither oft geredet habe, ist nichts zu berichten. Ich entsinne mich nur, daß nach dem Gespräch über Weinlese, Ernte, Jagd und Felder, die einzigen Dinge, von denen wir beide etwas wußten, unversehens als unausweichlicher Gegensatz zum einfachen und ländlich-bäuerlichen Dasein der Name Paris fiel.

»Ach, das war eine schöne Zeit«, sagte der Arzt, der bei dem Wort Paris jedesmal, wie aus dem Schlaf geschreckt, auffuhr.

»Sie träumen ihr also noch immer nach?« erwiderte Herr Dominique.

Dies wurde in einem besonderen Tonfall gesprochen, der bedeutsamer war als die Worte selbst und der den Wunsch in mir weckte, seinem Sinn auf die Spur zu kommen.

Wir gingen fort, als die Arbeiter sich zum Essen begaben. Es war spät, doch hatten wir bis Villeneuve keinen weiten Weg. Herr Dominique gab uns auf der gewundenen Gartenallee, deren Saum an die Bäume des Parkes streifte, das Geleit; er führte uns über eine auf einem Tonnengewölbe ruhende breite Terrasse, die die ganze Vorderseite des Hauses einnahm und an deren Ende man das Meer erblickte. Als wir an einem erleuchteten Zimmer vorübergingen, dessen offenes Fenster die laue Nachtluft hereinließ, sah ich die junge Frau mit der roten Schärpe. Sie saß vor zwei gleich großen Betten und stickte. Am Gitter trennten wir uns; der volle Mond beleuchtete den Schloßhof, der von dem Treiben des Gutes nicht erreicht wurde. Die Hunde, die vom Jagdtag müde waren und die man vor ihren Hütten angekettet hatte, lagen der Länge nach im Sande ausgestreckt und schliefen. In den dichten Fliedersträuchern rührten sich die Vögel, als wären sie bei der großen nächtlichen Helligkeit der Meinung, es finge schon zu tagen an. Vom Tanzfest, das durch die Mahlzeit unterbrochen wurde, hörte man nichts. Les Trembles, und was zu ihm gehörte, lag in völligem Frieden, und dieses Fehlen aller Geräusche war eine Erholung nach dem Lärm des Dudelsacks.

Kurze Zeit darauf fanden wir beim Betreten der Wohnung zwei Karten von Herrn Dominique de Bray, der uns einen Besuch gemacht hatte; und schon tags darauf kam für uns eine Einladung aus Les Trembles. Es war eine sehr freundliche, vom Ehemann unterzeichnete, aber im Namen von Frau de Bray geschriebene Aufforderung. Es handelte sich um ein Essen in kleinem Kreise und nur unter Nachbarn, bei dem auch uns zu sehen man sich glücklich schätzen würde.

Diese neue Begegnung, genauer gesagt die erste, die mir zum Haus Les Trembles Zutritt verschaffte, hatte ebenfalls nichts Bemerkenswertes an sich; und ich würde sie gar nicht erwähnen, wenn ich es nicht für richtig hielte, schon hier ein paar Worte über die Familie des Herrn de Bray zu sagen. Sie bestand aus den drei Personen, die ich bereits aus der Ferne, mitten im Rebengelände als undeutliche Gruppe gesehen hatte: aus dem kleinen dunklen Mädchen, das Clémence hieß, und einem blonden schmächtigen Knaben, der zu rasch emporgeschossen war und von dem sich schon jetzt voraussehen ließ, daß er den halb feudalen, halb bäuerlichen Namen Jean de Bray mit mehr Vornehmheit als Kraft tragen würde. Was die Dame des Hauses anging, so war sie sowohl Frau wie Mutter im schönsten Sinne des Wortes. Sie war weder Matrone noch junges Mädchen, war offenbar noch sehr jung und besaß doch die reife Würde, die nur auf dem klaren Erfassen ihrer Doppelrolle beruhen konnte, überdies sehr schöne Augen inmitten wenig ausgesprochener Züge, viel Sanftmut und Güte und irgend etwas Scheues im Auftreten, das ohne Zweifel mit ihrem ständig zurückgezogenen Leben zusammenhing, dabei aber eine unendliche Anmut im Benehmen.

In diesem Jahre vertieften sich unsere Beziehungen nicht mehr. Es gab nur noch ein paar Jagden, an denen teilzunehmen Herr de Bray mich bat, und mehrere gegenseitige Besuche, bei denen ich seine Dorfstraßen kennenlernte, ohne daß sich mir der geheime Zugang zu seiner Freundschaft erschlossen hätte. Dann kam der November, und ich verließ Villeneuve, ohne in die Vertraulichkeit der glücklichen Ehe weiter eingedrungen zu sein. So blieb denn ein deutlicheres Bild des Schloßherrn von Les Trembles für den Doktor und mich der Zukunft vorbehalten.

II

Die Abwesenheit hat eigentümliche Wirkungen. Das erfuhr ich im ersten Jahr, in dem Herr Dominique und ich getrennt waren, ohne daß ein bestimmter Vorfall uns veranlaßt hätte, aneinander zu denken. Abwesenheit eint und entzweit zugleich; sie führt zusammen und schafft Abstand; sie kann Erinnerung, aber auch Vergessen bringen. Sie lockert Bande, die für sehr fest galten, oder spannt sie derart an, daß sie reißen. Es gibt sogenannte unzerstörbare Beziehungen, die sie für immer vernichtet; und auf heilige Treueschwüre türmt sie Welten von Gleichgültigkeit. Aber sie läßt auch wieder aus einem nie wahrgenommenen Keim, aus einer kaum bemerkten Übereinstimmung, aus einem Lebewohl, nach dem keiner ein Wiedersehen erwartet hatte, mit Hilfe von lauter Nichtigkeiten, die sie auf geheimnisvolle Weise verknüpft, ein Gewebe entstehen, das durchaus fest genug ist, um die Freundschaft zweier Männer ein gut Teil ihres Lebens zu tragen. Die Ketten, die auf solche Art von der heimlich Wirkenden aus unseren ernsten und lebendigsten Empfindungen geschmiedet werden, gleichen einem ungreifbaren Lichtstrahl, der vom einen zum andern wandert; und sie brauchen weder das räumliche Geschiedensein noch die zeitliche Trennung zu fürchten. Die Zeit festigt sie sogar; und der räumliche Abstand vermag sie wohl zu dehnen, aber nicht zu sprengen. Der Schmerz des Vermissens ist in einem solchen Falle nur eine etwas jähere Bewegung der unsichtbaren Fäden, die im Innersten von Herz und Gemüt gespannt sind und die eben durch ihr äußerstes Gespanntsein Schmerz verursachen. Ein Jahr vergeht. Man hat sich ohne Hoffnung auf ein Wiedersehen getrennt. Dann begegnet man sich aufs neue, und inzwischen hat sich die Freundschaft so entwickelt, daß jede Schranke gefallen und jede Zurückhaltung geschwunden ist. Die Unterbrechung von zwölf Monaten, eine weite Zeitspanne, in der viel erlebt und vergessen werden kann, war durchaus nicht vergeblich; denn in diesen zwölf Monaten des Schweigens war ein gegenseitiges Bedürfnis nach Aussprache und – mehr noch – ein überraschendes Recht auf gegenseitiges Vertrauen erwacht.

Als ich zurückkehrte, war genau ein Jahr vergangen, seitdem ich Villeneuve zum ersten Male betreten hatte. Ein Brief des Doktors hatte mich herbeigelockt. Er schrieb: »In der Nachbarschaft sind Sie das Gesprächsthema. Der Herbst ist prachtvoll. Kommen Sie!« Ich traf ein, ohne mich nochmals bitten zu lassen; und als ich eines Abends während der Traubenlese, nach einem lauen Tage, bei mildem Sonnenschein, während sich überall das bekannte Treiben entfaltete, ohne Anmeldung die Freitreppe von Les Trembles hinaufging, wurde mir klar, daß die Freundschaft, von der ich spreche, Tatsache geworden war und daß der Geist der Abwesenheit und seine Klugheit ohne uns und für uns gewirkt hatte.

Ich war ein erwarteter Gast, der zurückkehrte, ja der zurückkehren mußte, weil man ihn auf Grund eines alten Herkommens zu den Vertrauten des Hauses zählte. Konnte ich mich überhaupt heimischer fühlen? Wollte ich von einer neuen und mußte ich nicht vielmehr von einer längst bestehenden Verbundenheit sprechen? Eine Antwort auf diese Frage wußte ich nicht zu geben, so völlig hatte mich die lange Beschäftigung mit allem vertraut gemacht, und so sehr verband sich mit ihm von vornherein die Vorstellung von etwas Gewohntem. Dem Gesinde war ich bald kein Fremder mehr; die beiden Hunde unterließen ihr Bellen, wenn ich im Hofe erschien; die kleine Clémence und der kleine Jean gewöhnten sich rasch an meine Gegenwart; und sie waren nicht die einzigen, die eine bestimmte Wirkung meiner Rückkehr und den nie ausbleibenden Zauber sich wiederholender Vorgänge spürten.

Bald nannte man mich bei meinem Namen; die Anrede »Herr« wurde nicht völlig unterdrückt, aber von Mal zu Mal nachlässiger behandelt. Dann kam der Tag, an dem Herr de Bray – so sagte ich meistens – mit dem förmlichen Ton, in dem wir uns unterhielten, nicht einverstanden war; wir hatten beide gleichzeitig das Gefühl, es habe sich eine falsche Note eingeschlichen. Wirklich schien in Les Trembles alles unverändert, die Räume sowohl wie wir selbst; und da die Dinge, die Jahreszeiten, die Begebenheiten und sogar die unbedeutendsten Vorfälle sich gleich geblieben waren, kam es uns so vor, als erneuere sich in einem fort der Jahrestag einer Freundschaft, für die keine Zeit mehr galt.

Die Weinlese nahm ihren Lauf und endete wie die früheren. Es gab dieselben Tänze, dieselben Gelage; der Dudelsack ertönte, und derselbe Musikant handhabte ihn. Dann wurde das Instrument an den Nagel gehängt, das Rebengelände verödete, die Keller wurden geschlossen, und das

Haus kehrte in die gewohnte Ruhe zurück. Es kam ein Monat, in dem die Hände feierten und die Fluren brachlagen. Es war die Zeit des Ausruhens und der Ferien für die Landbewohner, eine Frist, die vom Oktober bis zum November, vom Aufhören der Ernte bis zur Aussaat dauert. Sie fällt ungefähr mit dem letzten schönen Tag zusammen und bildet mit dem stillen Sterben der Natur den Übergang von einer verspäteten Wärme zum ersten Frost. Eines Morgens wurden die Pflüge herausgeholt; und nichts glich den lärmenden Festen der Traubenzeit so wenig wie die düsteren, eintönigen Rufe des Rinderhirten, der die Zugtiere antrieb, und die große, ewige Gebärde des Sämanns, der sein Korn in die Furchen streute.

Das Gut Les Trembles war ein schöner Herrensitz, aus dem Dominique einen beträchtlichen Teil seiner Einnahmen zog, ja, das ihn zu einem reichen Manne machte. Er verwaltete es selbst, aber mit Unterstützung von Frau de Bray, die, seinen Worten nach, den Sinn für Zahlen und Wirtschaftsführung besaß, der ihm fehlte. Als zweite Hilfskraft, die zwar ein geringeres Ansehen besaß, aber einen fast ebenso großen Wirkungskreis in dem äußerst vielfältigen Gefüge des landwirtschaftlichen Betriebes hatte, war ein aus der Schar des übrigen Gesindes ausgeschiedener alter Diener tätig. Tatsächlich bekleidete er den Posten eines Verwalters oder Gutsinspektors. Dieser Bediente, der uns in unserer Erzählung noch begegnen wird, hieß Andreas. Er war ein Kind des Landes und, wenn ich nicht irre, auch ein Kind des Hauses, und im Hinblick auf diese Vorzüge besaß er seinem Gebieter gegenüber ein besonderes Maß an Freiheit wie an Anhänglichkeit. Der Herr seinerseits duzte ihn auf Grund einer Gewohnheit, die er aus der Kinderzeit beibehalten hatte; und damit fand in der Beziehung zwischen dem jungen Familienhaupt und dem alten Andreas eine hübsche Sitte des Hauses ihre Fortsetzung. Nächst dem Herrn und der Herrin des Anwesens war also Andreas die wichtigste Persönlichkeit in Les Trembles; neben jenen wurde auf ihn am meisten gehört. Das übrige ziemlich zahlreiche Personal wurde den vielen verschiedenen Arbeiten von Haus und Gutshof zugeteilt. Oft schien alles ausgestorben, mit Ausnahme des Wirtschaftshofes, wo sich von früh bis spät Scharen von Hühnern tummelten, des Parks, in dem die Mägde Heubündel auflasen, und der nach Süden gelegenen Terrasse. Dort hielt sich Frau de Bray mit den Kindern bei schönem Wetter in der Weinlaube auf, deren Schatten freilich täglich magerer wurde, weil das Laub fiel. Zuweilen vergingen ganze Tage, ohne daß man im Haus irgend etwas vernahm, was mit dem Leben zusammenhing, obschon es so viele Menschen beherbergte, die auf den Feldern oder anderwärts beschäftigt waren.

Das Bürgermeisteramt befand sich nicht in Les Trembles, obschon die de Brays, als handle es sich um ein angestammtes Recht, der Gemeinde seit zwei oder drei Generationen vorstanden. Das Archiv wurde in Villeneuve verwaltet. Eines von den einfachsten Bauernhäusern diente gleichzeitig als Elementarschule und als Gemeindeamt. Dominique ging monatlich zweimal hin, um die Sitzungen zu leiten, und hin und wieder auch zu einer Eheschließung. An solchen Tagen hatte er in der Tasche eine Schärpe, die er beim Betreten des Sitzungsraumes anlegte; es machte ihm Freude, die vorgeschriebenen Formalitäten mit einer kleinen Ansprache zu begleiten, zumal er damit vorzügliche Wirkungen erzielte. In der Zeit, von der ich erzähle, durfte ich ihn in derselben Woche zweimal nacheinander sprechen hören. Die Weinernte führt mit Sicherheit zu Heiraten; sie und die Zeit kurz vor den Fasten machen die Burschen dreist, füllen die Herzen der Mädchen mit Zärtlichkeit und führen zu den meisten Verliebtheiten.

Die Regelung der Wohltätigkeit lag in den Händen von Frau de Bray. Sie hatte die Schlüssel zur Apotheke und zu den Räumen, in denen Leinwand, Scheite und Rebenholz verwahrt wurden; die Gutscheine für Brot, die der Bürgermeister unterzeichnete, waren von ihrer Hand geschrieben worden. Niemand erfuhr es, wenn sie der offiziellen Freigebigkeit der Gemeinde etwas aus ihrem Besitz hinzufügte; und die Bedürftigen nahmen die Gaben in Empfang, ohne zu ahnen, wessen Hand sie gespendet hatte. Übrigens gab es dank einer solchen Nachbarschaft sehr wenig wirklich Arme in der Gemeinde. Die öffentliche Mildtätigkeit hatte eine Hilfe in den Erträgnissen des Meeres; dazu kamen die entwässerten Sümpfe und das Gemeindeland, das den Beschränktesten zum Weiden des Viehs zur Verfügung gestellt wurde. Auch waren die Winter infolge des sehr milden Klimas erträglich; und so vergingen die Jahre ohne allzu großes Elend, und keiner beklagte sich über das Schicksal, das ihn in Villeneuve hatte zur Welt kommen lassen.

Die Aufgaben, die Dominique für die Öffentlichkeit zu erfüllen hatte, waren etwa folgende: Er mußte eine winzige Gemeinde betreuen, die mit keinem großen Verkehrsmittelpunkt in Verbindung stand, die von Sumpfland umgeben war und das Meer im Rücken hatte, das die Küsten benagte und ihr in jedem Jahr ein paar Handbreit Land entriß. Ihm oblagen die Sicherheit der Straßen, die Trockenlegungen und die Steuererhebungen. Er hatte die Anliegen vieler Menschen zu bedenken und im Bedarfsfalle ihr Rechtsbeistand, ihr Ratgeber und ihr Richter zu sein; hatte Prozesse, Händel und Streitigkeiten zu verhüten, Verbrechen zuvorzukommen, seine Macht einzusetzen und mit seiner Börse zu helfen. Er mußte bei der Bodenbestellung ein gutes Beispiel geben, zu seinem eigenen Schaden Versuche machen, um die kleinen Leute nachher zu einträglichen ermuntern zu können; er mußte mit seiner Scholle und seinem Kapital aufs Geratewohl experimentieren, wie ein Arzt die Wirkung eines Medikamentes an sich selbst erprobt. Und das alles mußte so unauffällig wie möglich geschehen und durfte nicht als Last erscheinen, sondern als eine Pflicht, die zu erfüllen er seinem Rang, seinem Vermögen und seiner Herkunft schuldig war.

Den Bereich dieses tätigen und zurückgezogenen Daseins, der nicht über eine Meile im Umkreis hinausreichte, verließ er so selten wie möglich. In Les Trembles empfing er wenig Besuch, eigentlich nur ein paar Gutsnachbarn, die an der Grenze des Departements wohnten und zur Jagd kamen, ferner den Arzt und den Pfarrer von Villeneuve, die jeden Sonntag zum Abendessen geladen waren.

Nach dem Aufstehen erledigte er die Angelegenheiten der Gemeinde. Falls ihm dann noch eine Stunde oder zwei für die eigenen Angelegenheiten blieben, warf er einen Blick auf seinen Betrieb, verteilte das Saatgetreide und gab Futter aus. Wenn er aber, um eine Arbeit zu überwachen, weiter fort mußte, schwang er sich aufs Pferd. Um elf Uhr rief die Glocke von Les Trembles zum zweiten Frühstück. Zu dieser Stunde war die Familie zum ersten Male vollzählig, und jetzt erst sah der Vater seine Kinder. Die beiden waren noch dabei, das Lesen zu lernen, ein bescheidener Beginn, zumal für einen Jungen, für den, wenn ich nicht irre, Dominiques Ehrgeiz die Erfolge erhoffte, die ihm selbst nicht beschieden gewesen waren.

Das Jahr war besonders wildreich, und so brachten wir die meisten Nachmittage mit Jagen zu. Oder wir galoppierten über die Stoppelfelder, wobei uns oft kein anderes Ziel blieb als der Strand. Mir fiel auf, daß diese ausgedehnten Ritte, bei denen wir meistens schwiegen, Dominique noch ernster stimmten, als er gewöhnlich schon war, zumal die Landschaft nicht eben zur Fröhlichkeit anregte. Wir ritten im Schritt nebeneinander; aber bisweilen vergaß er, daß ich da war, überließ sich einer Art von seltsamem Halbschlaf und schien dann ganz dem eintönigen Gang des Pferdes und den Hufschlägen auf den rollenden Kieseln des Strandes hingegeben. Leute aus Villeneuve oder von anderswo kreuzten unseren Pfad und grüßten ihn. Bald hieß er der Herr Bürgermeister, bald Herr Dominique. Die Anrede wechselte je nach dem Wohnort der Leute, nach ihrer festeren oder loseren Beziehung zum Schloß und nach der Art ihres Dienstverhältnisses.

»Guten Morgen, Herr Dominique«, rief es über die Felder. Es waren Bauern oder Tagelöhner, die krumm über der aufgeworfenen Scholle hockten. Mühsam richteten sie ihre verrenkten Glieder auf, und dann entblößten sie eine breite Stirn mit kurzem gekräuseltem Haar von einem seltenen Weiß über einem von der Sonne gebräunten Gesicht. Manchmal fiel ein Wort, dessen Sinn mir entging. Offenbar wurde an ein früheres Geschehnis erinnert. Die Sprechenden hatten ja schon zur Zeit von Dominiques Geburt gelebt. Ich beobachtete, daß das bei jeder Gelegenheit herausgeschmetterte »Wissen Sie noch?« und oft sogar noch weniger Worte genügten, um ihm das Blut aus dem Gesicht zu treiben und ihn in ein anhaltendes Verstummen zu stürzen.

Es gab einen alten Schafhirten, einen sehr braven Mann, der seine Tiere täglich um dieselbe Stunde zum Weiden in das salzige Grasland der Steilküste trieb. Wir sahen ihn bei jedem Wetter. Wie eine Schildwache stand er da, zwei Fuß neben dem abschüssigen Hang. Sein Filzhut war unter den Ohren festgebunden, die Füße steckten in groben, strohgefütterten Holzschuhen, den Rücken schützte ein Mantel aus grau gewordenem Filz. »Wenn ich bedenke«, hatte Dominique einmal geäußert, »daß ich ihn seit fünfunddreißig Jahren kenne und daß ich ihn seitdem tagtäglich auf demselben Fleck erblicke!« Der Mann war ein Schwätzer; und wie jeder, der selten die Möglichkeit hat, sich für ein langes Schweigen zu entschädigen, ergriff er sofort jede Gelegenheit zum Reden. Er stellte sich fast immer vor unsere Pferde, versperrte uns den Weg und nötigte uns auf geschickte Art, ihm zuzuhören. Auch er hatte, noch mehr als andere, eine besondere Vorliebe für das »Wissen Sie noch?« als bildeten die Erinnerungen seines langen Schafhirtendaseins einen ganzen Rosenkranz aus ungetrübtem Glück. Schon am ersten Tage hatte ich beobachtet, daß Dominique diese Begegnung ganz und gar nicht zusagte. Dieselbe Gestalt, die sich stets an derselben Stelle aufhielt, und das immer neue, unfruchtbare Heraufrufen des Toten und Vergessenen, das sich fast täglich zur gleichen Stunde in aufdringlicher Weise wiederholte, störte seine Ausritte offensichtlich wie ein wirkliches Unheil. Auch behandelte Dominique, der sonst immer voller Güte für jeden war, der ihn liebte – und der alte Hirt liebte ihn sehr –, den Mann ein bißchen wie einen geschwätzigen alten Raben. »Schon gut, schon gut, Vater Jakob«, vertröstete er ihn, »auf morgen!« und damit versuchte er sich loszumachen. Allein die stumpfsinnige Beharrlichkeit des Alten war so groß, daß er das Übel, wie schwer es ihm auch fallen mochte, gelassen hinnehmen und den Pferden Ruhe gönnen mußte, solange Vater Jakob schwatzte.

Eines Tages hatte sich der Alte, kaum daß er unser von weitem ansichtig geworden war, wie üblich an der Böschung der Steilküste postiert. Wie ein Meilenstein stand er auf dem schmalen Pfad und hielt uns kurzerhand fest. Mehr als je hatte er Lust, von einer Zeit zu sprechen, die längst dahin war, und an bestimmte Begebenheiten zu erinnern; ja, das Kosten und Schmecken vergangener Zeiten machte ihn geradezu trunken.

»Einen schönen Gruß, Herr Dominique, einen schönen Gruß, meine Herren«, sagte er, und wir beobachteten, wie die Runzeln seines zermürbten Gesichtes aufblühten. »Das nenne ich schönes Wetter. So haben wir es nicht oft; ja, vielleicht haben wir es seit zwanzig Jahren nicht so gehabt. Wissen Sie noch, Herr Dominique – vor zwanzig Jahren? Das war eine Weinlese! Und die Hitze, die wir beim Pflücken hatten! Und die Trauben, die beim Gären aufgingen wie Schwamm und so süß waren wie Zucker! Und die Kräfte wollten nicht reichen, um alles hereinzubringen, was die Reben trugen!« Dominique brachte die Geduld zum Zuhören nicht auf; auch war das Pferd unter ihm so unruhig, als würde es von Bremsen gepeinigt.

»Ich meine das Jahr, in dem so viele Gäste im Schloß wohnten. Sie wissen doch ... Ja ... damals ...«

Ein Seitensprung von Dominiques Pferd schnitt Vater Jakob die Rede ab und ließ ihn verdutzt am Wege. Diesmal hatte Dominique nicht standgehalten. Er sprengte im Galopp davon und gab seinem Pferd einen Schlag mit der Peitsche, als wollte er ihm klarmachen, daß es einen Fehler gemacht, oder als wollte er es strafen, weil es Furcht gezeigt hatte. Den Rest des Ausflugs über war er zerstreut, und so lange wie möglich blieb er bei einer raschen Gangart.

Dominique liebte das Meer nicht sonderlich. Er pflegte zu äußern, daß er inmitten seines Grollens aufgewachsen sei und daß er daran oft mit Unbehagen wie an ein bitteres Weh zurückdenke. Nur in Ermangelung freundlicherer Wege hatten wir uns zu diesem entschlossen. Übrigens war, von der hohen Küste aus betrachtet, auf der wir uns bewegten, der doppelte Horizont von Land und See des weiten, leeren Raumes wegen von packender Großartigkeit. Auch lag in dem Gegensatz zwischen dem Auf und Nieder der Wogen und der ruhigen Fläche und in dem Nebeneinander von vorüberfahrenden Schiffen und festen Häusern, von einem abenteuerlichen und einem geregelten Dasein eine heimliche Beziehung, die er besonders oft empfinden mußte und die er stumm und mit dem schmerzlichen Genuß kostete, der aller leidgepaarten Lust eignet. Wenn es Abend wurde, kehrten wir, im Schritt reitend, auf den steinigen Pfaden heim, die die frisch gepflügten Äcker und ihre braune Scholle einfaßten. Späte Lerchen hoben sich, strichen flach über den Boden hin und verschwanden, während das letzte Tageslicht auf ihren Flügeln zitterte. So kamen wir zum Rebengelände; der salzige Geruch des Meeres blieb hinter uns. Eine weichere, lauere Feuchtigkeit stieg im Flachland auf; etwas später erreichten wir die dunklen Schatten der hohen Bäume; und oft war der Tag schon erloschen, wenn wir die Freitreppe von Les Trembles betraten. Am Abend waren wir wieder alle beisammen, und zwar saßen wir in einem großen, mit alten Möbeln ausgestatteten Salon, wo eine hohe Standuhr den nie unterbrochenen Zeitablauf anzeigte. Sie hatte einen hellen Klang, und das Schlagwerk vernahm man noch in den oberen Zimmern. Man konnte sich ihrem Ton nicht entziehen, der einen selbst aus dem tiefsten Schlaf riß, aber auch nicht dem lärmenden Takt des Pendels. Oft genug stellten Dominique und ich mit Staunen fest, daß wir schweigend den unerbittlichen Mahnungen lauschten, die uns von Sekunde zu Sekunde und schließlich vom Heute zum Morgen trugen. Das Zubettgehen der Kinder vollzog sich in unserem Beisein. Man hatte ihrem Drängen nachgegeben und machte sie im Salon für die Nacht zurecht. Sie waren ganz in Weiß gehüllt, aber erst wenn ihnen die Augen zufielen und ihre Arme im Schlafe herabhingen, brachte die Mutter sie fort. Gegen zehn Uhr trennten wir uns. Ich kehrte nach Villeneuve zurück; später, als es abends häufiger regnete und die Nächte finsterer und die Straßen unwegsamer wurden, behielt man mich wohl auch die Nacht über in Les Trembles. Ich hatte mein Zimmer im zweiten Stock, in einer Ecke des Gebäudeteiles, der an den Turm stieß. Dominique hatte es in seiner Jugend lange Zeit bewohnt. Vom Fenster aus überblickte man die weite Ebene, ganz Villeneuve, und sah sogar bis zum offenen Meer; und beim Einschlafen hörte ich das Raunen des Windes in den Bäumen und das Rollen der See, die den kleinen Dominique in den Schlummer gewiegt hatte. Der folgende Tag war eine Wiederholung des vorhergehenden, sein Leben nicht weniger ausgefüllt, nicht weniger genau die Einteilung in Muße- und Arbeitsstunden. Die einzige Unterbrechung dieses geordneten Daseins, auf die ich mich besinnen kann, waren Zwischenfälle, die mit der Jahreszeit zusammenhingen, wenn sich also beispielsweise Regen einstellte, während man bei allen Vorkehrungen auf schönes Wetter gerechnet hatte.

An solchen Tagen ging Dominique in sein Arbeitszimmer. Ich bitte den Leser wegen der belanglosen Einzelheiten und auch um derer willen, die noch folgen werden, um Vergebung. Aber nur mit ihrer Hilfe kann er, und zwar auf Umwegen, wie auch ich sie habe machen müssen, aus dem Durchschnittsdasein des Landedelmannes bis zum eigentlichen Innenleben des Menschen vordringen. Dort wird er Eigentümlichkeiten finden, die ihn weniger gleichgültig lassen werden. An solchen Tagen, um es noch einmal zu sagen, suchte Dominique sein Arbeitszimmer auf, was bedeutete, daß er sich in eine Zeit begab, die fünfundzwanzig oder dreißig Jahre zurücklag, und daß er ein paar Stunden in der Vergangenheit lebte. Da waren mehrere Miniaturbilder von Familienangehörigen; ein Gemälde, das ihn selbst darstellte – ein rosiges Kindergesicht mit aufgewikkelten dunklen Locken, dem er ganz und gar nicht mehr glich; zwischen Bergen von Schriftstücken ein paar mit Etiketten versehene Pappkästen und eine zwiefache Bibliothek: eine alte und eine ausschließlich moderne. Aus der letzteren war deutlich zu ersehen, was er in seinem Leben am meisten geschätzt hatte. Ein kleines, in einem staubigen

Winkel vergrabenes Möbel enthielt nur die Schul- und Studienbücher und ein paar wertvollere Bände. Ich nenne noch ein altes, durch Tintenflecke und Federmesserschnitte entstelltes Pult, eine schöne, vor etwa fünfzig Jahren verfertigte Weltkarte, auf der jemand lauter aus der Phantasie geborene Reisewege von einem Erdteil zum andern eingezeichnet hatte. Neben diesen Schätzen aus seiner Jugendzeit, die er mit der offensichtlichen Anhänglichkeit eines Mannes, der sich alt werden sieht, hegte und pflegte, gab es noch andere Zeugnisse von dem, was er früher gewesen war und womit sein Denken sich beschäftigt hatte, von denen ich erzählen muß, obschon sie ihrem Wesen nach ebenso wunderlich wie kindlich waren. Ich meine alles, was ich an Wänden, Holzverkleidungen und Scheiben erblickte und was auf unzählige heimliche Geständnisse schließen ließ.

In der Hauptsache las ich Daten und Namenstage; und zwar war genau angegeben worden, um welchen Monat und welches Jahr es sich handelte. Mehrmals wiederholte sich dieselbe Eintragung reihenweise in Form einer ununterbrochenen Folge bestimmter Tage, als habe er sich mehrere Jahre hintereinander Tag für Tag, vielleicht sogar Stunde für Stunde gezwungen, die Gleichartigkeit irgendeines Vorgangs festzustellen, mochte es sich dabei um seine leibliche Gegenwart am selben Ort oder, was vermutlich häufiger der Fall war, um ein Denken an einen Gegenstand handeln. Der Namenszug fehlte meistens; aber die Persönlichkeit, die sich hinter diesen in Geheimzeichen abgefaßten Eintragungen verbarg, war trotz aller Versuche, anonym zu bleiben, deutlich erkennbar. Außerdem hatte er sich noch einer einfachen geometrischen Figur, aber nur einer einzigen, bedient. Weiter unten wiederholte sich dieselbe Figur; er hatte jedoch ein paar Linien hinzugefügt, die ihren Sinn näher bestimmten, ohne die Grundform zu ändern. Auf diese Art war er durch immer neue Abwandlungen zu ganz verschiedenen Bedeutungen gelangt; und da er sogar Dreiecke und Kreise mit einbezogen hatte, war eine Vielzahl von Ergebnissen möglich geworden. Mitten unter diesen Chiffren, deren Sinn zu erraten nicht allzu schwierig war, fanden sich kurze Lebensregeln und eine ganze Menge Verse, die sämtlich etwa derselben Zeit angehörten wie die gedanklichen Bemühungen um die Frage nach Beharrlichkeit und Wechsel. Das meiste war mit Bleistift geschrieben worden, vielleicht weil der Dichter sich zu gering eingeschätzt hatte, um ihm durch eine dauerhaftere Verbindung mit der Wand größere Beständigkeit zu verleihen. Verschlungene Buchstaben, die freilich selten vorkamen und bei denen dieselbe Majuskel sich mit einem D vermählte, hingen fast immer mit Versen zusammen, die deutlichere Hinweise auf näherliegende Vorgänge brachten. Darauf hatte er plötzlich, als kehre er aus Kummer oder aus Vermessenheit zu einer noch ausgiebigeren Geheimnistuerei zurück – und ohne Zweifel auf Grund einer zufälligen Begegnung mit dem Dichter Longfellow –, »Excelsior! Excelsior! Excelsior!« geschrieben und eine Unzahl von Ausrufungszeichen hinzugefügt. Allerdings wurde es von einem Zeitraum an, der offenbar annähernd mit dem Näherrücken seiner Vermählung zusammenfiel, deutlich, daß er sich aus Gleichgültigkeit oder auf Grund einer plötzlichen Entschlossenheit dazu aufgerafft hatte, nicht mehr zu schreiben. Dabei bleibt die Frage offen, ob er geglaubt hatte, daß seine letzte Entwicklung keine Fortsetzung finden könne, oder ob er Grund hatte anzunehmen, daß er für sein Gleichgewicht, auf das er bisher so selten geachtet hatte, in Zukunft nicht mehr besorgt zu sein brauche. Als Abschluß fand sich noch eine letzte in die Augen springende Eintragung, die sich genau mit dem Alter seines Erstgeborenen, seines Sohnes Jean, deckte.

Eine außerordentliche Fähigkeit, seine geistigen Kräfte zu sammeln; eine ununterbrochene, angespannte Selbstprüfung; das Bedürfnis, hoch und immer noch höher zu steigen, sich dabei in der Hand zu haben und sich nie aus den Augen zu verlieren; umwälzende Veränderungen im Leben, verbunden mit dem Wunsch, sich auf jeder neuen Stufe wiederzufinden; die natürlichen Triebe, die sich nicht unterdrücken lassen; mächtige Gefühle, die ein junges, sich auf seine Weise nur aus dem eigenen Wesen nährendes

Herz rühren und erschüttern; ein Name, der sich mit einem anderen Namen vermählt; Verse, die aufblühen wie die Blumen im Frühjahr; ein gewaltsames Sichaufschwingen höchsten, unerreichbaren Gipfeln entgegen, und der Friede, den das stürmische, von Ehrgeiz geplagte und offensichtlich von krankhaften Empfindungen gefolterte Herz zu guter Letzt gefunden hat: das alles ließ sich, wenn ich mich nicht täusche, aus den dunklen Eintragungen herauslesen, die mit ihrer übersichtlichen Mnemotechnik oft deutlicher redeten als viele ausführliche Denkwürdigkeiten. Das Leben von dreißig bewegten Jahren atmete in dem kleinen Raum; und als Dominique vor mir stand und sich etwas zerstreut und vielleicht noch immer im Banne eines Nachhalls ehemaliger Erschütterungen ans Fenster lehnte, fragte ich mich unwillkürlich, ob er in dem Raume sei, um das, was er den Schatten seiner selbst nannte, zu beschwören oder zu vertreiben.

Eines Tages nahm er ein aus mehreren Bänden bestehendes Paket, das er in einer Fensterecke seiner Bibliothek verwahrte, bat mich, Platz zu nehmen, schlug einen der Bände auf und begann ohne Einführung halblaut zu lesen. Es handelte sich um Verse, und zwar um Themen, die oft in poetischer Form behandelt worden sind: um das Leben in der Natur und um eine gekränkte leidenschaftliche Liebe. Die Verse waren nicht schlecht. Sie waren äußerlich geschickt, ohne Manier, reich an Einfällen; im ganzen genügten sie jedoch den Anforderungen, die man an gute Lyrik stellt, nicht, obschon das Buch solchen Anspruch erhob. Es ging um zarte, aber alltägliche Empfindungen; auch war das Gedankliche zu schwach. Die Form stand, um mich zu wiederholen, in einem auffälligen Mißverhältnis zu den unbestreitbaren inneren Mängeln. Das Ganze ähnelte den Versuchen manches jungen Mannes, der sich in Versen auslebt und sich für einen Dichter hält, weil eine Art von innerer Musik ihn zur gebundenen Sprache treibt und ihn dazu verführt, sich in Reimen auszudrücken. Wenigstens war das meine Ansicht; und da ich den Verfasser, dessen Namen ich nicht wußte, nicht zu schonen brauchte, äußerte ich sie Dominique gegenüber ebenso rückhaltlos, wie ich sie hier niederschreibe.

»Das nenne ich ein Urteil«, sagte er, »und zwar ein gerechtes; denn so und nicht anders fällt es der Dichter selbst.« Und er fügte hinzu: »Würden Sie ebenso aufrichtig gewesen sein, wenn Sie gewußt hätten, daß die Verse von mir sind?«

»Ohne Zweifel«, erwiderte ich nicht ganz ohne Verlegenheit.

»Um so besser«, fuhr Dominique fort. »Denn es beweist mir, daß Sie mich im Guten wie im Schlechten richtig einschätzen. Sie sehen hier zwei Bände von gleichem Umfang. Sie sind von mir. Ich hätte das Recht, sie zu verleugnen, weil sie meinen Namen nicht tragen. Aber Sie sind nicht der Mann, dem ich meine Schwächen verheimliche. Früher oder später hätten Sie doch alles erfahren. Vielleicht verdanke ich, wie manches andere, diesen mißlungenen Versuchen nicht nur eine Befreiung und eine nützliche Zurechtweisung, sondern auch sonst noch manches Gute. Sie haben mir bewiesen, daß ich nichts war, und das hat mir zu einem gerechteren Urteil über die verholfen, die etwas bedeuten. Was ich hier vorbringe, klingt auch nicht gerade bescheiden, aber Sie werden mir vergeben, daß ich Bescheidenheit und Stolz nicht voneinander trenne, wenn Sie erfahren haben, bis zu welchem Grade es mir erlaubt ist, sie zu verschmelzen.«

Es war nicht schwer zu erraten, daß es in Dominique zwei Menschen gab. »Jeder von uns trägt einen, wenn nicht gar mehrere Tote mit sich herum«, hatte mir schon der Doktor nicht ohne Anspielung gesagt; denn er vermutete, daß auch das Leben des Gutsherrn von Les Trembles Entsagungen kannte. Die Frage war nur, ob der gestorbene Teil je einen Beweis seiner Existenz erbracht und in welchem Umfange und wann er es getan oder ob er sein Vorhandensein nur durch zwei anonyme und unbekannte Werke bekundet hatte.

Ich griff nach den Bänden, die Dominique nicht aufgeschlagen hatte. Diesmal kannte ich den Titel. Der Verfasser, dessen Name geschätzt wurde, dem es aber nicht gelungen war, sich dem Gedächtnis seiner Leser tiefer einzuprägen, behauptete einen ehrenvollen Platz mittleren Ranges innerhalb des politischen Schrifttums, das vor etwa fünfzehn Jahren ans Licht getreten war. Es gab keine spätere Publikation, aus der sich ersehen ließ, ob er noch lebte und ob er noch schrieb. Er gehörte zu der geringen Zahl der bescheidenen Autoren, von deren Dasein man nur weiß, weil man den Titel ihrer Werke kennt. Ihr Name ist zwar in vieler Munde, aber ihre Person bleibt im Dunkel, und sie können ganz verschwinden oder sich zurückziehen, ohne daß die Welt, die nur durch ihre Schriften mit ihnen in Verbindung steht, je erfährt, was aus ihnen geworden ist.

Ich wiederholte die Titel der Werke und den Namen des Verfassers und sah Dominique an; er lächelte, weil er begriff, daß ich ihn erriet.

»Bitte machen Sie«, sagte er, »dem politischen Schriftsteller ja keine Komplimente auf Grund der Eitelkeit des Dichters! Der greifbarste Unterschied zwischen beiden besteht darin, daß die Öffentlichkeit sich mit dem ersteren beschäftigt, während sie dem anderen nicht die gleiche Ehre erwiesen hat. Sie hat recht getan, jenen totzuschweigen, aber ich frage mich, ob es nicht unrecht war, diesen so gut aufzunehmen. Es gab für mich verschiedene Ursachen, meinen Namen zu ändern, ebenso wie ich im anderen Falle von Anfang an schwerwiegende Gründe zur vollständigen Wahrung der Anonymität hatte, und zwar mehrfache Gründe, die jedoch durchaus nicht allein auf schriftstellerischen Bedenken und natürlicher Bescheidenheit fußten. Sie sehen, wie recht ich gehandelt habe; denn heute weiß keiner, daß der, den man für den Autor meiner Bücher hält, recht kümmerlich als Gemeindevorsteher und Weinbauer lebt.«

»Sie schreiben also nicht mehr?« fragte ich.

»Nein, damit ist es aus. Übrigens muß ich sagen, daß es mir, seitdem ich meine Arbeiten an den Nagel gehängt habe, durchaus an Zeit fehlt. Dagegen habe ich mancherlei Pläne, was meinen Sohn betrifft. Wäre ich der gewesen, der ich nicht bin, würde ich der Meinung sein, daß das Geschlecht der de Brays genug geleistet hat, daß seine Aufgabe erfüllt ist und daß mein Sohn sich Ruhe gönnen darf. Nun hat das Schicksal anders entschieden, und wir haben die Rollen vertauscht. Ob das für ihn ein Glück ist oder ein Unglück, weiß ich nicht. Ich hinterlasse ihm nur den Entwurf zu einem Leben, denn ich bin über diesen Entwurf nicht hinausgekommen. Wenn ich mich nicht täusche, wird er ihn ausführen. Nichts findet einen Abschluß. Alles lebt weiter, selbst der Ehrgeiz.«

Sobald wir den gefährlichen Raum, in dem Gespenster ihr Wesen trieben und in dem Versuchungen ihn zweifellos scharenweise bedrängten, verlassen hatten, wurde Dominique wieder der Gutsherr von Les Trembles, wie ihn jeder kannte. Er sprach zärtlich mit Frau und Kindern, nahm sein Gewehr, pfiff seinen Hunden; und wenn der Himmel sich aufklärte, gingen wir fort, um den Rest des Tages auf den durchnäßten Fluren zu verbringen.

Dieses behagliche Dasein dauerte bis zum November. Es war einfach und zwanglos. Es gab keine großen Herzensergießungen, aber es fehlte auch nie an der natürlichen und selbstverständlichen Offenheit, die Dominique sich zur Regel gemacht hatte, wenn sein inneres Leben nicht betroffen wurde. Er liebte das Land, wie Kinder es lieben, und machte daraus auch kein Hehl; aber wenn er von ihm sprach, dann tat er es als Mann, der auf dem Lande lebt, und nicht als Literat, der das Land einmal besungen hat. Es gibt Worte, die in seinem Munde nicht vorkamen. Ich habe außer ihm keinen Menschen gekannt, der eine solche Scheu vor bestimmten Vorstellungen hatte; und das Aussprechen von sogenannten poetischen Gefühlen bedeutete für ihn eine Tortur, die seine Kraft überstieg. Seine Leidenschaft für das Landleben war also ganz echt, wenn auch im Ausmaß begrenzt. Er gab sich in dieser Hinsicht absichtlich Illusionen hin und verzieh den Bauern ihre Unwissenheit und, abgesehen von Lastern, auch manchen anderen Fehler. Er lebte in ständigem Umgang mit ihnen, obschon er selbstverständlich weder mit ihren Sitten noch ihrem Geschmack noch ihren Vorurteilen irgend etwas gemein hatte.

Die außerordentlich einfache Art sich zu kleiden, die einfachen Umgangsformen, die einfache Lebensführung hätte man für ein bewußtes Verstecken seiner Überlegenheit halten können. Aber niemand vermutete so etwas bei ihm. In Villeneuve hatten viele seine Geburt, sein Heranwachsen und alsdann, nach mehreren Jahren des Fernseins, seine Heimkehr und seinen Entschluß zum Bleiben miterlebt. Es gab alte Leute, für die hieß der jetzt Fünfundvierzigjährige noch immer der kleine Dominique; aber von all denen, die an Les Trembles vorübergingen und einen Blick zum zweiten Stock hinaufwarfen, wo er rechter Hand sein Zimmer gehabt hatte, ahnte ganz gewiß kein einziger, daß ihr Denken und Empfinden durch eine weltweite Kluft geschieden waren.

Ich habe von den Menschen gesprochen, die Dominique in Les Trembles besuchten, und ich muß darauf noch einmal zurückkommen, weil ich bis zu einem gewissen Grade Zeuge einer Begebenheit war, die ihn tief beeindruckte.

Unter den Freunden, die sich, wie üblich, auch dieses Jahr in Les Trembles einfanden, um das Hubertusfest zu feiern, war auch einer seiner ältesten Kameraden. Ich erfuhr, daß er sehr reich sei und daß er als Junggeselle in völliger Zurückgezogenheit auf einem zwölf Meilen entfernten Gut wohne. Er hieß Olivier d'Orsel und war genauso alt wie Dominique; das blonde Haar und das fast bartlose Gesicht ließen ihn allerdings jünger erscheinen. Er sah gut aus, war sicher im Auftreten und hatte eine verbindliche, ja bestrickende Art sich zu geben. In seinen Bewegungen, seinem Sprechen und seinem Tonfall zeigte sich überdies so etwas wie ein unüberwindliches Dandytum, von dem im Kreise von Müden und Übersättigten ein wirklicher Zauber ausgehen mußte. Man wußte bei ihm nie, ob Schlaffheit, Gleichgültigkeit oder Gespreiztheit die Oberhand hatten. Er liebte Jagd und Pferde. Eine Zeitlang hatte er für Reisen geschwärmt; dann hatte er das Reisen aufgegeben. Paris war nicht sein Geburtsort, aber seine Wahlheimat. Eines schönen Tages wurde jedoch bekannt, daß er die Stadt verlassen und sich, ohne daß sich eine Erklärung dafür finden ließ, abseits in den Sümpfen seines Gutes Orsel, in der unzugänglichsten Einsamkeit, vergraben habe. Dort führte er ein wunderliches Leben, als seien Flucht und Vergessenheit immer sein Ziel gewesen. Er ließ sich kaum sehen, empfing niemanden und verkroch sich ganz im Dunkel seines undurchschaubaren Entschlusses, der allgemein als ein Ausdruck von Verzweiflung gedeutet wurde. Denn er war noch jung und so reich, daß man Leidenschaften, zum mindesten aber Liebhabereien der verschiedensten Art bei ihm vermuten durfte. Er war wenig belesen, obschon er durch Hörensagen ziemlich viel gelernt hatte. Überdies trug er eine Art von hochmütiger Verachtung für Bücher zur Schau und behauptete, großes Mitleid mit jedem zu haben, der sich die Mühe gebe, sie zu schreiben. »Wozu eigentlich?« pflegte er zu sagen. Das Leben sei viel zu kurz und verdiene gar nicht, daß man sich seinetwegen solchen Anstrengungen unterziehe. Und darauf verteidigte er diesen abgedroschenen Grundsatz der Gescheiterten meist mit mehr Witz als Logik, obschon er selbst bisher nichts getan hatte, was ihm das Recht gab, sich ihnen zuzurechnen. Das Bemerkenswerteste an seinem Charakter, dessen ursprüngliche Anlage unter dem Druck der Einsamkeit entschieden gelitten und sich verbraucht hatte, war doch wohl eine nie ganz befriedigte, aber auch nie ganz aufgegebene Liebe zum großen Luxus, zum ungestümen, dauernden Genießen und zum leeren Hin und Her des Lebens. Und aus der Kühle und vornehmen Schwermut, die sein ganzes Wesen durchdrang, ging eines deutlich hervor: seine Mutlosigkeit, eine Folge der nicht eben hohen und trotzdem enttäuschten Ambitionen, hatte nur der Ekel vor sich selbst überdauert und, mit ihm verbunden, ein mächtiger Hang zur Bequemlichkeit. In Les Trembles war er jederzeit willkommen; denn Dominique verzieh ihm fast alle Wunderlichkeiten im Gedanken an ihre alte Freundschaft, der übrigens auch Olivier mehr Herzlichkeit schenkte, als er sonst zu vergeben pflegte.

Während der wenigen Tage, die er in Les Trembles zubrachte, entfaltete er seine gesellschaftlichen Fähigkeiten.

Er war ein liebenswürdiger Gefährte, ein vorzüglicher Jäger, ein angenehmer Tischgenosse, und, abgesehen von ein oder zwei Verstößen gegen seine übliche Zurückhaltung, kam seine gelangweilte Art so gut wie gar nicht zum Vorschein.

Frau de Bray ging mit der Absicht um, ihn zu verheiraten; ein sinnloses Unterfangen, denn nichts war schwieriger, als ihn zu einem vernünftigen Gespräch über solche Pläne zu bringen. Meistens erwiderte er, daß er über das Alter hinaus sei. Man dürfe nur heiraten, solange man vom Gefühl fortgerissen werde; denn, wie alle wichtigen und schwierigen Lebensentscheidungen, verlange auch die Ehe Feuer und Schwung.

»Die Ehe ist ein Spiel«, sagte er, »und kein Spiel ist so vom Zufall abhängig wie sie. Entschuldbar wird es nur durch die Größe, die Wucht, die Aufrichtigkeit und die Unbestechlichkeit der Illusionen, die man zum Pfand gibt; und es lohnt nur, wenn auf beiden Seiten hohe Einsätze gewagt werden.«

Zuweilen zeigte man sich auch darüber verwundert, daß er sich in Orsel einer Untätigkeit überließ, die seine Freunde betrübte. Auf diese Bemerkung, die nicht neu war, pflegte er zu erwidern: »Jeder handelt nach dem Maß seiner Kräfte.« Und wenn einer darauf: »Das ist eine kluge Bemerkung« erwiderte, entgegnete er: »Mag sein. Jedenfalls darf keiner behaupten, daß es Torheit sei, friedlich auf seinen Gütern zu leben und es sich dabei wohl sein zu lassen.«

»Das kommt auf die Umstände an«, warf Frau de Bray ein.

»Darf ich fragen, welche Umstände Sie meinen, gnädige Frau?«

»Ich denke an den Segen, den einer von der Zurückgezogenheit zu ernten hofft.« Und mit einem unwillkürlichen Blick auf ihre Kinder und ihren Gatten fügte sie hinzu: »Vor allem, ob er und wie großen Wert er auf die Familie legt.«

»Sie müssen wissen«, unterbrach Dominique, »daß meine

Frau eheliche Bindungen, auch wenn sie von manchen klugen Denkern für fragwürdig gehalten werden, zu den unabdingbaren Pflichten des Menschen zählt. Sie behauptet, der Mensch sei nicht frei und er mache sich schuldig, wenn er einem anderen ein Glück versage, das er ihm schenken könne.«

»Sie wollen also wirklich nicht heiraten?« fragte Frau de Bray nochmals.

»Vermutlich nicht«, entgegnete Olivier in sehr viel ernsterem Ton. »Manches hätte ich tun müssen, ohne andere derart zu gefährden und ohne mir selbst so viel aufzubürden, wie ich es getan habe. Sein Leben zu wagen bedeutet nichts; sein Leben aufs Spiel zu setzen heißt schon mehr. Aber die Verantwortung für die Freiheit und das Glück eines anderen auf sich laden . . . seit einigen Jahren denke ich darüber nach; und das Ergebnis ist, daß ich's nicht auf mich nehmen werde.«

Am Abend nach dieser Unterhaltung, die ein ziemlich grelles Licht auf sein falsches Denken und auf sein Unvermögen geworfen hatte, verließ Herr d'Orsel Les Trembles. In Begleitung seines Dieners ritt er davon. Es war eine kalte, klare Nacht.

»Armer Olivier«, sagte Dominique, als er ihn in gestrecktem Galopp in Richtung Orsel verschwinden sah.

Ein paar Tage später überbrachte ein persönlicher Bote, der in fliegender Eile von Orsel gekommen war, Dominique ein schwarz versiegeltes Schreiben. Der Inhalt brachte ihn, der seine Erregung sonst immer zu meistern verstand, ganz aus der Fassung.

Olivier war ein Unglück zugestoßen. Welcher Art es war, wurde in dem Schreiben mit dem düsteren Siegel entweder nicht erwähnt, oder Dominique hatte bestimmte Gründe, bei der halben Wahrheit zu bleiben. Er ließ sofort den Reisewagen anspannen, benachrichtigte den Arzt und bat ihn, sich bereit zu halten. Er müsse ihn begleiten. Und es war noch keine Stunde nach dem Eintreffen der geheimnisvollen Botschaft vergangen, als der Doktor und Herr de Bray sich in größter Eile nach Orsel auf den Weg machten.

Erst nach einer Reihe von Tagen – inzwischen war es Mitte November geworden – kehrten sie zurück, und zwar trafen sie bei Nacht ein. Der Arzt, der mir zuerst von seinem Patienten erzählte, gab mir, was mich bei einem Manne seines Berufes nicht verwunderte, keine nähere Auskunft. Ich erfuhr nur, daß Olivier nicht mehr in Lebensgefahr schwebe, daß er die Heimat verlassen habe, daß seine Genesung Zeit beanspruche und ihn vermutlich zu einem längeren Aufenthalt in einem wärmeren Klima zwingen werde. »Der Unfall dürfte«, fügte der Doktor hinzu, »jedenfalls den einen Erfolg haben, daß er den unverbesserlichen Einsiedler seinem schrecklichen, trostlosen, weltfernen Dasein entreißt und daß er nun eine andere Luft atmet und mit dem Wohnort auch vielleicht die Lebensweise ändert.«

Ich fand Dominique völlig niedergeschlagen, und seine Züge nahmen den Ausdruck eines tiefen Kummers an, als ich mir erlaubte, eine Reihe von Fragen an ihn zu richten, die mein aufrichtiges Mitgefühl für den Gesundheitszustand seines Freundes bewiesen.

»Ich halte es für unnütz, Sie zu hintergehen«, sagte er. »Früher oder später wird die Wahrheit doch ans Licht kommen, da es sich um eine Katastrophe handelt, die sich leicht voraussehen ließ, die abzuwenden jedoch leider unmöglich war.«

Damit gab er mir Oliviers eigene Zeilen.

Orsel, November 18 . .

Mein lieber Dominique,

der Dir schreibt, ist im wahren Sinne des Wortes ein Gestorbener. Ich habe nie etwas getaugt, das hat man mir oft genug vorgehalten; ja ich habe die noch mit in den Abgrund gerissen, die mich gern hatten. Es wurde Zeit, ein Ende zu machen. Dieser Plan, der schon älteren Datums ist, hat an dem Abend, an dem ich Dich verließ, festere Form angenommen. Ich habe ihn unterwegs ausreifen lassen und fand ihn gut, weil er niemandem weh tut. Auch meine Rückkehr in die auch Dir vertraute Umgebung hat nicht die Kraft gehabt, meinen Entschluß zu ändern. Leider hat meine Geschicklichkeit versagt; und alles, was erreicht wurde, ist, daß ich mich entstellt habe. Einerlei, ich habe Olivier getötet. Das wenige, das noch von ihm übrig ist, wartet auf seine Stunde. Ich verlasse Orsel, um niemals heimzukehren. Nie werde ich vergessen, daß Du mein bester, nein, mein einziger Freund gewesen bist. Du wirst für mich Zeugnis ablegen und mich rechtfertigen. Lebe wohl, sei glücklich! Und wenn Du Deinem Sohn von mir erzählst, dann tue es nur, um ihm zu sagen, daß er mir nicht gleichen darf.

Olivier

Gegen Mittag fing es an zu regnen. Dominique zog sich in sein Arbeitszimmer zurück, und ich folgte ihm. Dieser halbe Tod eines Jugendgefährten, des einzigen alten Freundes von ihm, den ich kennengelernt habe, hatte schmerzliche Erinnerungen wachgerufen; und es bedurfte nur eines letzten Anstoßes, um ihn zum Reden zu bringen. Ich bat ihn nicht um sein Vertrauen; er selbst schenkte es mir. Als brauche er die Geständnisse, die ich in seiner Geheimschrift vor mir hatte, nur in Worte umzusetzen, erzählte er mir unverhohlen, wenn auch nicht ohne Erregung, folgende Geschichte.

III

Was ich Ihnen von mir zu berichten habe, ist nicht eben viel und könnte mit wenigen Worten gesagt werden: einer, der aufs Land gehört, verläßt sein Dorf für kurze Zeit; ein Schriftsteller, der mit seinen Leistungen unzufrieden ist, gibt seinen vermessenen Ehrgeiz auf; und am Anfang wie am Ende der Geschichte ist der Giebel seines Vaterhauses im Spiel. Dieser oberflächliche Überblick und der banale Ausgang des Ganzen, den Sie kennen, sind der Gipfel dessen, was meine Geschichte als Moral, und vielleicht das Romanähnlichste, was sie als Erzählung enthalten wird. Alles übrige ist für niemanden lehrreich und lebt höchstens in meinen Erinnerungen. Sie brauchen nicht zu glauben, daß ich ein Geheimnis daraus mache, aber ich spreche so wenig wie möglich darüber, und zwar aus besonderen Gründen, die nichts mit einem etwaigen Bedürfnis zu tun haben, mir mehr Bedeutung zuzumessen, als mir gebührt.

Von den wenigen Personen, die in dieser Erzählung vorkommen und über die ich fast ebensoviel reden werde wie über mich selbst, ist die eine ein alter Freund. Es ist schwer, ihn zu schildern; noch schwerer, zu einem freundlichen Urteil zu gelangen. Sie haben soeben seinen traurigen Abschiedsbrief gelesen. Niemals würde er sich über ein Dasein ausgesprochen haben, an dem er keinen Gefallen finden konnte. Ihm in diesem Bekenntnis einen Platz anweisen heißt fast so viel wie ihn zu Ehren bringen. Der zweite hat keine Veranlassung, von sich zu schweigen. Er bekleidet einen Posten, der dem eines hohen Beamten gleicht. Wenn Sie ihn noch nicht kennen, werden Sie ihn vermutlich kennenlernen; und ich glaube nicht, daß ich seine Verdienste im allermindesten schmälere, wenn ich Ihnen erzähle, daß er einfacher Herkunft ist. Was die dritte Person angeht, der begegnet zu sein meine Jugend nachhaltig erschüttert hat, so lebt sie in gesicherten und glücklichen Verhältnissen und in einem so großen inneren Abstand von mir, daß sie keine Verquickung der Erinnerungen dessen, der von ihr erzählen wird, mit den ihren zu fürchten braucht.

Ich darf behaupten, daß ich kein Elternhaus gehabt habe. Erst jetzt haben meine Kinder mich gelehrt, was das ruhige Glück einer Verbundenheit bedeutet, die mir gefehlt hat, als ich so alt war wie sie. Meine Mutter hatte kaum die Kraft, mich zu nähren; dann starb sie. Mein Vater lebte noch einige Jahre, aber in einem so elenden Gesundheitszustande, daß ich lange vor seinem Tode aufhörte, seine Gegenwart zu spüren, und daß sein Fortgehen für mich weit hinter sein wirkliches Hinscheiden zurückreicht. Eigentlich ist mir beides nicht zum Bewußtsein gekommen; und an dem Tage, an dem ich in Trauer um den eben Gestorbenen allein zurückblieb, merkte ich keine sonderliche Veränderung, die mir Leiden verursachte. Der Klang des Wortes »Waise«, das man so oft als ein Wort wiederholt, das Unglück bedeutet, erweckte in mir nur undeutliche Vorstellungen; und lediglich durch die Tränen meiner Dienerschaft wurde mir klar, daß ich zu beklagen sei.

Inmitten dieser braven Leute wuchs ich auf. Eine Schwester meines Vaters, Frau Ceyssac, überwachte mich zunächst aus der Ferne; nach einiger Zeit jedoch, als die Sorge um mein Vermögen und meine Erziehung ihre Anwesenheit dringend erforderlich machten, ließ sie sich in Les Trembles nieder. Sie fand in mir ein ungesittetes, vernachlässigtes Kind, das sich leicht lenken, aber weniger leicht überzeugen ließ und das im buchstäblichen Sinne des Wortes ungezogen war, weil es nicht die geringste Vorstellung von einem geordneten und arbeitsamen Leben besaß. Als man mir zum ersten Male klarmachte, daß ich etwas lernen und meine Zeit einteilen müsse, stand ich mit offenem Munde da, so wenig leuchtete mir ein, daß es im Leben überhaupt irgend etwas anderes geben könne als das Vergnügen des Umherstrolchens. Die letzten Erinnerungen, die mich mit meinem Vater verbinden, sind folgende: Während der kurzen Zeit, in der die tödliche Krankheit ihm Ruhe gönnte, pflegte er das Haus zu verlassen, sich zu Fuß bis zur äußeren Parkmauer zu bewegen und dort an sonnigen Nachmittagen, auf einen festen Stock gestützt, so langsam, daß er mir wie ein ganz alter Mann vorkam, stundenlang auf und ab zu gehen. Ich wilderte inzwischen und legte Vogelschlingen. Da ich nie, von einer einzigen kaum nennenswerten Ausnahme abgesehen, irgendeine Anleitung genossen hatte, bildete ich mir ein, ich täte ungefähr dasselbe, was mein Vater früher getan hatte. Meine einzigen Kameraden jener Zeit waren Bauernsöhne aus der Nachbarschaft, die sich entweder als zu träge für die Schulbank oder als zu klein für die Verwendung in der Landwirtschaft erwiesen und die, so viele ihrer sein mochten, durch ihr Vorbild meine völlige Unbekümmertheit unterstützten, was die Zukunft betraf. Die einzige durchaus angenehme Erziehung, der einzige Unterricht, der mir Auflehnung ersparte und, wohlgemerkt, der einzige, der mir einen wirklich nachhaltigen Gewinn bringen sollte, ging von ihnen aus. Durch

Übung, aber ohne bestimmte Reihenfolge, lernte ich eine Unmenge von Einzelheiten, die zu den Kenntnissen und Freuden des Landlebens gehörten. Ich besaß alle wünschenswerten Eigenschaften, um aus einem solchen Unterricht den rechten Nutzen zu ziehen: eine feste Gesundheit, die Augen eines Landmannes, was soviel heißt wie vollkommene Augen, ein frühzeitig für die leisesten Geräusche geübtes Gehör, unermüdbare Beine, Liebe zu allem, was sich im Freien abspielt, und einen lebhaften Hang, alles sehen, hören und beobachten zu wollen. Wenig Gefallen fand ich am Vorlesen; dagegen hörte ich mit der größten Aufmerksamkeit zu, wenn erzählt wurde. Bücher voll seltsamer Geschichten regten mich weniger auf als Legenden; und den Aberglauben der Gegend nahm ich viel ernster als jedes Märchen.

Mit zehn Jahren glich ich allen Kindern von Villeneuve. Ich wußte soviel wie sie und etwas weniger als ihre Väter. Zwischen ihnen und mir bestand jedoch eine anfangs kaum spürbare Verschiedenheit, die plötzlich greifbare Form annahm: die Welt und die Vorgänge, die wir gemeinsam erlebten, lösten bei mir Empfindungen aus, die ihnen unbekannt blieben. So weiß ich, wenn ich meinen Erinnerungen nachgehe, ganz genau, daß das Vergnügen, Schlingen zu legen, sie im Buschwerk zu verteilen und den Vogel zu beobachten, nicht das war, was mich bei der Jagd am meisten fesselte. Als Beweis führe ich an, daß der einzige einigermaßen lebendige Eindruck, der sich von dem ganzen hinterhältigen Vorgehen bei mir erhalten hat, eine sehr deutliche Vorstellung von den entsprechenden Örtlichkeiten, ein genaues Wissen um Stunde und Jahreszeit, ja der Nachhall von bestimmten Geräuschen sind, die mir jetzt noch im Ohre klingen. Vermutlich wird es Ihnen sehr kindlich vorkommen, daß ich mich noch heute, nach fünfunddreißig Jahren, auf den Abend besinne, an dem ich in einem frisch gepflügten Brachland meine Schlingen aufhob. Ich weiß noch, wie das Wetter, wie der Wind, weiß, daß es still und daß der Himmel bedeckt war; daß Herbsttauben sich mit ziemlich lauten Flügelschlägen auf dem Acker niederließen und daß die

Mühlen, denen man die Leinwand abgenommen hatte, im ganzen Flachland auf den Wind warteten, der nicht kam. Wieso ein Umstand von so geringem Gewicht einschließlich des Jahres und, wenn möglich, auch noch des genauen Tages, sich in meinem Gehirn so hat festsetzen können, daß er in diesem Augenblick in der Erzählung eines gereiften Mannes wieder ans Licht tritt, vermag ich nicht zu sagen. Aber wenn ich Ihnen von tausend Vorfällen diesen einen nenne, so geschieht es, um Ihnen verständlich zu machen, daß sich schon damals von meinem äußeren Leben etwas abspaltete und daß sich in mir eine Art von sonderbarem Erinnerungsvermögen bildete, das für Tatsachen wenig empfänglich war, dafür aber von einer einzigartigen Fähigkeit, sich mit Bildern vollzusaugen.

Auf alle Fälle war – und das ging zumal jeden an, dem an meiner Zukunft lag – diese sogenannte kernige Erziehung abscheulich. Ich hatte zwar sehr viel Zerstreuung und lebte inmitten der rauhen Duzfreundschaften des Dorfes; aber im Grunde war ich einsam, einsam durch meine Herkunft und meine gesellschaftliche Stellung, und einsam auch wegen des Mißklangs zwischen dem Dasein, das ich führte, und dem, das meiner harrte. Ich klammerte mich an Geschöpfe, die meine Bedienten hätten sein sollen, aber nicht meine Freunde. Ohne es zu merken, wurzelte ich, und bei Gott, mit den zähesten Fasern, an Stätten, von denen ich mich hätte losmachen, und zwar so rasch wie möglich losmachen müssen. Und schließlich nahm ich Gewohnheiten an, die nur dazu beitrugen, mich zu dem zwiespältigen Wesen zu machen, das Sie demnächst kennenlernen werden, einem Wesen, das halb Bauer, halb Alleskönner, das bald das eine und bald das andere und oft sogar beides gleichzeitig ist, ohne daß jemals das eine oder das andere die Oberhand gewonnen hätte.

Meine Unwissenheit, das sagte ich schon, war nicht zu überbieten. Meine Tante merkte es und ließ daraufhin schleunigst einen Erzieher nach Les Trembles kommen, einen jungen Gymnasiallehrer aus Ormesson. Er war ein fester, sicherer und bestimmter Charakter und sehr belesen.

Über alles hatte er seine eigene Meinung. Er entschloß sich rasch, handelte jedoch nie, ohne sich vorher über die Gründe seines Tuns klarzuwerden, und da er im Praktischen zu Hause war, fehlte es ihm auch nicht an Ehrgeiz. Ich habe in meinem Leben keinen Menschen mit weniger Idealismus und mehr Kaltblütigkeit gekannt, keinen, der seinem Geschick mit so festem Mut ins Auge blickte und dabei so geringe wirtschaftliche Mittel hinter sich hatte wie ihn. Er hatte klare Augen, eine ungezwungene Art sich zu geben, und eine überzeugende Art zu sprechen. Überdies besaß er genau das richtige Maß an Haltung und Verstand, das nötig ist, um unbemerkt zu Ansehen zu gelangen. Es bedarf kaum der Erwähnung, daß die Begegnung eines solchen Charakters mit dem meinen, der ihm wenig glich, mir bittere Leiden auferlegte; ich muß jedoch hinzusetzen, daß seine echte Herzensgüte, die Redlichkeit seiner Empfindungen und die Lauterkeit seines Denkens niemals versagt haben. Es gehörte zu seiner unvollkommenen Natur, deren Mängel übrigens nicht allzu groß waren, daß manche überragenden Fähigkeiten fehlende Eigenschaften ausglichen, so daß ein Ganzes entstand, an dem man keine Lücke bemerkte. Man hätte ihn auf etwa dreißig Jahre geschätzt, obschon er genau vierundzwanzig war. Sein Rufname war Augustin, und bis auf weiteres werde ich ihn so nennen.

Sobald er sich bei uns eingerichtet hatte, änderte sich mein Leben. Von jetzt an war es geteilt. Ich brauchte auf die bisherigen Gewohnheiten keineswegs zu verzichten, sie wurden jedoch durch neue ergänzt. Ich bekam Bücher, Schreibhefte und einen Arbeitsplan. Die in der freien Zeit erlaubten Vergnügungen schmeckten mir um so besser, und mit meiner leidenschaftlichen Liebe zum Land nahm auch mein Verlangen nach seinen Freuden zu.

Das Haus Les Trembles sah damals nicht anders aus als heute. Und wenn Sie mich fragen, ob es lustiger oder weniger lustig zuging, so erwidere ich Ihnen, daß in Kindern die Anlage steckt, ihre Umgebung dermaßen sowohl zu verschönern wie zu vergrößern, daß später alles ohne zwingenden Grund kleiner und häßlicher erscheint, nur weil es von einer anderen Warte aus betrachtet wird. Von Andreas – Sie kennen ihn ja –, der das Haus sechzig Jahre lang nicht verlassen hat, weiß ich, daß damals alles fast genauso verlaufen ist wie heute. Die frühzeitig entwickelte wunderliche Angewohnheit, meinen Namenszug zu kritzeln und bei jedem Anlaß Erinnerungszeichen anzubringen, würde der Weg sein, meinem Gedächtnis auf die Spur zu helfen, wäre es nicht unfehlbar. Es gibt auch Augenblicke, da sind die langen Jahre, die zwischen damals und heute liegen, wie aufgehoben, und mein seitheriges Leben mit allen drückenden Sorgen, allen Anlässen zu Freude und Trauer und allen gewichtigen Gründen zu Aufregungen verblaßt völlig. Da alles geblieben ist, wie es war, scheint das Dasein unverändert; es ist, als geriete man wie auf ein altes Geleise – oder, wenn Sie mir ein Bild erlauben, das meinen Gefühlen etwas besser entspricht, als bräche eine alte, völlig geheilte, aber noch spürbare Wunde plötzlich wieder auf, und man müßte schreien, wenn man sich nicht zusammennähme. Stellen Sie sich vor, daß, bevor ich die Schule besuchte, was später geschah, der Glockenturm, den Sie sehen, nicht einen einzigen Tag aus meinem Gesichtsfeld geschwunden ist, daß ich an denselben Plätzen, mit denselben Gewohnheiten gelebt habe, daß die Dinge mich noch heute so anschauen, wie sie mich damals angeschaut haben, und daß sie noch in dem Zustande sind, in dem ich sie kennen und lieben lernte! Lassen Sie sich erzählen, daß nicht eine einzige Erinnerung aus jener Zeit ermattet, geschweige denn erloschen ist! Und wundern Sie sich nicht, wenn ich bisweilen abschweife und von Dingen rede, die die Kraft haben, mich derart zu verjüngen, daß ich wieder zum Kinde werde! Auch gibt es Namen, Ortsbezeichnungen vor allem, die ich nie kalten Blutes habe aussprechen können. Zu ihnen gehört der Name Les Trembles.

Wenn es hundertmal der Fall wäre, daß Sie Les Trembles so genau kennten wie ich, würde ich trotzdem nicht weniger Mühe haben, Ihnen begreiflich zu machen, was für mich hier so schön war. Schön war eigentlich alles, sogar der Garten, von dem Sie doch wissen, daß er äußerst anspruchslos ist. Es gab Bäume, etwas Seltenes hierzulande, und viele Vögel, die Bäume lieben und die sich anderswo nicht niederlassen konnten. Es gab Menschenwerk und Natur, gab sandige Alleen, die zu Freitreppen und weiter zu Gittern führten. Die schmeichelten meiner alten Vorliebe für Stätten, an denen Menschen einmal in großer Aufmachung umhergegangen sind und wo die Frauen einer anderen Zeit die Pracht ihrer festlichen Gewänder entfalteten. Es gab versteckte Winkel, feuchte Stellen auf den Wegen, die kaum von der Sonne erreicht wurden, wo das ganze Jahr über ein grünliches Moos auf einem schlammigen Boden gedieh, und entlegene Plätze, die nur ich kannte. Dort hatte die Luft etwas Abgestandenes und Vergessenes und rief in anderer Weise die Vergangenheit wach, ein Eindruck, der mich seitdem immer berührt hat. Genau besinne ich mich, daß ich mich auf hohe Buchsbäume setzte, die zu Bänken geschnitten waren und die die Alleen säumten. Ich fragte nach ihren Jahren; sie waren unendlich alt. Und dann untersuchte ich mit besonderer Neugier das niedrige Gesträuch, das nach Andreas' Angaben so viele Jahre zählt wie die ältesten Steine des Hauses und das weder mein Vater noch mein Großvater noch dessen Vater gepflanzt haben. Abends kam dann die Stunde, in der die Vergnügungen ein Ende nahmen. Ich zog mich auf die höchsten Stufen der Freitreppe zurück und betrachtete hinten im Garten, wo der Park beginnt, die Mandelbäume. Ihnen nahm der Septemberwind zuerst das Laub, und dann bildeten sie ein seltsames Transparent vor den flammenden Teppichen des Abendhimmels. Im Park standen helle Bäume, Esche und Lorbeer; dort hausten zur Herbstzeit Scharen von Drosseln und Krammetsvögeln. Und etwas weiter entfernt sah man eine Gruppe von mächtigen Eichen. Sie wurden am spätesten grün, aber auch am spätesten kahl. Bis in den Dezember hinein bewahrten sie einen rostbraunen Schmelz, auch wenn das ganze Gehölz schon aussah, als sei es gestorben. Dort hatten die Elstern ihr Nest, dort fielen die Zugvögel ein, und dort ließen sich immer die ersten Eichelhäher und die ersten Krähen nieder, die unserem Lande in keinem Winter fehlten.

Jede Jahreszeit brachte ihre Gäste, und jeder Gast suchte sich sofort sein Quartier. Den frühen Vögeln gefielen die blühenden Bäume, den Herbstvögeln die höheren, und die im Winter kamen, bevorzugten das Gestrüpp, die immergrünen Büsche und den Lorbeer. Mitten im Winter, oft auch schon während der ersten Nebel, entfernte sich eines Morgens bisweilen ein seltsamer Gast, mit fremdem, etwas lautem, sehr linkischem und doch raschem Flügelschlagen. Es war eine nachts angekommene Schnepfe. Beim Aufsteigen streifte sie das Geäst, dann glitt sie durch die Zweige der hohen, kahlen Bäume. Kaum einen Augenblick war sie so deutlich sichtbar, daß man den langen, geraden Schnabel erkannte. Erst im folgenden Jahr begegneten wir ihr wieder, und zwar zur nämlichen Zeit und an der nämlichen Stelle, so daß wir glauben konnten, es sei derselbe Wanderer auf dem Wege in die Heimat.

Im Mai kam die Turteltaube und mit ihr der Kuckuck. Sie lockten mit freundlichen Rufen, aber in langen Abständen, zumal an lauen Abenden, wenn die Luft heimlich erfüllt war von einem mächtigeren Drängen junger Säfte und Kräfte. Im tiefen Dickicht, wo der Garten zu Ende war, in den hellen Kirschbäumen, in den blühenden Ligustern und in den mit duftenden Dolden überladenen Fliedersträuchern flöteten die ganze Nacht – es waren die langen Nächte, in denen ich kaum schlief, in denen der Mond schien, bisweilen aber auch still, warm und fast geräuschlos der Regen fiel, wie Freudentränen –, flöteten die ganze Nacht, mir zum Entzücken und mir zur Pein, die Nachtigallen. Bei trübem Wetter schwiegen sie; aber nach sonnigen Tagen, wenn ein milder Wind wehte und die Hoffnung auf den nahen Sommer zunahm, begannen sie aufs neue. In der Brutzeit hörten sie ganz auf. Und manchmal, gegen Ende Juni, an einem brennend heißen Tage, begegnete unserem Blick mitten im stärksten, vollsten und dichtesten Laub irgendeines Baumes ein kleiner, stummer Vogel von schwer zu bestimmender Farbe. Ängstlich und allem entfremdet, irrte er einsam umher; dann flog er davon. Es war derselbe, der im Frühling gekommen war und der uns jetzt verließ.

Draußen bleichte das reifende Korn, das Holz der ältesten Reben brach auf; an den Ranken zeigten sich die ersten Knospen. Das Getreide war noch grün. Weithin überzog es das wellige Flachland, wo die Esparsetten sich blutrot färbten und der Raps das Auge blendete wie Beete aus Gold. Eine unendliche Welt von Insekten, Schmetterlingen und Vögeln des Feldes war in Bewegung, erreichte mit der Junisonne eine Vielfalt ohnegleichen und entwickelte ein gewaltiges Leben. Schwalben schossen durch die Luft; und am Abend, wenn die Mauersegler aufgehört hatten, sich mit kurzen, scharfen Schreien zu jagen, kamen die Fledermäuse zum Vorschein. Es war, als sei ihr wunderlicher Schwarm von der Abendsonne geweckt worden und beginne nun seine nächtlichen Runden um den kleinen Glockenturm. Wenn die Zeit der Heuernte kam, war das ländliche Treiben ein einziges Fest. Bei dieser ersten großen gemeinsamen Arbeit rückten die Gespanne vollzählig aus; und eine beträchtliche Zahl von Leuten wurde an der gleichen Stelle beschäftigt.

Ich war dabei, wenn gemäht und das Essen ausgegeben wurde; und ich ließ mich von den Wagen mitnehmen, die schwer beladen heimkehrten. Lang ausgestreckt lag ich ganz oben auf der Fuhre wie ein Kind in einem viel zu großen Bett. Ich ließ mich von der sanften Bewegung des Wagens schaukeln, der über das geschnittene Gras dahinrollte, und betrachtete aus einer höheren als der üblichen Sicht den Horizont, der kein Ende zu nehmen schien. Hinter dem grünen Saum der Fluren dehnte sich das Meer ins Unabsehbare; die Vögel glitten in unmittelbarer Nähe an mir vorüber; und durch den berauschenden Eindruck von einem höheren Raum und einer größeren Weite verlor ich für einen Augenblick das Gefühl für die Wirklichkeit. Wenn das Heu dann eingebracht war, wurde das Getreide golden. Die gleiche Arbeit und das gleiche Hin und Her wiederholten sich, aber in einer heißeren Jahreszeit und unter einer grausameren Sonne. Heftigen Winden folgte eine völlige Stille; schwüle Mittage wechselten mit Nächten, die so schön waren wie Morgenröten, und mit der quälenden Spannung gewitterschwangerer Tage. Weniger Freuden, aber mehr Überfluß; Garben über Garben, die auf den erschöpften, von der Glut versengten Boden fielen: das war der Sommer. Den Herbst in unserer Gegend kennen Sie; er ist die gesegnete Jahreszeit. Dann kam der Winter, und mit ihm schloß sich der Kreis des Jahres. Ich hielt mich etwas häufiger als sonst im Zimmer auf; aber meine immer wachen Augen strengten sich noch an, die Dezembernebel und die riesigen Regenschleier zu durchdringen, die das Land in eine tiefere Trauer kleideten als der Reif.

Sobald die Bäume völlig entlaubt waren, ließ sich der Park in seiner ganzen Ausdehnung deutlicher überblicken. Nichts vergrößerte ihn so wie ein leichter Winternebel, der die Hintergründe vertiefte und über die wahren Entfernungen hinwegtäuschte. Es gab kein oder wenig Geräusch; um so deutlicher hörte man jeden Ton; die Lüfte hielten ihn und trugen ihn weiter, zumal bei Abend und bei Nacht. Die Weise eines Zaunkönigs setzte sich in den stummen, kahlen, mit Feuchtigkeit getränkten und in tiefem Schweigen ruhenden Alleen bis ins Unendliche fort, weil sich dem Klange nichts in den Weg stellte. Eine unaussprechliche Stille lag um diese Zeit über Les Trembles. An ebendiesem Platz, an dem ich jetzt mit Ihnen spreche, sammelte, erdichtete und formte ich während der vier Wintermonate die zarte und beschwingte Welt von Bildern und Eindrücken, von Gehörtem und Gesehenem, die mir in den acht übrigen Monaten des Jahres ein reiches Leben geschenkt hatte und die nur so lange einem Traum glich, bis sie ins Dauernde entrückt wurde.

Augustin nahm sich meiner an. Die Jahreszeit kam ihm zu Hilfe. Ich gehörte ihm jetzt fast ungeteilt und sühnte, so gut ich vermochte, die vielen Tage, die ich ohne Beschäftigung hatte verstreichen lassen. Waren sie wirklich ungenützt gewesen?

Augustin war wenig empfänglich für das, was um uns her vorging, während sein Schüler durch nichts unberührt blieb. Dem Wechsel der Jahreszeiten gegenüber verhielt er sich ziemlich gleichgültig; und wie er sich bisweilen sogar im Datum versah, so hätte er sich auch in der Stunde irren können. Manches, was mich beunruhigte oder tief beglückte, beeindruckte ihn überhaupt nicht. Er war ein kühler, kluger Rechner und besaß genau das Maß an Ausgeglichenheit, das mir fehlte. So lebte er neben mir, ohne sich um das zu kümmern, was in mir vorging, ja ohne es auch nur zu ahnen. Er ging wenig an die Luft und verließ selten sein Zimmer, in dem er von früh bis spät in die Nacht arbeitete. Ruhe gönnte er sich nur an den Sommerabenden, wenn das Tageslicht zu schwinden begann und jede Beschäftigung verpönt war. Er las viel oder machte sich Notizen, dann sah ich ihn wieder monatelang schreiben. Es war Prosa, und zwar handelte es sich um lange Zwiegespräche. Einem Kalender entnahm er Listen von Eigennamen. Die setzte er auf einem besonderen Blatt untereinander und machte seine Bemerkungen dazu. Jedem gab er ein bestimmtes Alter, ein bestimmtes Aussehen und einen bestimmten Charakter und überdies irgendeine Eigenart, die wunderlich und manchmal sogar lächerlich sein konnte. Aus alledem setzte er eine Art von Dramen- oder Komödienfiguren zusammen. Er schrieb rasch, sauber, regelmäßig und sehr leserlich. Manchmal war es, als diktiere er sich selbst mit halblauter Stimme. War ihm eine besonders gute Beobachtung geglückt, lächelte er; und nach jeder langen Rede, in der eine seiner Personen sich offenbar richtig, gut und kräftig ausgedrückt hatte, dachte er einen Atemzug lang nach. Dann hörte ich ihn sagen: »Nun, was gibt's darauf zu erwidern?« Hatte er zufällig Lust, sich mitzuteilen, rief er mich zu sich und fragte: »Was meinen Sie dazu, Herr Dominique?« Ich muß wohl den Eindruck erweckt haben, als verstehe ich ihn; aber im Grunde gingen mich Menschen, die ich nie gesehen hatte und von denen ich gar nichts wußte, nicht eben viel an.

Alle diese verschiedenen und verwickelten Existenzen, die miteinander in Konflikt kamen und die der meinen so völlig fremd waren, schienen mir einer nur in der Phantasie lebendigen Gesellschaft anzugehören, in die einzudringen ich nicht das geringste Verlangen verspürte. »Schadet nichts, das werden Sie später begreifen«, sagte Augustin. Ich fühlte undeutlich, was meinen jungen Lehrmeister derart entzückte. Es war das Leben, als Spiel und als ein Ringen der verschiedensten Empfindungen, Neigungen, Bestrebungen und Laster betrachtet. Mir war es indes, um mich zu wiederholen, ziemlich gleichgültig, daß unsere Welt, wie Augustin immer wieder behauptete, ein Schachbrett und daß das Leben eine gut oder schlecht gespielte Partie sei, bei der es eine Reihe von Spielregeln gab. Augustin schrieb häufig Briefe und erhielt auch Antworten, von denen mehrere den Poststempel von Paris trugen. Die entsiegelte er mit besonderem Eifer und las sie rasch. Eine leichte Erregung belebte dann für eine Weile seine sonst so ruhigen Züge. Dem Eintreffen dieser Briefe folgte entweder eine Niedergeschlagenheit, die jedoch nie länger als ein paar Stunden dauerte, oder ein verdoppelter Schwung, der ihn wochenlang mächtig befeuerte.

Ein paarmal sah ich, daß er allerlei Papiere zusammenlegte, sie nach Paris adressierte und das Paket mit dringenden Empfehlungen dem Landbriefträger von Villeneuve aushändigte. Darauf wartete er mit sichtlicher Beklommenheit auf Antwort, eine Antwort, die zuweilen kam und zuweilen nicht kam. Und dann griff er zu einem frischen Bogen, wie ein Landmann, der zu einer neuen Furche übergeht. Er stand früh auf, stürzte an seinen Arbeitstisch, als begäbe er sich in eine Werkstatt, ging spät schlafen und warf nie auch nur einen Blick aus dem Fenster, um zu erfahren, ob es regnete oder ob die Sonne schien; ja, ich glaube, daß er an dem Tage, an dem er Les Trembles verließ, noch nicht gewußt hat, daß auf dem Türmchen zwei meistens in Bewegung befindliche Wetterfahnen die Windrichtung und Wetteränderungen anzeigten. »Warum interessiert Sie das?« fragte er, als er sah, daß ich mich um das Wetter kümmerte.

Dank einem ans Wunderbare streifenden Fleiße, mit dem seine Gesundheit gleichen Schritt hielt und der seiner Natur zu entsprechen schien, bewältigte er alles und wurde nicht nur Herr über seine, sondern auch noch über meine Arbeit. Er überschüttete mich mit Büchern. Ich mußte lesen und wieder lesen, mußte übersetzen, erklären und schreiben; und er entließ mich erst ins Freie, wenn er sah, daß das ungestüme Untertauchen in einem Meer von Worten mich allzusehr mitnahm. Mit seiner Hilfe lernte ich rasch, und sogar ohne mich sonderlich zu langweilen, alles, was ein Kind wissen muß, dessen Zukunft noch ungewiß ist und aus dem man zunächst einen Gymnasiasten machen will. Sein Ziel war, meine Schulzeit dadurch abzukürzen, daß er mich so rasch wie möglich für die höheren Klassen vorbereitete. Auf die Art gingen vier Jahre hin. Nach deren Ablauf glaubte er, mich in der zweiten Klasse anbringen zu können. Mit unaussprechlichem Schrecken sah ich den Tag herankommen, an dem ich Les Trembles würde verlassen müssen.

Nie werde ich die letzten Tage vergessen, die meiner Abreise vorausgingen. Mich überkam eine wahrhaft krankhafte Empfindlichkeit, obwohl dafür durchaus kein Anlaß vorlag. Bei einem wirklichen Unglück hätte sie nicht ärger sein können. Es war Herbst geworden; so traf alles zusammen, um mich zu betrüben. Ein einziger Vorgang wird Ihnen ein Bild geben.

Augustin hatte mir als abschließende Probe meines Könnens einen lateinischen Aufsatz gegeben, der den Abschied Hannibals von Italien behandeln sollte. Ich ging auf die Terrasse, die vom Rebengeländer beschattet wurde, und auf der Bank, die am Gartenrand steht, begann ich zu schreiben. Das Thema bezog sich auf den kleinen Kreis von geschichtlichen Tatsachen, die mich seither immer in Rührung versetzt haben. Ähnlich verhält es sich mit allem, was mit dem Namen Hannibal zusammenhängt; und so war auch die Schlacht bei Zama für mich immer ein Gegenstand besonderer Erregung, weil ich nur die heroische Seite der Katastrophe sah und mich um die rechtliche nicht kümmerte. Ich dachte an alles, was ich gelesen hatte, und versuchte, mir einen Mann vorzustellen, dem sich das widrige Geschick seines Landes hemmend entgegenstellt, der der verhängnisvollen Anlage seines Volkes weicht und deshalb auch militärisch unterliegt. Ich sah ihn vor mir, wie er ans Gestade tritt; wie er es alsdann tiefbekümmert verläßt und wie er ihm ein letztes Lebewohl zuwinkt, in dem Verzweiflung und Trotz sich paaren; und ich bemühte mich, so gut es ging, auszudrücken, was mir, wenn nicht geschichtliche, so doch dichterische Wahrheit zu sein schien.

Der Stein, der mir als Pult diente, war noch warm. In der milden Sonne bewegten sich Eidechsen neben meiner Hand. Die Bäume waren schon nicht mehr grün, die Hitze hatte abgenommen, die Schatten wurden länger, die Wolken zogen langsamer; und alles redete mit dem nur dem Herbst eigenen Zauber von Verfall, Untergang und Abschied. Eins nach dem andern fielen die Weinblätter, ohne daß ein Lufthauch das Laubdach bewegte. Im Park herrschte Frieden. Die Vögel sangen in einem Ton, der das Herz im Innersten rührte. Ein Gefühl stieg in mir auf wie ein Quell, der sich nicht dämmen läßt, und ich wußte nicht, ob es schmerzlich oder beglückend war. Als Augustin die Terrasse betrat, fand er mich in Tränen. »Was haben Sie?« fragte er. »Bringt Hannibal Sie zum Weinen?«

Ich erwiderte kein Wort und reichte ihm die beschriebene Seite.

Er musterte mich von neuem mit Erstaunen und vergewisserte sich durch einen flüchtigen Blick auf den Park und Garten, daß niemand in der Nähe war, dem er die Ursache meiner so ungewöhnlichen Erregung hätte zuschreiben können. Dann wiederholte er: »Was ist nur mit Ihnen?« Darauf nahm er das Blatt und begann zu lesen.

»Nicht übel«, sagte er, als er fertig war, »nur etwas kraftlos. Sie machen es sonst besser, aber auch so ein Aufsatz sichert Ihnen einen guten Platz in einer zweiten, mittelbegabten Klasse. Hannibal klagt zuviel; es fehlt ihm an Vertrauen zu dem kampfbereiten Volk, das ihn jenseits des Meeres erwartet. Sie werden mir erwidern, daß er Zama ahnte; aber wenn er Zama verloren hat, so war das nicht seine Schuld. Der Sieg wäre sein gewesen, wenn er die Sonne im Rücken gehabt hätte. Im übrigen blieb nach Zama Antiochus, und nach dem Verrat des Antiochus blieb das Gift. Nichts ist für einen Mann verloren, bevor er nicht sein letztes Wort gesprochen hat.« – Er hielt einen geöffneten Brief in der Hand, den er in dieser Minute aus Paris erhalten hatte. Er war lebhafter als gewöhnlich; eine starke, freudige, von Entschlossenheit getragene Erregung blitzte aus seinen Augen, deren Blick immer gerade und offen, aber selten so voller Glanz war.

»Mein lieber Dominique«, begann er, während er auf der Terrasse mit mir auf und ab ging. »Ich habe eine gute Nachricht für Sie, eine Nachricht, von der ich weiß, daß sie Ihnen Freude bereiten wird, weil Sie mein Freund sind. An ebendem Tage, an dem Sie ins Gymnasium eintreten, werde ich nach Paris reisen. Seit langem bereite ich mich darauf vor. Jetzt habe ich mein Ziel erreicht; denn das Dasein, das ich dort zu führen habe, ist gesichert. Man erwartet mich. Hier haben Sie den Beweis.«

Mit diesen Worten zeigte er mir den Brief.

»Heute braucht man sich nicht sonderlich anzustrengen, um Erfolge zu erringen. Daß ich mich bemüht habe, können Sie mir bezeugen; denn Sie haben mich arbeiten sehen. Hören Sie zu, mein lieber Dominique! In drei Tagen werden Sie in der Sekunda des Gymnasiums sitzen; und damit sind Sie zwar noch kein Mann, aber doch sehr viel mehr als ein Kind. Die Jahre spielen keine Rolle. Sie sind sechzehn. Wenn Sie es darauf anlegen, sind Sie in sechs Monaten achtzehn. Verlassen Sie Les Trembles und denken Sie nicht mehr zurück! Denken Sie auch später erst daran, wenn es sich darum handelt, Ihr Vermögen in Ordnung zu halten! Sie sind nicht für das Landleben geschaffen, und noch weniger für die Vereinsamung; die würde Sie sogar töten. Sie sehen immer zu weit nach oben oder zu weit nach unten. Zu weit oben, mein Teurer, da ist das Unmögliche; und zu weit unten, da ist die Verwesung. Das Leben ist weder dort noch hier. Blicken Sie in der Augenhöhe des Menschen geradeaus; dann tun Sie recht. Sie sind gescheit, Sie bekommen ein schönes Erbe, und Sie sind Träger eines alten Namens, der Ihnen alle Wege ebnet. Mit einer solchen Aussteuer im Ranzen kann man alles erreichen. Noch einen Rat! Machen Sie sich darauf gefaßt, daß Ihre Schulzeit nicht besonders glücklich sein wird! Bedenken Sie ferner, daß der

Gehorsam, den Sie lernen müssen, einmal ein Ende hat und daß die Ihnen auferlegte Zucht keine Früchte trägt, wenn Sie nicht die Kraft besitzen, sie sich selber zu diktieren! Schätzen Sie die Schulfreundschaften nicht zu hoch ein, wenn Sie sich bei der Wahl Ihre völlige Freiheit nicht bewahren können; und wenn Sie dem Neid als Zielscheibe dienen, was bestimmt nicht ausbleiben wird, weil Sie Erfolge haben werden, korrigieren Sie das Bild beizeiten, und nützen Sie diesen Neid als gute Lehre! Und nun lassen Sie von heute ab keinen Tag verstreichen, ohne sich zu sagen, daß die Arbeit zum Ziel führt! Und schlafen Sie nicht einen einzigen Abend ein, ohne daran zu denken, daß Paris Sie erwartet und daß wir uns dort wiedersehen werden!«

Er drückte mir mit einer überlegenen und besonders kräftigen Bewegung die Hand. Dann war er mit einem Satz auf der Treppe, die in sein Zimmer führte.

Ich ging die Gartenwege entlang, wo der alte Andreas in den Beeten Unkraut jätete.

»Was haben Sie nur, Herr Dominique?« fragte er, als er meine Verwirrung bemerkte.

»Was ich habe? Ich soll in drei Tagen abreisen, weil man mich in die Schule schickt, mein armer Andreas.«

Damit lief ich an das Gartenende, wo ich mich bis zum Abend versteckt hielt.

IV

Drei Tage später verließ ich Les Trembles in Begleitung von Frau Ceyssac und Augustin. Es war noch früh am Morgen. Das ganze Haus war auf den Beinen. Das Gesinde umringte uns. Andreas stellte sich vor die Pferde. Seit dem letzten traurigen Ereignis, das über das Haus gekommen war, hatte ich ihn nie so bekümmert gesehen. Dann stieg er auf den Bock, obwohl er nicht gewohnt war zu kutschieren; und die Pferde setzten sich in einen raschen Trab. Als wir Villeneuve passierten, wo ich jedes Gesicht genau kannte, sah ich einige von meinen ehemaligen Spielgefährten, aus denen junge Burschen, wenn nicht gar schon Männer geworden waren. Mit ihrem Arbeitsgerät auf dem Rücken gingen sie auf die Felder. Beim Lärm des Wagens drehten sie sich um; und als sie begriffen, daß es um mehr ging als um eine Ausfahrt, winkten sie freundlich und wünschten mir eine glückliche Reise. Die Sonne ging auf. Wir kamen ins Freie. Ich kannte die Gegend nicht mehr. Fremde Gesichter zogen an mir vorüber. Meine Tante ließ mich nicht aus den Augen und betrachtete mich liebevoll. Augustin strahlte. Ich war nicht weniger verwirrt als bekümmert.

Wir brauchten den ganzen Tag, um die zwölf Meilen zurückzulegen, die uns von Ormesson trennten; und die Sonne wollte eben untergehen, als Augustin, der nicht vom Wagenschlag wich, unvermittelt zu meiner Tante sagte: »Ich sehe die Türme von St. Peter, gnädige Frau.«

Es war ein flaches, fahles, reizloses und feuchtes Land. Hinter einer Wand von Weidenbüschen kam eine tiefer gelegene Stadt zum Vorschein, die von Kirchtürmen überragt wurde. Sümpfe wechselten mit Wiesen, helle Weidenbäume mit zitternden Pappeln. Zur Rechten rauschte ein Fluß. Schwerfällig wälzten sich seine schmutzigen Wasser zwischen schlammbedeckten Böschungen. Am Ufer und zwischen Ästen, die der Strom geknickt hatte, lagen bretterbeladene Schaluppen und alte Kähne, die sich im Schlamm so festgefahren hatten, als seien sie niemals flott gewesen. Gänse, die von den Wiesen kamen und zum Fluß wollten, liefen, ein wildes Geschrei erhebend, vor dem Wagen her. Kleine, einsame Meierhöfe, die in fernen Hanffeldern an Kanälen lagen, verschwanden hinter ungesunden Nebeln, eine Feuchtigkeit stieg auf, die nicht die des Meeres war, und mich fröstelte wie bei bitterster Kälte.

Wir gelangten an eine Brücke, die die Pferde im Schritt passierten, alsdann auf eine lange, mit Bäumen bepflanzte Allee, in der die Finsternis sich vertiefte; und endlich verriet das lautere Hallen der Huftritte, daß wir das harte Stadtpflaster erreicht hatten. Ich rechnete nach. Seit dem Augenblick der Abfahrt waren zwölf Stunden vergangen; zwölf Meilen trennten uns also von Les Trembles. Ich sagte mir, daß alles zu Ende, unwiderruflich zu Ende sei, und betrat das Haus von Frau Ceyssac wie die Schwelle eines Gefängnisses.

Der geräumige Bau befand sich zwar nicht im abgelegensten, aber im ernstesten Teil der Stadt. Er stand neben dem Kloster; und der äußerst bescheidene Garten, der zu ihm gehörte, grenzte an dessen Mauern und wollte im Schatten der hohen Einfriedigung nicht recht gedeihen. Das Haus hatte große Zimmer ohne Luft und Licht, Flure, auf denen man jeden Ton hörte, eine Steintreppe, die in einem finsteren Gelaß endete, und zu wenig Bewohner, um das Ganze zu beleben. Es atmete die Kälte abgetaner Sitten, die Steifheit provinziellen Gebarens, die Ehrfurcht vor der Überlieferung, das Gebundensein durch Etikette, Bequemlichkeit, Wohlstand und Langeweile. Vom oberen Stockwerk aus sah man einen Teil der Stadt: rußige Dächer, die Schlafsäle des Klosters und die Kirchen. Dort hatte ich mein Zimmer.

Ich schlief schlecht, genauer gesagt, ich schlief gar nicht. Jede halbe, nein, jede Viertelstunde schlugen sämtliche Uhren. Es waren helle Klänge, und keine glich dem groben Schlagwerk von Villeneuve, das man sofort an seinem rostigen Ton erkannte. Von der Straße her ließ sich ein Widerhallen von Schritten vernehmen. Dann wurde die seltsame Stille, die nur Städte an sich haben und die eigentlich nichts ist als ein Aufhören des Lärmes, durch ein Geräusch unterbrochen, das dem einer ängstlich geschüttelten Klapper glich; und man hörte eine merkwürdige, träge, skandierende, halb singende, von Silbe zu Silbe lauter werdende Männerstimme: »Es ist ein Uhr, es ist zwei Uhr, es hat drei geschlagen.«

Bei Morgengrauen trat Augustin in mein Zimmer. »Ich möchte Sie im Gymnasium einführen«, sagte er, »und dem Direktor erzählen, daß ich Gutes von Ihnen halte.« Und bescheiden fügte er hinzu: »Eine Empfehlung solcher Art wäre zwecklos, wenn sie nicht an einen Mann gerichtet würde, der mir ehemals großes Vertrauen entgegengebracht hat, weil ihm mein Eifer offenbar aufgefallen ist.«

Der Besuch verlief, wie er ihn sich gewünscht hatte. Aber ich war geistesabwesend. Ich ließ mich hin und zurück bringen, ging über die Höfe und betrachtete die Schulklassen mit völliger Gleichgültigkeit, weil ich mich gegen die neuen Eindrücke wehrte. Am selben Tage um vier Uhr begab sich Augustin zu dem Platz, auf dem die für Paris bestimmte Postkutsche, fertig angespannt und fahrbereit, hielt. Er war im Reiseanzug. Die kleine lederne Handtasche, die seine sämtlichen Habseligkeiten enthielt, gab er nicht aus der Hand.

»Gnädige Frau«, sagte er zu meiner Tante, die ihm mit mir das Geleit gab, »ich danke Ihnen nochmals für das Wohlwollen, an dem Sie es vier Jahre lang nicht haben fehlen lassen. Ich habe getan, was in meinen Kräften stand, um in Herrn Dominique die Liebe zum Studium zu wecken und ihn mit den Forderungen eines männlich geführten Lebens vertraut zu machen. Wenn er nach Paris kommt, bin auch ich dort; und dann darf er, genau wie heute, zu jeder Stunde meiner Ergebenheit versichert sein.«

»Schreiben Sie mir«, bat er, während er mich mit echter Ergriffenheit umarmte. »Ich verspreche Ihnen, dasselbe zu tun. Vertrauen Sie Ihrem Mut und Ihrem Glück! Sie haben beides auf Ihrer Seite.«

Kaum hatte er sich auf einem der oberen Plätze eingerichtet, da zog der Postillion auch schon die Zügel an. »Leben Sie wohl!« wiederholte er mit einem Ausdruck, der Zärtlichkeit und strahlende Freude vereinigte.

Die Peitsche des Postillions traf die vier im Geschirr gehenden Pferde, und der Wagen setzte sich in Bewegung, um Paris entgegenzueilen.

Am nächsten Morgen um acht Uhr war ich im Gymnasium. Ich kam als letzter, weil ich dem Andrang der übrigen Schüler aus dem Wege gehen und mich nicht schon auf dem Hofe von den niemals wohlwollenden Blicken mustern lassen wollte, mit denen Neulinge betrachtet werden. Ich ging unbekümmert meinen Weg und wandte meine Augen nicht von einer gelb angestrichenen Tür, über der ich das Wort »Sekunda« las. Auf der Schwelle stand ein Mann mit ergrauendem Haar. Er sah bleich und ernst aus. Seine müden Züge konnte man weder als hart noch als gütig bezeichnen. »Vorwärts«, rief er, »vorwärts, ein bißchen rascher!«

Diese Mahnung zur Pünktlichkeit, das erste strenge Wort, das ein Unbekannter an mich richtete, veranlaßte mich, den Kopf zu heben und mir den Mann anzusehen. Er schaute gleichgültig und gelangweilt drein und dachte schon nicht mehr an das eben Gesprochene. Augustins Rat schoß mir durch den Kopf, und plötzlich wurde mir klar, daß ich alles standhaft ertragen müsse und mich selbst doch nicht aufgeben dürfe.

»Er hat recht«, dachte ich, »ich komme eine halbe Minute zu spät.«

Der Lehrer stieg aufs Pult und fing an zu diktieren. Die Arbeit sollte als Antrittsleistung gelten. Zum ersten Male hatte meine Eigenliebe mit dem Ehrgeiz anderer zu kämpfen. Ich musterte meine Kameraden und fühlte mich völlig allein. Die Klasse war dunkel. Es regnete. Durch das Fenster mit den viereckigen kleinen Scheiben sah ich Bäume, die der Wind schüttelte. Die hatten so wenig Raum, daß sie immerwährend gegen die schwarzen Hofmauern prallten. Die mir so vertraute Melodie, die Wind und Regen in den Zweigen spielten, lief wie ein Raunen durch die stillen Höfe und setzte dann wieder aus. Ich lauschte ihr ohne allzu großen Kummer, ja bisweilen schlugen meine Wehmut und meine verhaltene Erregung sogar in ein vollkommenes Glücksgefühl um.

Plötzlich redete mich der Lehrer an: »Warum arbeiten Sie nicht? Es geht um Ihre Zukunft.«

Aber schon war er mit etwas anderem beschäftigt; und ich hörte nur das Kratzen vieler Federn auf dem Papier.

Gleich darauf schob der Schüler, neben dem ich meinen Platz hatte, mir geschickt einen Zettel zu. Auf ihm stand ein Satz aus dem Diktat und dazu Folgendes: »Helfen Sie mir, wenn Sie können, und ersparen Sie mir, wenn möglich, eine falsche Sinngebung!« Ich spielte ihm sofort die Übersetzung in die Hand. Ich wußte nicht, ob sie richtig oder falsch war; sie gab meine Auffassung jedoch wieder, und ich änderte nur die Ausdrücke. Dann setzte ich ein Fragezeichen hinzu, das bedeuten sollte: »Ich stehe für nichts ein. Prüfen Sie!«

Mein Nachbar lächelte dankbar und schrieb, ohne genau hinzusehen, weiter. Wenige Augenblicke später ließ er mir eine zweite Botschaft zukommen. Sie enthielt die Worte: »Sind Sie ein Neuer?« Die Frage bewies mir, daß er gleichfalls neu war. Ich empfand eine wirkliche Freude, als ich dem Gefährten meiner Verlassenheit mit Ja erwiderte.

Er war ungefähr so alt wie ich, aber blond, und außerdem schlanker und von zarterer Konstitution. Er hatte hübsche blaue Augen, die freundlich und lebhaft dreinschauten, und die bleiche, nicht ganz gesunde Farbe eines Jungen, der in der Stadt aufgewachsen ist. Er war gut gekleidet. Sein Anzug zeigte einen besonderen Schnitt und sah anders aus als die Machwerke unserer Provinz. Wir gingen zusammen hinaus. »Ich danke Ihnen«, sagte mein neuer Freund, als wir allein waren. »Mir graut vor der Schule, aber im Augenblick haben wir ja Ruhe. Nicht mit einem einzigen von diesen Krämerseelen will ich mich zusammentun. Wir haben sie vermutlich gegen uns. Aber das bedrückt mich nicht. Zu zweit werden wir allemal mit ihnen fertig. Wir müssen die Herren bleiben; dann kriechen sie sofort. Verfügen Sie in jeder Hinsicht über mich, nur nicht, wenn es sich um die Auslegung eines Satzes handelt! Latein langweilt mich; wäre es nicht des Reifezeugnisses wegen, würde ich mich weiß Gott nicht mit ihm herumschlagen.«

Dann erzählte er, daß er Olivier d'Orsel heiße und aus Paris komme. Familienangelegenheiten seien der Grund seines Aufenthaltes in Ormesson, wo er die Schule beenden werde. Er wohne mit seinem Onkel und seinen Cousinen in der Karmelitergasse und besitze unfern der Stadt ein Gut, nach dem er den Namen d'Orsel führe.

»Sehen Sie«, fuhr er fort, »schon ist ein Vormittag überstanden; und wir dürfen die Schule für ein paar Stunden verlassen.«

Wir trennten uns. Er bewegte sich leicht und flink; die

feinen Schuhe knirschten, wenn er sich mit großem Geschick die saubersten Stellen des Pflasters aussuchte. Dabei schwenkte er seine Bücher, die ein schmaler, nach Art einer englischen Trense mit einem Ring versehener Lederriemen zusammenhielt.

Abgesehen von dieser ersten Stunde, die, wie Sie sehen, mit den mir verbleibenden Erinnerungen an eine Freundschaft zusammenhängt, die damals geschlossen wurde und die heute auf eine traurige und unabänderliche Weise dahin ist, wird uns mein Schülerdasein nicht weiter beschäftigen. Wenn die drei folgenden Jahre für mich jetzt noch etwas bedeuten, so ist es eine Bedeutung anderer Art, bei der die Gefühle des Gymnasiasten nicht zählen. Ich möchte darum auch mit dem nichtssagenden Etwas, das sich Schüler nennt, aufräumen und nur noch berichten, daß ich, um mich unserer Klassensprache zu bedienen, ein Musterknabe wurde, und zwar wider Willen und ohne nachteilige Folgen, da ich dieses Ziel nicht angestrebt habe und da ich keinem weh tun wollte. Man hat mir, wenn ich nicht irre, eine erfolgreiche Zukunft vorhergesagt; aber ein ständiger, allzu klarer und durchsichtiger Mangel an Selbstvertrauen hatte die Folge, daß mich Überlegungen anderer nicht verdrossen, weil ich sie kaum bemerkte; auch deutete mein völliger Mangel an Selbstachtung schon damals auf einen Charakter, der gewohnt ist, sich zu beobachten, der immer versucht, sich nicht zu überschätzen, und eher dazu neigt, sich zu verurteilen.

Frau Ceyssacs Haus, das habe ich Ihnen schon erzählt, war nicht heiter, und das Dasein in Ormesson war es noch weniger. Stellen Sie sich eine sehr kleine Stadt mit einer frömmelnden, muffigen, überalterten Atmosphäre vor, eine Stadt, die im vergessensten Winkel der Provinz liegt, von der man nirgends hinkommt, die nichts hervorbringt, in der das Leben sogar täglich nachließ, weil das Land es verschlang. Die Industrie war völlig unbedeutend, der Handel gleich Null; das Bürgertum verzehrte sein kümmerliches Einkommen, der Adel grollte. Tagsüber waren die Straßen ohne Verkehr, nachts fehlte jede Beleuchtung. Es herrschte eine aufreibende Stille, die nur vom Kirchengeläut unterbrochen wurde; und wenn abends um zehn Uhr die große Glocke von St. Peter den Feierabend einläutete, dann geschah es für eine Stadt, die bereits mehr aus Langeweile als vor Ermüdung eingeschlafen war. Die langen Wallstraßen, auf denen man schöne Ulmen gepflanzt hatte, waren dunkel und umzogen die Stadt mit einem düsteren Schattengürtel. Ich benutzte sie, wenn ich zum Gymnasium ging und wenn ich heimkehrte, also viermal am Tage. Es war nicht der geradeste Weg, aber er entsprach am meisten meinem Geschmack, weil ich dem Land näher kam. Ich sah, wie es sich nach Westen zu endlos ausbreitete, und sah es je nach der Jahreszeit traurig oder heiter, grün oder vereist. Bisweilen ging ich bis zum Fluß, der immer denselben Anblick bot. Die gelblichen Wasser sträubten sich, weil die Flut sich noch bemerkbar machte, gegen ihren natürlichen Lauf. Die feuchten Winde brachten verschiedene Gerüche, die man einatmen mußte: von Teer, Hanf und Tannenbohlen. Das Ganze war eintönig und häßlich, und im Grunde konnte mich nichts über das Fernsein von Les Trembles hinwegtrösten.

Meine Tante hatte ganz den Charakter ihrer Provinz. Sie liebte das Altertümliche, fürchtete sich vor jeder Veränderung und verabscheute jede Erfindung, die Lärm verursachte. Sie war gottesfürchtig und weltlich zugleich, war sehr einfach und doch selbstbewußt; und was sie tat, auch wo es um ihre kleinen Wunderlichkeiten ging, tat sie ganz. Ihr Dasein fußte auf zwei Grundsätzen, die, ihrer Behauptung nach, Tugenden der Familie waren, auf der Ehrfurcht vor den Geboten der Kirche und auf der Achtung vor den Gesetzen der Welt; und die selbstverständliche Anmut, mit der sie diesen Pflichten nachkam, war so groß, daß ihre durchaus aufrichtige Frömmigkeit nur eine Bestätigung ihrer Lebenskunst zu sein schien. Ihr Salon war, wie alles, was zu ihren Gewohnheiten gehörte, eine Art von allgemein zugänglicher und von vielen besuchter Heimstätte für ihre Erinnerungen und ihre angeborenen Liebhabereien, die sie täglich mehr bedroht sah.

Dort vereinigte sie, meistens am Sonntagabend, die we-

Liebe Artemis & Winkler-Bücherfreunde

Um Sie auch weiterhin über das Programm des Artemis & Winkler Verlages unterrichten zu können, bitten wir Sie, diese Karte an uns zu senden und Ihre persönlichen Interessensgebiete anzukreuzen.

Wir möchten nicht versäumen, Sie darauf hinzuweisen, daß Ihr Name und Ihre Anschrift bei Rücksendung dieser Karte gespeichert werden. So können wir Sie weiterhin regelmäßig mit unseren Informationen versorgen.

- ☐ Winkler Weltliteratur
- ☐ Biographien
- ☐ Artemis-Einführungen
- ☐ Geistes- und Kulturgeschichte
  - Sachbücher zum Mittelalter
  - Kulturhistorisches Sachbuch
  - Zeitdiagnostische Werke
- ☐ Antike
  - Bibliothek der Alten Welt
  - Sammlung Tusculum
  - Allgemeine Antike
- ☐ Artemis-Cicerone
  Kunst- und Reiseführer
- ☐ Bildbände
- ☐ Kinderbilder- und
  Jugendsachbücher
- ☐ Architektur
- ☐ Nachschlagewerke

Absender (in Druckschrift ausfüllen)

Vorname

Name

Beruf

Straße

PLZ Ort

Diese Karte habe ich dem nachstehend aufgeführten Buch entnommen:

Ihre Bestellung richten Sie bitte an Ihre Buchhandlung.

Bitte
Briefmarke
nicht
vergessen

Verlag
Artemis & Winkler
Werbeabteilung
Postfach 44 02 54 / 55

8000 MÜNCHEN 44

nigen Überlebenden ihrer ehemaligen Gesellschaft. Alle gehörten der gestürzten Monarchie an, und alle hatten sich nach deren Sturz aus der Welt zurückgezogen. Seit der Revolution, bei der sie viel durchgemacht hatten, besaßen sie einen gemeinsamen Schatz an freundlichen und traurigen Geschichten; die Revolution hatte ihnen aber auch die gleichen Prüfungen auferlegt und ihnen allen ein bestimmtes Gepräge gegeben. Sie dachten an die bösen Winter, die sie gemeinsam auf der Festung zugebracht hatten, an das fehlende Holz, an die großen Schlafsäle in den Kasernen, in denen es keine Betten gegeben hatte; an den Gardinenstoff, aus dem sie Kinderkleider hatten nähen müssen, und an das auf Schleichwegen eroberte Schwarzbrot. Sie ertappten sich dabei, daß sie über manches lachten, was früher ihr Entsetzen erregt hatte. Mit den weiseren Jahren war auch der grimmigste Zorn gewichen. Ein neues Leben hatte begonnen, die Wunden waren vernarbt, die Verluste ausgeglichen, die Leiden abgeschwächt oder hinter neuen Leiden zurückgetreten. Man zettelte keine Verschwörungen mehr an, man fand kaum noch böse Worte; man wartete. In einer Ecke des Salons stand ein Spieltisch für die Kinder; und dort flüsterten, während sie ihre Karten mischten, die Jungen, die der Zukunft, das heißt dem Unbekannten gehörten.

Am selben Tage, an dem ich Olivier begegnet war, und zwar gleich bei der Heimkehr vom Gymnasium, konnte ich meiner Tante nicht rasch genug erzählen, daß ich einen Freund habe.

»Einen Freund?« erwiderte Frau Ceyssac. »Du hast es sehr eilig, mein lieber Dominique. Kennst du seinen Namen? Und wie alt ist er?«

Ich berichtete, was ich von Olivier wußte, und vergaß nicht, alle liebenswerten Seiten zu schildern, die mich vom ersten Augenblick an entzückt hatten. Aber der Name allein genügte, um meine Tante zu beruhigen.

»Es ist einer der ersten und ältesten Namen unserer Gegend«, sagte sie. »Ich selbst bin mit einem seiner Träger durch gegenseitige Freundschaft und gegenseitige Hochachtung verbunden.«

Die ersten Fäden waren erst vor wenigen Wochen gesponnen worden, und schon herrschte eine völlige Einigkeit zwischen beiden Familien. Bereits im ersten Wintermonat kamen wir entweder bei Frau Ceyssac zusammen oder im »Hôtel d'Orsel«, wie Olivier sich ausdrückte, wenn er von dem Hause in der Karmelitergasse sprach, das sein Onkel und seine Basen ohne großen Aufwand bewohnten.

Von seinen beiden Cousinen war die eine noch ein Kind. Sie hieß Julie. Die andere, etwa ein Jahr älter als wir, wurde Madeleine gerufen. Sie kam eben aus dem Kloster und hatte das Unterwürfige, das linkische Benehmen und die Befangenheit noch nicht abgelegt. Sie erschien in der einfachen Tracht und zeigte sich in der Zeit, von der ich spreche, noch in dunklen, engen, hochgeschlossenen Kleidern, die am Oberkörper durch das ständige Reiben und unten durch das Knien auf dem Boden der Kapelle besonders arg mitgenommen waren. Sie sah blaß aus, es waren die erloschenen Farben, die vom Leben in finsteren Räumen und vom Mangel an Bewegung herrührten. Das Öffnen der Augen schien sie anzustrengen, als erwache sie soeben aus einem langen Schlaf. Sie war nicht groß und nicht klein, nicht schlank und nicht dick; es war noch alles ungewiß, als müsse sie sich erst zu einer bestimmten Gestalt entscheiden. Es hieß, sie sei sehr hübsch, und ich betete die Worte nach, ohne genau achtzugeben und ohne ihnen Glauben zu schenken.

Was Olivier angeht, den ich Ihnen bisher nur auf der Schulbank gezeigt habe, so müssen Sie sich einen liebenswürdigen, etwas launischen, sehr unbelesenen, in allen Lebensdingen frühreifen, in Haltung, Benehmen und Sprache unbefangenen Jungen vorstellen, der nichts von der Welt wußte, aber vieles ahnte, was er den Erwachsenen abgesehen, und der auch ihre Vorurteile bereits angenommen hatte. Er war durchaus nicht alltäglich, von einer seltenen, aber nie komischen Sprunghaftigkeit, und war so viel weiter als seine Jahre, daß in dem Sechzehnjährigen oft plötzlich der Mann zum Durchbruch kam. Er war noch im Werden und doch schon reif und fertig und wirkte eben darum so verführerisch. Sie werden also begreifen, daß

Frau Ceyssac derart vom ihm bezaubert war, daß sie sogar seine Schülermanieren, den letzten Rest von Kindlichem, den er an sich hatte, vergab. Im übrigen kam Olivier aus Paris, und das war der große Vorzug, der uns alle blendete und der, wenn nicht für meine Tante, dann gewiß für uns Kinder, das Höchste vom Hohen bedeutete.

Wenn ich auf den Pfaden meiner Erinnerungen, die im Anfang so belanglos und später so aufregend sind, so weit wie möglich zurückwandere, was bisweilen einer gewissen Mühe bedarf, dann finde ich schließlich an ihrem vertrauten Platz, um den mit einem grünen Tuch bedeckten Tisch im hellen Lampenlicht drei junge Gesichter, die damals noch lächelten, weil keine ernste Sorge ihren Schatten warf, während eines Tages Liebe und Leidenschaft sie verfinstern sollten: die kleine Julie, die noch mit den Wildheiten eines oft maulenden Kindes behaftet, Madeleine, die noch halb im Pensionat war, und Olivier. Olivier war bald ein guter Plauderer, bald zerstreut und launisch; elegant ohne die Absicht, es zu sein; geschmackvoll gekleidet, und das zu einer Zeit und in einer Gegend, in der die Kinder denkbar schlecht angezogen waren. Er handhabte die Karten flink und mit der Geschicklichkeit eines Menschen, der eines Tages viel spielen und der ein guter Spieler sein wird. Aber er warf sie wohl zehnmal in zwei Stunden fort, gab das Spiel auf, erhob sich, gähnte mit der Behauptung, daß er sich langweile, und vergrub sich in einen tiefen Lehnsessel. Wir riefen ihn; er rührte sich nicht. Wir fragten uns, was Olivier wohl denke; aber er gab keinen Bescheid, sondern starrte vor sich hin, ohne ein Wort zu sprechen. Seine ruhelosen Züge übten einen eigenartigen Reiz aus; und ebenso verhielt es sich mit dem seltsamen Blick, der durch das Halbdunkel des Salons flog wie ein Funke, den keiner zu greifen vermag. In allem Tun war er ungleichmäßig, verschwiegen, als habe er Gott weiß was zu verbergen, unpünktlich, bei Verabredungen meistens unauffindbar, weil er immer auf den Beinen war und sich irgendwo herumtrieb. So hatte der eingesperrte Vogel Mittel und Wege gefunden, sich sogar mitten im Provinzleben Überraschungen zu bereiten und trotz seiner

Gefangenschaft auszufliegen. Er selbst bezeichnete sich als Verbannten, und, als habe er das Rom des Augustus verlassen, weil er nach Thrakien geschickt worden sei, hatte er einige Bruchstücke der verfallenden Latinität auswendig gelernt. Sie sollten ihn darüber hinwegtrösten, daß er gezwungen sei, unter Schäfern zu leben.

Mit einem solchen Gefährten war ich so gut wie allein. Es fehlte mir an Luft; ich erstickte in meinem engen Zimmer ohne Weite und ohne Freuden; denn die hohe Schranke von grauen Mauern, über denen Rauchschwaden flogen und ab und zu Flußmöwen ihre Schwingen regten, raubte mir die Fernsicht. Es war Winter; nach wochenlangem Regen fiel Schnee. Dann nahm ein unerwartetes Tauwetter den Schnee fort, und als das leuchtende Weiß, das die Stadt vorübergehend mit den Schemen des Rauhreifs verzaubert hatte, verschwunden war, erschien sie nur um so düsterer. Eines Morgens, aber erst nach langer Zeit, wurden die Fenster geöffnet, und das Leben hielt seinen Einzug. Die Menschen riefen einander von Haus zu Haus etwas zu; zahme Vögel wurden ins Freie gebracht und fingen zu singen an; die Sonne strahlte; ich betrachtete von oben den Ausschnitt unseres kleinen Gartens und sah, daß auf den verrußten Zweigen die Knospen aufbrachen. Ein Pfau, den man den ganzen Winter nicht gesehen hatte, stolzierte gemächlich auf dem First einer Bedachung und brüstete sich, zumal am Abend, als sei die laue Stunde kurz vor Sonnenuntergang für seine Ausflüge besonders günstig. Er entfaltete vor dem Firmament den gestirnten Fächer seines mächtigen Schweifes und begann mit einer durchdringenden Stimme zu schreien, die außerdem so heiser war wie die meisten Geräusche unserer Stadt. Das alles kündigte eine neue Jahreszeit an. Der Wunsch, ins Freie zu kommen, führte mich nicht eben weit. Und auch ich hatte in den Tristien Distichen gelesen, die ich halblaut hersagte, wenn ich an Villeneuve dachte, die einzige Gegend, in der ich mich heimisch fühlte und wohin es mich mit brennender Sehnsucht zog.

Ich fühlte mich beunruhigt und kam mir trotz reichlicher Arbeit untätig vor, weil die Arbeit nur den Teil meiner

Kräfte beanspruchte, der bereits damals in meinem Leben keine Rolle mehr spielte. Ich nahm seltsame Gewohnheiten an, unter anderen die des Einteilens und Datierens. Der Sinn des ersteren war ein Herausheben von bestimmten Tagen, die scheinbar gleich und durch kein besonderes Geschehnis gekennzeichnet waren, weshalb man sie für besser oder schlechter hätte halten und sie ihren Vorzügen entsprechend hätte ordnen können. Die einzigen Unterschiede in dieser gleichmäßigen Reihe bestanden in einem Mehr oder Weniger an empfangenen Eindrücken. Jeder Umstand, durch den ich mich beschwingt fühlte, der bewirkte, daß meine Seele sozusagen voller tönte und leichter aufnahm, jeder Augenblick einer stärkeren Sammlung und einer müheloseren Entspannung brachte einen Tag, den ich mir merkte. Daher die zweite Seltsamkeit der Daten, Geheimzeichen, Sinnbilder und Figuren, die Sie hier überall sehen, wo ich es für richtig gehalten habe, einer reichen und schönen Stunde ein Denkmal zu setzen. Der Rest des Lebens erschöpfte sich in lauen und nichtigen Gefühlen, die ich den ausgetrockneten Untiefen vergleiche, die bei jeder Ebbe ans Licht treten, und für die ich das Bild der erstarrten Bewegung gebrauchen möchte. Das Ganze war ein Auf und Ab, das den drehbaren Blinkzeichen der Feuerwarten ähnelt; und ich harrte immer auf ein neues Blühen meines Innern wie auf die Wiederkehr des Lichtscheines.

Was ich Ihnen mit wenigen Worten erzähle, ist natürlich nur eine sehr verkürzte Wiedergabe langer, bitterer und vielfältiger Leiden. Als ich in Büchern, mit denen ich mich damals zu befreunden begann, die lyrische oder dramatische Darstellung dieser durchaus natürlichen Wandlungen entdeckte, hatte ich nur den Wunsch, das, was große Meister vor mir erfahren hatten, auf meine Weise noch einmal auszudrücken, was freilich nur eine Verwässerung bedeutete. Ihr Beispiel lehrte mich nichts; und was sie selbst gelernt hatten, führte mich nicht auf den richtigen Weg. Das Unglück war geschehen, wofern man die Anlage, seinem Leben wie einem Schauspiel zusehen zu müssen, als ein Unglück betrachten will. Jedenfalls begann ich mein Leben, ohne es zu hassen, obschon es mir bereits manchen Schmerz zugefügt hatte, mit einem unzertrennlichen, sehr vertrauten und unter allen Umständen todgeweihten Gegner. Das war ich selber.

V

So verging ein ganzes Jahr. Von fern sah ich, wie der Herbst das Laub färbte und die Weiden noch einmal mit Grün überzog, und als die Schule wieder anfing, war ich so unruhig, so unglücklich, so zerrissen und gespalten wie immer. Ich glich einem bekümmerten Fakir, der sich selbst analysiert.

Die fortwährende Selbstkritik; der unerbittliche, allzeit prüfende Blick, der einem lästigen Zeugen oder einem argwöhnischen Richter glich, der mir stets im Wege war; das dauernde Beobachten selbst des Belanglosesten, und noch dazu in einem Alter, dem solch ein Verhalten in der Regel ganz fremd ist: das alles stürzte mich in so viel Unbehagen, Verwirrung, Beklommenheit und Aufregung, daß ich einer Krise entgegentrieb.

Diese Krise trat im Frühjahr ein, und zwar in dem Monat, in dem ich siebzehn geworden war. Eines Tages – es wird Ende April und vermutlich an einem Donnerstag gewesen sein, weil wir dann Ausgang hatten – machte ich mich frühzeitig auf und ging, wie der Zufall mich führte, auf den Landstraßen ins Freie. Die Bäume hatten noch keine Blätter, waren aber mit Knospen übersät; die Wiesen waren ein einziger Teppich blühender Margeriten, die Dornenhecken standen in Blüte, die kräftige, warme Sonne verführte die Lerchen zum Singen, ja sie schien sie geradezu zum Himmel emporzuziehen; denn sie stiegen kerzengerade in die Höhe, um sich in den Lüften zu tummeln. Überall waren winzige Insekten zu sehen, die der Wind wie Lichtfünkchen auf den hohen Gräsern wiegte; Vögel schossen paarweise vorüber und fielen im Gras, im Korn oder in den Büschen ein, je nachdem, wo sie ihr Nest versteckt hatten. Hier und da wandelten Kranke und alte Leute, die vom Frühling eine Erneuerung der Jugend oder des Lebens erwarteten; und im offenen Gelände, wo der Wind stärker wehte, war eine große Kinderschar damit beschäftigt, Drachen steigen zu lassen. Die Papierschnitzel zitterten, die Bänder und die Wimpel flatterten; und alles freute sich, wenn die Drachen, blanken, farbigen Schilden gleich, kaum noch erkennbar im hohen Blau entschwebten.

Ich ging rasch. Das flutende Licht, der Duft der keimenden Vegetation und der Atem der gärenden Säfte, die alles durchdrangen, belebten auch mich und peitschten mich auf. Ich empfand Lust und Pein zugleich. Ich fühlte mich bis zu Tränen erschüttert, ohne daß Müdigkeit oder Rührung der Anlaß gewesen wären. Es trieb mich, auszuschreiten und so lange zu gehen, bis ich erschöpft war. Darum rastete ich keinen Augenblick. Sobald ich jemanden gewahr wurde, dem ich hätte auffallen können, machte ich kehrt, schlug einen Seitenweg ein und lief auf einem der schmalen Pfade zwischen grünendem Getreide, bis ich niemanden mehr sah. Ein unbegreifliches Empfinden, ein mächtiges Sehnen trieb mich, mich in der weiten Flur zu verlieren, in der alle Kräfte zum Licht drängten. Ich entsinne mich, daß ich in einiger Entfernung die jungen Leute des Seminars bemerkte, die paarweise zwischen blühenden Hecken marschierten, wobei sie von bejahrten Priestern geführt wurden, die im Gehen ihr Brevier lasen. Unter ihnen befanden sich hochaufgeschossene Gestalten, die mit ihren engen, fest anliegenden schwarzen Gewändern einen seltsamen Anblick boten. Noch magerer sahen sie aus, wenn sie, ohne stehen zu bleiben, Dornenzweige abrissen und mit den zerknitterten Blüten in der Hand weitergingen. Ich schildere sie nicht um des Gegensatzes willen, denn ich weiß, daß ich bei einer ähnlichen Gelegenheit, etwa zur gleichen Stunde und etwa am gleichen Ort, beim Anblick der bedauernswerten Jünglinge, die mich in ihren Trauerkleidern wie Witwer anmuteten, fast ebenso empfunden habe. Ab und zu wandte ich meine Blicke der Stadt zu. Hinter dem fernen Saum der Wiesen tauchten der dunkle Streifen der Wallstraßen und die Kirchturmspitzen auf. Da fragte ich mich, wie ich es nur ertragen hatte, so lange in dieser Stadt zu leben, und wie es möglich gewesen sei, dort meine Kräfte zu verbrauchen, ohne zu sterben. Dann hörte ich, wie zur Vesper geläutet wurde; und der Glockenton, in dem tausend Bilder mitschwangen, stimmte mich so traurig, als riefe er mich in eine grausame Kerkerhaft zurück. Ich wußte, daß ich den Heimweg antreten, daß ich vor Einbruch der Nacht zu Hause sein und mich aufs neue einsperren lassen mußte; und noch rascher als zuvor marschierte ich jetzt am Flußufer der Stadt entgegen. Als ich heimkam, war ich durchaus nicht erschöpft; das stundenlange Umherlaufen in der frischen Luft, auf den heißen Straßen, unter der stark brennenden Aprilsonne, hatte mich sogar ermuntert, ja ich fühlte mich geradezu berauscht. Mein Ausdruck und mein Betragen spiegelten offenbar meine Erregung wider.

»Was ist dir, mein liebes Kind?« fragte Frau Ceyssac, als ich ihr entgegentrat.

»Ich bin nur zu rasch gegangen«, erwiderte ich verstört.

Sie musterte mich von neuem, dann zog sie mich wie eine besorgte Mutter an sich und setzte mich dem Glanz ihrer hellen, wissenden Augen aus. Meine Verwirrung wurde nur um so größer. Ich hielt ihrer prüfenden Liebe und ihrer fragenden Zärtlichkeit nicht stand, und plötzlich verlor ich so vollkommen die Fassung, daß ich ihren Blick nicht länger zu ertragen vermochte.

»Ich bitte Sie, meine liebe Tante, lassen Sie mich!« Mit diesen Worten ging ich in mein Zimmer hinauf.

Es lag im vollen Glanz der schrägen Sonnenstrahlen, und ich war ganz geblendet von dem warmen, purpurroten Licht, das mich wie ein lebendiger Strom überflutete. Sobald ich allein war, wurde ich ruhiger und setzte mich ans Fenster, um auf die tröstliche Stunde zu warten, in der das Meer von Helligkeit sich verlief. Mehr und mehr röteten sich die Kirchturmspitzen; in der feuchten Luft wurden alle Geräusche deutlicher; und im Westen standen die schwarzen Maste der im Fluß vor Anker liegenden Kähne vor einer breiten, lodernden Glut. Bis zum Einbruch der Dunkelheit rührte ich mich nicht; aber wenn ich mich fragte, was eigentlich in mir vorging, wußte ich keine Antwort. Was ich hörte, sah und fühlte, ging in den Schwingungen eines mächtigeren Lebens unter, als ich es sonst kannte. Ohne zu wissen, weshalb, wünschte ich, es sei noch jemand da; doch hätte ich nicht sagen können, wen ich herbeisehnte. Ja, wenn ich unter den Menschen hätte wählen dürfen, die mir am nächsten standen, so wäre es mir unmöglich gewesen, jemanden zu nennen.

Wenige Augenblicke vor dem Verschwinden des letzten Tageslichtes ging ich hinunter. Ich schlich durch die Straßen, von denen ich wußte, daß sie leer wären, und kam schließlich zu den völlig verlassenen Grasflächen am Wall. Dabei streifte ich den Platz, wo ich die ersten Klänge des Zapfenstreiches vernahm. Dann entfernte sich die Musik der Bläser; in den krummen Gassen folgte mein Ohr dem Marsch; und ich hörte zusammenhängende oder abgerissene Klänge, je nachdem wie der Raum sie zuließ oder die Luft sie hertrug. Ich war allein, völlig allein. In der blauen Dämmerung, die sich vom Himmel herniedersenkte, unter den Ulmen, die sich mit beginnendem Leben schmückten, beim Glanz der ersten Sterne, die zwischen den Zweigen leuchteten und Funken glichen, mit denen das zarte Gewebe der Blätter übersät war, ging ich durch die lange Allee, lauschte den einfachen Tönen der Musik und ließ mich von ihnen wiegen. Ich merkte mir den Rhythmus; und er war noch in mir, auch als die Klänge selbst sich völlig verloren hatten. Er blieb in mir wie eine sich fortsetzende Bewegung, und daraus wurde eine Art von Tonfolge, von musikalischem Gerüst, zu dem ich unwillkürlich Worte erfand. Ich habe nicht die leiseste Erinnerung an den Inhalt und den Sinn dieser Worte und Töne; nur, daß etwas in mir erstand. Anfangs war es nur Musik; dann kamen Worte, die sich dem Rhythmus anpaßten; und plötzlich nahm die innere Melodie eine Form an, die an genaue Regeln und an die doppelte oder mehrfache Wiederholung unbetonter und betonter Silben gebunden war, die miteinander harmonierten und aufeinander abgestimmt waren. Ich möchte nicht behaupten, daß es sich um Verse gehandelt hat, aber zum mindesten war dies Gemisch aus Wort und Musik etwas Ähnliches.

Ich war noch ganz im Banne von dem, was in mir vorging, als ich unseren Freunden, Herrn d'Orsel und seinen beiden Töchtern, in die Arme lief. Wir waren einander so nahe, daß ich nicht ausweichen konnte; auch hätte mir in meiner Verlegenheit durchaus die Kraft dazu gefehlt. So sah ich mich denn Madeleines ruhigem Blick und ihrem blassen Antlitz gegenüber.

»Wie? Sie hier?« fragte sie.

Noch heute höre ich ihre klare, wohlklingende Stimme und den leichten südfranzösischen Tonfall, der mich zum Zittern brachte. Mechanisch ergriff ich die Hand, die sie mir entgegenstreckte, die schmale, zarte, kühle Hand; und erst als ich mit dieser Kühle in Berührung kam, merkte ich, daß meine Hand wie Feuer brannte. Wir standen uns so nahe gegenüber, daß ich die Umrisse ihres Gesichts genau erkannte. Ein Entsetzen packte mich bei dem Gedanken, daß sie mich nicht minder deutlich sah.

»Haben wir Sie erschreckt?« fuhr sie fort.

Durch den plötzlich veränderten Tonfall wurde mir klar, bis zu welchem Grade meine Verwirrung sichtbar war; und da nichts in der Welt mich dazu bringen konnte, dieser ausweglosen Situation auch nur einen Augenblick standzuhalten, stammelte ich irgendeinen Unsinn; dann verlor ich völlig den Kopf und rannte in der albernsten Weise blindlings davon. Den Salon meiner Tante mied ich an diesem Abend und schloß mich lieber in meinem Zimmer ein, wo ich nicht gestört werden konnte. Dort schrieb ich, ohne zu überlegen und ohne mich anzustrengen, unter einem mehr beglückenden als beängstigenden Zwang, ohne abzusetzen, ohne nachzulassen, ohne jede Hemmung alles mögliche nieder, das mir vom Himmel zu fallen schien. Mein Herz wurde von einer Überfülle bedrängt. Es fühlte sich in demselben Maße erleichtert, in dem es sich ausgab. Dieses fieberhafte Schreiben nahm mich bis in die Nacht hinein gefangen. Dann schien meine Aufgabe beendet. Die überreizten Nerven beruhigten sich, und gegen Morgen, als die ersten Vögel erwachten, überließ ich mich einer köstlichen Mattigkeit und schlief ein.

Am nächsten Tage spielte Olivier auf die Begegnung mit seinen Cousinen, auf meine Verlegenheit und mein Weglaufen an.

»Warum tust du so geheimnisvoll? Das ist unrecht von dir. Wenn ich etwas auf dem Herzen hätte, würde ich dich daran teilnehmen lassen.«

Ich sträubte mich vom ersten Augenblick an, ihm die Wahrheit zu sagen. An sich wäre nichts einfacher, und es wäre wohl auch richtiger gewesen; gerade einem Geständnis solcher Art stellen sich jedoch tausend wirkliche und eingebildete Gründe entgegen, so daß es mir unmöglich schien. In welcher Sprache sollte ich ihm im Augenblick begreiflich machen, was ich seit längerem erlebte, ohne daß jemand eine Ahnung hatte? Wie konnte ich kaltblütig von einer Empfindlichkeit sprechen, die keine Kritik, weder von mir noch von anderer Seite, zuließ und die sogar schon jeden Blick als lästig empfand? Wie sollte ich ihm die plötzliche Verwirrung meiner Gefühle und die nächtliche Verzauberung schildern, für die ich beim morgendlichen Erwachen den schriftlichen Beweis vorgefunden hatte?

So antwortete ich denn mit einer Lüge. Ich sei seit mehreren Tagen unpäßlich. Die abendliche Wärme habe mich ganz wirr gemacht, und ich bäte Madeleine um Vergebung, daß ich mich bei unserer Begegnung so albern benommen hätte.

»Madeleine?« warf Olivier ein. »Wir brauchen Madeleine doch keine Rechenschaft abzulegen. Es gibt Dinge, die mit ihr durchaus nichts zu tun haben.« Ich war so völlig rechtschaffen und so harmlos, daß erst ein fragender Blick meiner Tante und ein zweideutiges und neugieriges Lächeln Oliviers mich auf meine Unwissenheit aufmerksam machten. Als ich merkte, daß ich beobachtet wurde, suchte ich der Ursache nachzugehen; aber es war ein falscher Verdacht, der mich zum ersten Erröten brachte. Etwas Unerklärliches weitete mein Herz und versetzte es in eine ihm bisher fremde Erregung; ein seltsamer Glanz umschwebte plötzlich das einfache Zeitwort, das wir alle im französischen oder im lateinischen Grammatikunterricht konjugiert haben. Zwei Tage nach der behutsamen Belehrung, die eine erfahrene Pflegemutter und ein aufgeklärter Freund mir erteilt hatten, war ich davon überzeugt – so viele neugierige und beunruhigende Fragen waren mir durch den Kopf gegangen –, daß meine Tante und Olivier recht hatten, wenn sie glaubten, ich sei verliebt. Allein in wen?

Am Sonntagabend trafen wir uns wie üblich im Salon von Frau Ceyssac. Als Madeleine eintrat, fühlte ich mich beunruhigt, weil ich sie seit Donnerstagabend nicht wiedergesehen hatte. Zweifellos erwartete sie eine Erklärung; aber ich war weniger als je geneigt, sie ihr zu geben, und schwieg. Ich war schrecklich verwirrt und zerstreut. Olivier, der keine Veranlassung hatte, mich zu schonen, ärgerte mich mit seinen Sticheleien. Sie konnten kaum harmloser sein, taten mir aber doch weh, so reizbar und so für den leisesten Angriff empfindlich waren meine Nerven. Nach einer alten Gewohnheit, bei der weder ich noch mein Wunsch eine Rolle spielte, saß ich neben Madeleine. Plötzlich fiel es mir ein, den Platz zu wechseln. Ich redete mir ein, das grelle Lampenlicht blende mich und ich säße anderwärts besser. Madeleine hatte ihr Auge auf das Spiel gerichtet, und erst als sie aufsah, merkte sie, daß ich an der anderen Seite des Tisches saß, und zwar genau ihr gegenüber.

»Was bedeutet das?« fragte sie erstaunt.

Unsere Blicke trafen sich. Sie mochte in dem meinen etwas Ungewöhnliches entdecken. Irgend etwas schien sie jedenfalls zu verwirren und sie an der Beendigung des begonnenen Satzes zu hindern.

Seit achtzehn Monaten lebte ich in ihrer Nähe; aber jetzt betrachtete ich sie zum ersten Male so, wie man einen Menschen betrachtet, den man sehen will. Madeleine war reizend, und sogar sehr viel reizender, als man ihr nachsagte, und in einer ganz anderen Weise, als ich geglaubt hatte. Im übrigen war sie achtzehn Jahre alt, und die plötzliche Erleuchtung führte mich nun nicht etwa allmählich auf die richtige Spur, sondern klärte mich in einer halben Sekunde über alles auf, was ich von ihr und mir bis jetzt nicht gewußt hatte. Es war eine abschließende Entdeckung, eine Vervollständigung dessen, was die vorhergehenden Tage gebracht hatten. Die Erkenntnisse wurden zu einem Ganzen, und es war weiß Gott nicht schwer, ihnen allen die richtige Deutung zu geben.

VI

Ein paar Wochen später reiste Herr d'Orsel in einen Kurort, angeblich um auszuspannen und sich zu erholen; in Wahrheit aus Gründen, von denen niemand wußte und die auch ich erst später erfuhr. Madeleine und Julie begleiteten ihn.

Die Trennung, die jedem anderen Schmerz bereitet und Seufzer entrungen haben würde, bedeutete für mich die Erlösung aus lauter Drangsalen. Die plötzliche Schüchternheit, die mich in ihrer Gegenwart überfiel, machte mir das Leben in Madeleines Nähe unerträglich, und ich ging ihr aus dem Wege. Sie auch nur anzusehen bedeutete für mich schon ein Wagnis. Wenn ich ihre Ruhe beobachtete, während ich die meine eingebüßt hatte; wenn ich sie vollkommen entzückend fand, während ich allen Grund hatte, mir in meiner Gymnasiasten-Aufmachung und mit meinem schlecht gepflegten Bauerngesicht zu mißfallen, dann litt ich unter einem drückenden, erniedrigenden Minderwertigkeitsgefühl. Ich wurde mißtrauisch, und unsere schöne und harmonische Kameradschaft verwandelte sich in eine unerfreuliche Abhängigkeit. Dieser Zustand war schon an dem geschilderten Abend eingetreten. Jetzt fürchtete ich mich geradezu vor Madeleine. Sie verzauberte mich, bevor sie mich beherrschte. Der Liebende ist nicht weniger ausgeliefert als der Gläubige. Jede leidenschaftliche Verirrung hat anfangs dasselbe Gesicht.

Am Morgen nach ihrer Abreise lief ich in die Karmelitergasse. Olivier bewohnte ein kleines Zimmer, das ziemlich abseits oben in einem vorspringenden Teil des prächtigen

Hauses lag. In der Regel holte ich ihn vor Schulbeginn ab, und zwar rief ich ihn vom Garten aus herunter. Ich dachte daran, daß mir sonst fast täglich um die gleiche Zeit eine andere Stimme geantwortet, daß Madeleine ihren Kopf aus dem Fenster gesteckt und mir einen guten Morgen gewünscht hatte; ich wußte auch, daß diese tägliche Begegnung, anfangs ungefährlich und ohne Reiz, plötzlich zu einer wahren Folter geworden war; und so betrat ich das Haus mutig und beinahe ausgelassen, als hätte ich nach einer Zeit lähmender Beaufsichtigung Ferien.

Das Haus wirkte leer. Die Dienstboten kamen und gingen und schienen selbst erstaunt, daß jeder Zwang fehlte. Die Fenster standen sämtlich offen, und die Maisonne spielte ungehindert in den Räumen, in denen alle Gegenstände ihren alten Platz einnahmen. Das Ganze sah nicht nach vorübergehendem Fernsein, sondern nach längerer Abwesenheit aus. Seufzend rechnete ich nach. Zwei Monate! Das schien bald viel, bald wenig. Im Grunde hatte ich jedoch so sehr das Bedürfnis, mir selbst zu gehören, daß ich wünschte, die Frist möge niemals ein Ende nehmen.

Am nächsten Tage und an den dann folgenden Tagen kam ich wieder. Die gleiche Ruhe und Geborgenheit beglückten mich. Ich ging durch das ganze Haus und ließ auch im Garten keinen Weg aus. Überall fand ich Madeleine, und nichts konnte mich abhalten, mich meinen Erinnerungen zu überlassen. Ich betrachtete Madeleines Fenster und sah im Geiste ihr reizendes Gesicht. In den Alleen des Parks glaubte ich ihre Stimme zu vernehmen, und ich fing an zu trällern, nur um ein Echo der Lieder zu hören, die sie mit Vorliebe im Freien gesungen, die der Wind weitergetragen und für die das Rauschen der Blätter die Begleitung abgegeben hatte. Ich sah tausend Einzelheiten vor mir, die ich früher nicht bemerkt hatte oder die mir mindestens nicht sonderlich aufgefallen waren, darunter manche nichtssagende Bewegung, die mich jetzt erst entzückte. Wie reizend war ihre Art, ihre Haare zu flechten, sie im Nacken hochzustecken und sie dann oben zu einem schwarzen Zopf zusammenzulegen. Die unbedeutendsten Kleinigkeiten, mochten sie mit ihrem

Äußeren oder mit ihrer Art sich zu geben zusammenhängen; ein fremdartiger Duft, den sie gern hatte und an dem ich sie selbst bei geschlossenen Augen immer erkannt haben würde; die lebhaftere Kleidung, zu der sie sich seit kurzem entschlossen hatte; das Blau, das ihr so gut stand und das ihre ständige Blässe so wunderbar zur Geltung brachte: alles wurde erstaunlich lebendig. Deshalb war meine Erregung aber nicht geringer, wenn auch von ganz anderer Art als in ihrer Gegenwart. Denn jetzt sehnte ich mich nach all dem Schönen, das sie mit fortgenommen hatte; mehr und mehr sog ich mich, eher leidenschaftlich als wehmütig gestimmt, mit Erinnerungen voll. Sie waren das einzige, was mir geblieben, und wurden schon bald nach Madeleines Abreise zu einem unverlierbaren Schatz.

Eines Abends, als ich Olivier aufsuchte, ging ich, wie üblich, an Madeleines Zimmertür vorüber. Wie oft hatte ich die Tür schon weit offen gefunden, aber nie war ich auf den Gedanken gekommen, daß ich eintreten dürfte. An jenem Abend blieb ich wie auf Befehl stehen, und nach kurzem, bei meiner Art natürlichem Zaudern gab ich der Versuchung nach.

Es war fast finster. Das dunkle Holz von ein paar alten Möbeln war kaum noch zu erkennen, und selbst das Gold der eingelegten Stücke leuchtete nur schwach. Stoffe in matten Farben und wehende Musseline, lauter blasse und weiche Dinge, verbreiteten eine Art von hellem, mildem Dämmerlicht und übten eine tröstliche und beruhigende Wirkung aus. Die laue Luft, die von draußen kam, brachte den Duft des blühenden Gartens; aber es war vor allem ein bestimmter, sehr zarter Geruch, der mich beim Einatmen mehr erregte als alles übrige und der im Raum wie eine Erinnerung lebte, die nicht weichen wollte. Ich ging bis zum Fenster. Dort hielt Madeleine sich am liebsten auf; und dort ließ auch ich mich auf den kleinen Sessel mit kurzer Lehne nieder, den sie oft als Sitzplatz benützte. Ich blieb ein paar Minuten, aber obschon mich böse Beklemmungen peinigten, verlangte mich doch danach, den ungewohnten Genuß auszukosten. Ich bewegte mich nicht, weil ich nur darauf bedacht war, mir die Freude zu erhalten. Mein Herz schlug so stark, so rasch und so laut, daß ich beide Hände auf die Brust legte, um das unangenehme Klopfen zu verlangsamen.

Auf einmal vernahm ich vom Flur her Oliviers harten, eiligen Schritt. Es gelang mir kaum, bis zur Tür zu schleichen; dann stand er auch schon vor mir, als habe er mich nicht kommen hören oder als fände er an meinem Aufenthalt in Madeleines Zimmer nichts auszusetzen.

Er war leicht und elegant gekleidet. Er trug eine lose Krawatte und einen locker sitzenden Anzug, wie er ihn zumal im Sommer besonders liebte. Seine Überlegenheit und die Natürlichkeit, mit der er sich in seinen weiten Anzügen bewegte, gaben ihm ein eigenes Gepräge, so daß man ihn bisweilen für einen Engländer, wenn nicht gar für einen Kreolen hätte halten können. Ein sehr sicherer Geschmack führte ihn, daß er sich so und nicht anders kleidete. Er erreichte damit einen besonderen Eindruck; aber ich, der ich seine guten Seiten und seine Schwächen kennengelernt habe, kann bezeugen, daß er sich mit dem Ankleiden zwar viel Mühe gegeben, sich aber auf sein Können nie viel eingebildet hat. In der Zusammenstellung eines Aufzuges, in der Art, wie die Farben abgestuft und aufeinander abgestimmt wurden, erblickte er einen Teil von dem, was seiner Meinung nach zum guten Ton eines Mannes von Welt gehörte. Aber wenn er seine Wahl getroffen hatte, hielt er seine Aufgabe für gelöst; und es wäre unrecht gewesen, ihm vorzuwerfen, daß er sich mit seiner Toilette über die Zeit der erfinderischen Sorgfalt hinaus beschäftigt habe.

»Gehen wir bis zum Boulevard«, sagte er, sich meines Armes bemächtigend. »Ich möchte, daß du mich begleitest. Bald ist es dunkel.«

Er ging rasch und zog mich hinter sich her, als sei er an eine bestimmte Zeit gebunden. Er benutzte den kürzesten Weg, überquerte unbekümmert die menschenleeren Alleen und führte mich in die Gegend, in der man sich an Sommerabenden um die Dämmerstunde zu ergehen pflegte. Dort fand sich alles zusammen, was es in einer kleinen Stadt wie

Ormesson an reichen und eleganten Menschen gab. Olivier war sofort, ohne aufzufallen, mitten unter den Wandelnden. Er blickte gespannt um sich. Irgend etwas machte ihn so ungeduldig, daß er mich bisweilen vergaß. Plötzlich verlangsamte er den Schritt, und dabei stützte er sich auf meinen Arm, als brauche er diesen Halt, um eine Aufwallung zu zügeln, die er sonst nicht mit der richtigen Klugheit würde meistern können. Ich begriff, daß er sein Ziel gefunden hatte.

Zwei Frauen, die uns entgegenkamen, gingen am Rand des Bürgersteiges und suchten dabei in verfänglicher Weise den Schutz der niedrigen Ulmenzweige. Die eine war jung und sehr hübsch. Aber meine neuesten Erfahrungen hatten mich über bestimmte, oft sehr feine Unterschiede aufgeklärt; und ich ließ mich nicht mehr täuschen. Ich beobachtete, wie gewandt und beherrscht sie ihren behutsamen Schritt berechnete, wenn sie über den Rasen ging, der sich unter den Bäumen hinzog wie ein Teppich. Sie hielt unseren Blicken stand, betrug sich aber viel weniger anmutig und viel zudringlicher, als Madeleine je gewagt haben würde. Schon von weitem bereitete sie sich mit einem seltsamen Lächeln darauf vor, Oliviers Gruß zu erwidern; aber erst, als sie ganz nahe war, dankte sie nachlässig. Sobald sie ihr blondes Haar und ihr Lächeln unter dem Hutschleier versteckt hatte, wandte Olivier sich mir zu und fragte in entschiedenem Tone: »Kennst du Frau X.?«

Er nannte den Namen einer Dame, von der in den Salons, in die ich meine Tante ab und zu begleitete, häufig gesprochen wurde. So war es also durchaus natürlich, daß man ihn dieser Frau vorgestellt hatte, und das äußerte ich auch ganz unbefangen.

»Du hast recht«, entgegnete er. »Ich habe im vergangenen Winter einen Abend mit ihr getanzt, und seitdem ...« Er unterbrach sich, um nach einer Pause fortzufahren: »Mein lieber Dominique, du weißt, daß ich weder Vater noch Mutter habe. Ich bin nichts als der Neffe meines Onkels und erwarte von ihm nur soviel Zuneigung, wie er mir schuldet, also nur einen winzigen Teil der Zärtlichkeit, die meine beiden Cousinen erben. Daher brauche ich Liebe, mehr Liebe, als eine Schulfreundschaft zu geben vermag. Keine Einwendungen! Ich danke dir für deine Anhänglichkeit, und ich bin überzeugt, daß du es nie an ihr fehlen lassen wirst. Trotzdem, du mußt mir vergeben, daß ich das mir zugefallene Maß an Liebe, so hoch ich es einschätze, für unzureichend erkläre. Vor zwei Monaten habe ich auf dem erwähnten Ball mit der Dame, der wir eben begegnet sind, in ähnlichem Sinne geredet. Anfangs hat sie gelacht, weil sie der Meinung war, es handle sich um den Kummer eines Gymnasiasten, den die Schule langweilt. Da ich jedoch durchaus ernst genommen werden wollte, wenn ich in ernstem Tone redete, fuhr ich fort und sagte: ›Was ich hier vorbringe, ist eine Bitte, gnädige Frau, falls Sie die Gewogenheit haben wollen, es so aufzufassen. Sonst bleibt es ein Schmerz, und Sie werden nichts mehr von mir hören.‹ Sie gab mir zwei leichte Schläge mit dem Fächer, offenbar, weil sie mir die Rede abschneiden wollte. Aber ich war ohnehin am Ende; und um mir selbst nicht zu widersprechen, verließ ich den Ball auf der Stelle. Ich habe Wort gehalten, denn sie soll sich kein Bild von meinen Hoffnungen und meinen Zweifeln machen können. Auch dürfen von mir aus weder Jammer noch Bitte zu ihr dringen. Ich habe viel Geduld und kann warten.«

Olivier brachte dies alles mit völliger Ruhe vor. Ein paar heftigere Bewegungen und ein leichtes Beben in der Stimme waren die einzigen wahrnehmbaren Anzeichen für eine gewisse Erregung, vorausgesetzt, daß er überhaupt etwas verspürte, was ich nicht behaupten möchte. Ich hörte ihm mit tiefer Beklommenheit zu. Er redete in einer mir durchaus fremden Sprache; und der Inhalt seiner Geständnisse verwirrte mich erst recht, weil er lauter Neues und mir völlig Unverständliches brachte.

»Oh«, sagte ich nur, weil ich keine andere Erwiderung fand als diesen Ausdruck unbefangenen Staunens.

»Schon recht! Dies und nichts anderes wollte ich dir erzählen, Dominique. Wenn du deinerseits etwas zu berichten hast, was ich mir anhören soll, dann findest du mich bereit.«

Mit Oliviers Geständnissen verhielt es sich wie mit jeder allzu plötzlichen oder gewaltsamen Belehrung. Das berauschende Gift verwirrte mich zunächst völlig; und ich mußte lange und unter Schmerzen grübeln, bevor ich das Nützliche vom Schädlichen seiner bedenklichen Enthüllungen zu scheiden vermochte. Ich, der ich in meiner Unschuld das gebräuchlichste Wort der Sprache des Herzens kaum ohne Erregung über die Lippen brachte, wäre von mir aus wohl nie über den Gedanken an ein völlig selbstloses Gefühl hinausgelangt. Nach so harmlosen Vorstellungen plötzlich die Wünsche zu begreifen, zu denen Olivier sich erkühnte; aus meiner Befangenheit zu seiner ungezwungenen Art, über Frauen zu reden, und gar bis zu dem Ziel vorzudringen, das er sich gesetzt hatte, bedeutete nicht weniger, als in kürzester Frist um ein Vielfaches zu altern. Trotzdem mußte ich den Sprung wagen, wenn auch unter solchem Entsetzen und solchen Schwindelgefühlen, daß ich sie nicht zu schildern vermag. Als ich dann endlich zu der Klarheit gelangt war, die ich brauchte, um Olivier zu verstehen, staunte ich, wenn ich meine Erregung mit der kühlen Haltung und der lächelnden Klugheit dieses sogenannten Verliebten verglich.

Ein paar Tage später zeigte er mir einen Brief, der nicht unterzeichnet war.

»Ihr schreibt euch?« fragte ich.

»Dieser Brief«, erwiderte er, »ist das einzige Zeichen, das sie mir zugedacht hat. Ich habe nicht geantwortet.«

In dem Brief stand etwa Folgendes:

»Sie sind ein Knabe, der sich gern wie ein Mann benehmen möchte; aber Sie tun unrecht, wenn Sie sich älter machen, als Sie sind. Natürlich gibt es Menschen, die besser, und andere, die schlechter sind als Sie. Ich gebe zu, daß Sie beklagenswert sind; und ich schätze Sie genug, um Ihnen zu glauben, daß Sie unter dem Fehlen einer klugen, fürsorglichen Freundschaft leiden; aber es wäre vielleicht besser gewesen, wenn Sie Ihr Herz wirklich ausgeschüttet hätten, anstatt sich einer Frau, die Sie gern hat, plötzlich anzuvertrauen und dann ebenso rasch wieder zu verstummen. Es war nicht gut, daß ich mir Ihre Geständnisse angehört habe; aber ich verstehe auch nicht, was für einen Sinn es haben soll, daß Sie jetzt schweigen. Für ein Alter, dessen einziger Reiz, ja dessen einzige Entschuldigung in seiner Harmlosigkeit besteht, sind Sie nicht unbefangen genug und zu aufgeklärt; und wenn Sie sich weniger beherrschten und sich mehr gehen ließen, würden Sie interessanter und sicher auch glücklicher sein.«

Trotz dieser gelegentlichen Anwandlungen von Offenheit, zu denen er sich jedoch nur entschloß, wenn er gerade bei Laune war, besaß ich Oliviers Vertrauen nur halb. Obschon er fast so alt wie ich und mir in vieler Hinsicht zweifellos unterlegen war, fand er mich in den Lebenslagen, die ihn beunruhigten, um seinen Ausdruck zu gebrauchen, »ein bißchen jung«. Es war schon viel, wenn ich den Anfang eines Planes begreifen konnte, dem er um seiner Eigenliebe oder um seines Vergnügens willen nachging. Ich habe ihn nie anders als ruhig, überlegen und entschlossen gesehen; seine Stimme hatte meistens etwas Kaltes. Er konnte frech dreinschauen, wenn er jemanden nicht mochte. Sein kurzes, bezwingendes Lächeln benutzte er je nach den Umständen, um sich einzuschmeicheln, oder zum Angriff. Traurig war er eigentlich nie und selten zerstreut, selbst wenn sein im allgemeinen unerschütterliches Selbstbewußtsein einen Stoß erlitt. Hatte er Verdruß, so merkte man das nur an einer betonteren Reizbarkeit; auch wirkte sein Übermut dann etwas frostiger als sonst.

»Wenn du glaubst, daß ich mich unglücklich mache, dann irrst du dich«, sagte er kurze Zeit darauf in einem der wenigen nachdenklichen Augenblicke, in denen er Spaß daran zu haben schien, seinen Worten einen feindseligen Ton zu verleihen. »Wenn sie mich eines Tages liebt, dann bedeutet dies alles nichts. Sonst . . .«

»Sonst?« fragte ich.

Ohne zu antworten, ließ er den kleinen Stock, den er in der Hand hatte, um seinen Kopf tanzen und pfeifen, als wollte er die Luft zerschneiden. Während er fortfuhr, den leeren Raum mit aller Kraft zu peitschen, fügte er hinzu:

»Wenn es mir doch nur gelänge, aus ihren Blicken ein Ja oder ein Nein herauszulesen. Ich kenne keine Augen, die so peinigen können und die so schön sind, abgesehen von denen meiner beiden Cousinen. Aber die gehen mich nichts an.«

An einem anderen Tage schien die Lage günstiger. Er war wieder er selbst, war zugänglich, angeregt und natürlich. Auch betrug er sich freundlicher. Trotz aller Zurückhaltung merkte ich ihm an, daß er sich Hoffnungen machte.

»Bist du ganz sicher, daß du sie liebst?« fragte ich schließlich; so unerläßlich schien mir Liebe als erste Voraussetzung für die Erfüllung seiner Wünsche.

Olivier sah mir fest in die Augen. Dann, als bedeute meine Frage für ihn den Gipfel des Läppischen und Dummen, brach er in ein so unverschämtes Gelächter aus, daß mir jede Lust zum Weitersprechen verging.

Madeleines Fernsein dauerte bis zum festgesetzten Termin. Als ich ein paar Tage vor ihrer Rückkehr an sie dachte – und ich dachte jede Minute an sie –, wurde mir zu meinem Erstaunen klar, wie sehr ich mich seit ihrer Abreise verändert hatte. In meinem Herzen wohnten viele Geheimnisse; ich fühlte mich von kühnen Wünschen beschwingt, und ich wußte um manches auch ohne eigene Erfahrung. Jedenfalls glich ich in keiner Weise dem, den sie verlassen hatte. Ich merkte, daß mir das helfen würde, die Macht ihres Einflusses abzuschwächen; ja, der Hauch von Verdorbenheit, der mich umweht hatte, gab mir einen Zug von Verwegenheit, das heißt, im Grunde nicht mehr als den Mut, den ich brauchte, um Madeleine ohne Bangen entgegenzutreten.

Ende Mai traf sie ein. Schon aus der Ferne vernahm ich das Schellengeläut der Pferde, und darauf sah ich, wie die völlig staubbedeckte Postkutsche zwischen den grünen Wänden der Hagebuchengänge einherrollte und sie durch den Garten bis zur Freitreppe brachte. Das erste, was ich dann erblickte, war Madeleines blauer Schleier, der zum Fenster hinausflatterte. Sie stieg rasch aus und umarmte Olivier. An dem lebhaften geschwisterlichen Druck ihrer beiden kleinen Hände und an der Herzlichkeit, mit der sie

sie in die meinen legte, spürte ich, daß mein Traum noch einmal Wirklichkeit geworden war. Dann nahm sie mit der Vertraulichkeit einer älteren Schwester Oliviers und meinen Arm, stützte sich auf den einen nicht weniger als auf den anderen, schenkte uns beiden, einem echten Sonnenstrahl gleich, das klare Licht ihres geraden, offenen Blickes und ging wie jemand, der ein wenig müde ist, die Treppe zum Salon hinauf.

An jenem Abend wurden die Herzen weit. Madeleine hatte viel zu berichten. Sie hatte schöne Gegenden gesehen und sich manches Neue an Sitten, Auffassungen und Trachten zu eigen gemacht. Sie sprach in der ersten Verwirrung ihres durch allzu viele Eindrücke in Unordnung geratenen Gedächtnisses und erzählte mit der Sprunghaftigkeit eines Menschen, der die in zwei Monaten erworbenen Schätze am liebsten in ein paar Minuten ausbreiten möchte. Ab und zu unterbrach sie sich; und dann war es, als habe sie den Atem nicht durchs Reden verloren, sondern durch das Auf und Ab der Gebirgspfade, auf die ihr Bericht uns führte. Sie legte ihre Hand auf Stirn und Augen und strich ihr dichtes Haar, das sich bei der staubigen und zugigen Fahrt aufgerichtet hatte, aus der Stirn. Man hätte auf den Gedanken kommen können, sie benehme sich wie eine erhitzte Fußgängerin, die ihr Gedächtnis auffrischen wollte. Bald suchte sie nach einem Namen, bald nach einem Datum. Es war ein ständiges Verlieren und Wiederfinden des verschlungenen Fadens einer Reiseroute; und plötzlich lachte sie laut auf, weil ihr Bericht so in Verwirrung geraten war, daß sie Julies scharfes und zuverlässiges Erinnerungsvermögen zu Hilfe rufen mußte. Leben, Wissensdurst und befriedigte Neugier gingen von ihr aus; und obschon das lange Reisen im Wagen sie ermüdet hatte, war ihr von der ständigen Ortsveränderung die Gewohnheit geblieben, sich oft zu bewegen, so daß sie zehnmal hintereinander aufstand, nach irgend etwas griff, einen Blick in den Garten warf und Möbel und andere wiedergefundene Gegenstände streichelte, um sie willkommen zu heißen. Zuweilen betrachtete sie Olivier und mich aufmerksam, als wolle sie sich vergewissern, daß sie wirklich wieder daheim und wieder bei uns sei; aber ob sie uns beide in irgendeiner Hinsicht verändert fand oder ob sie sich nach dreimonatiger Abwesenheit und nach dem Anblick von so viel Neuem an unsere Gesichter noch nicht gewöhnen konnte, mir entging nicht, daß sich in ihrem Ausdruck eine leichte Verwunderung zeigte.

»Nun«, fragte Olivier, »sind wir noch die, die wir waren?«

»Nicht ganz«, erwiderte sie unbefangen. »Als ich fort war, hatte ich ein anderes Bild von euch vor Augen.«

Ich saß wie festgenagelt auf meinem Lehnstuhl. Ich betrachtete sie und hörte zu; und was sie auch von uns denken mochte, die Veränderung, die ich an ihr wahrnahm, war in einem ganz anderen Maße wirklich und war ohne Zweifel viel durchgreifender und tiefer.

Sie war dunkler geworden. Ihr durch das Sonnenlicht gebräuntes Gesicht trug gleichsam den Glanz von all dem Licht und all der Wärme, die die viele Bewegung im Freien hinterlassen hatten, und verschönte sie. Ihr Blick war lebhafter, ihr Gesicht etwas schmaler, und ihr Auge, das ein ganz ausgefülltes Dasein angestrengt und das sich gewöhnt hatte, einen weiteren Horizont zu umspannen, schien größer geworden. Ihre Stimme, von Natur einschmeichelnd und zum Aussprechen zarter Silben wie geschaffen, hatte einen neuen, volleren Klang und damit auch einen reiferen Ton bekommen. Sie hatte eine bessere und leichtere Art zu gehen, und der Fuß selbst war durch das lange Marschieren auf schwierigen Pfaden gelenkiger geworden. Ihre ganze Gestalt hatte sozusagen an Umfang verloren und dafür festere und bestimmtere Züge angenommen; und die Reisekleider, die ihr vorzüglich standen, vervollständigten diese Umwandlung ins Fernere und zugleich Kräftigere. Wir hatten eine schönere, durch Freiheit und Freuden, durch die tausend Zufälle eines nicht festgelegten Daseins, durch die Ausbildung aller Kräfte, durch die Berührung mit einer lebendigen Umgebung und den Anblick einer großen Natur veränderte Madeleine vor uns. Zu der blühenden Jugend des erlesenen Geschöpfes gesellte sich etwas Kraftvolles, Elegantes und Entschlossenes, das ihre Schönheit erhöhte und das zugleich auf einen entscheidenden Lebensschritt hindeutete.

Ich weiß nicht, ob ich mir über alles, was ich Ihnen erzähle, damals im klaren war; ich weiß nur, daß mir Madeleines Überlegenheit immer deutlicher zum Bewußtsein kam und daß ich mir den gewaltigen Abstand, der ein junges, etwa achtzehnjähriges Mädchen von einem siebzehnjährigen Gymnasiasten trennt, bisher nie so ernsthaft und so schmerzlich vergegenwärtigt hatte.

Ein anderes, noch gröberes Zeichen hätte mir schon an jenem Abend die Augen öffnen müssen.

Zwischen den Gepäckstücken befand sich ein prachtvoller Strauß Rhododendron, die man dem Boden mitsamt den Wurzeln entrissen hatte und die eine behutsame Hand in Farnkräuter und Alpenpflanzen gebettet hatte, die noch feucht waren vom Gebirgswasser. Dieser Strauß, den sie von weit her mitgebracht hatte und dessen sich Herr d'Orsel mit besonderer Sorgfalt anzunehmen schien, war ihnen nach Madeleines Aussage zur Erinnerung an irgendeine Gipfelwanderung geschenkt worden; und zwar war der Geber ein Reisegefährte gewesen, von dem mir nur erzählt wurde, daß er ein liebenswürdiger, gebildeter und gefälliger Mann sei, der den größten Respekt vor Herrn d'Orsel gezeigt habe. Als Julie eben dabei war, die Umhüllung zu entfernen, löste sich eine Karte. Olivier sah sie fallen, griff sofort nach ihr und drehte sie ein paarmal herum, um sich zurechtzufinden. Dann las er laut: »Alfred Graf de Nièvres«. Niemand achtete auf den Namen, der inmitten eines vollständigen und entschlossenen Schweigens tonlos verhallte. Madeleine tat, als höre sie nicht; Julie verzog keine Miene, und Olivier blieb stumm, während Herr d'Orsel die Karte nahm und zerriß. Was mich angeht, dem am meisten daran liegen mußte, die Vorfälle dieser Reise bis ins kleinste zu ergründen: nun, was soll ich sagen? Ich brauchte Glück. Hier haben sie das Geheimnis mancher Blindheit, die noch viel weniger erklärlich ist als die meine.

Zwischen Madeleine, die fast Frau war, und dem kaum mündig gewordenen Jüngling, den ich Ihnen zu schildern versuche, zwischen dem Glanz ihrer Jahre und den meinen gab es tausend gewußte oder nicht gewußte, offene oder verborgene, schon vorhandene oder noch drohende Hindernisse. Aber, wie dem auch sein mochte: ich war so eigensinnig, daß ich nicht ein einziges sah. Ich hatte Madeleine vermißt, hatte sie herbeigewünscht und erwartet. Auch werden Sie sich vorstellen können, wie ich den elenden Geist der Empörung verfluchte, der mich jemals zur Auflehnung gegen ein Joch getrieben hatte, wie es beneidenswerter, milder und weniger der Berechnung unterworfen gar nicht gedacht werden konnte. Madeleine war endlich zurück. Sie war so liebevoll, daß ich in Entzücken geriet, und so hinreißend, daß ich aus dem Staunen nicht herauskam. Sie war mein; und wie es Menschen geht, denen ein Übermaß an Licht den Blick getrübt hat, so nahm auch ich jenseits der Blendung, die mir die Sicht nahm, nichts mehr wahr.

Auf Grund dieser Geistesabwesenheit oder dieser Blindheit stürzte ich mich in den Trubel der folgenden Monate, als hätte ich eine Unendlichkeit vor mir. Malen Sie sich einen wirklichen, plötzlichen und gleich sehr warmen Frühling aus, der wie alle verspäteten Jahreszeiten reich ist an manchem freundlichen Wahn, an verschwenderischer Entfaltung, an Leichtsinn und an vollkommenen Freuden! So völlig, wie ich mich auf mich selbst zurückgezogen hatte, bevor mir klarwurde, daß ich einmal meinen Kindheitsträumen entrissen werden müsse, so hemmungslos wollte ich jetzt die Freiheit. Ich fragte nicht mehr, ob es mir erlaubt sei, mich anzubieten. Ich gab mich ohne Vorbehalt, und zwar in so großzügiger Weise, daß ich vergeudete, was ich an ehrlichem, aufrichtigem Denken und an guten und leidenschaftlichen Gefühlen besaß. Ich kann Ihnen diese ungewöhnliche und sehr kurze Zeit völliger Selbstlosigkeit nicht richtig schildern, obschon sie manche späteren Anwandlungen von Egoismus zu entschuldigen vermag. Solange sie währte, brannte mein eigenes Leben als Opfergabe und loderte zu Madeleines Füßen wie eine lautere, nur von den edelsten Trieben gespeiste Altarflamme.

Wir nahmen unsere alten Gewohnheiten wieder auf. Es war das ehemalige Bild, aber verschönt durch den verschwenderischen Glanz eines neuen Lebens. Ich wunderte mich, daß ich alles so anders fand, als es gewesen, und daß ein Schimmer von Glück das Angesicht der Dinge derart verwandelte, daß das Müde sich belebte und an die Stelle des Grämlichen ebensoviel Heiteres trat. Die Nächte waren kurz und die Abende warm. Wir versammelten uns kaum noch im Salon, vertrieben uns die Zeit vielmehr unter den Bäumen des Orselschen Gartens oder weit draußen am Saum der feuchten Wiesen. Zuweilen reichte ich Julie meinen Arm, wenn wir alle miteinander dahingingen. Es wurde Nacht; und mit ihr kam eine große Stille, wie sie zu den geheimnisvollen Stunden gehört, in denen man wenig und leiser spricht. Die Stadt und ihre weiten Umrisse verdeckten die Ferne, und der Ton der Glocken und des gotischen Schlagwerkes begleiteten diese Art von deutschen Spaziergängen, bei denen ich kein Werther war, während Madeleine es durchaus mit Charlotte hätte aufnehmen können. Ich sprach mit ihr auch nicht über Klopstock; und meine Hände berührten die ihren immer nur wie die einer Schwester.

Nachts setzte ich das Schreiben mit größtem Eifer fort, denn ich tat nichts halb. Wenn eine Unzahl von Einfällen sich in meinem Kopf drängte, glaubte ich bisweilen, ich sei nahe daran, Meisterwerke von mächtiger Kraft ans Licht zu fördern. Ich gehorchte einer unbekannten Macht, die, wie alle Mächte, die vom Menschen Besitz ergreifen, außerhalb meines Willens stand. Hätte ich mit den Erinnerungen an jene Zeit auch nur einige von den Torheiten bewahrt, die sie so schön und zugleich so unfruchtbar machten, würde ich versuchen, Ihnen zu beschreiben, wie die seltsame Fähigkeit – die immer herrschen wollte, die so unbeständig, so unbezähmbar, so unbarmherzig war, die erschien, wenn ihre Stunde schlug, und verschwand, wie sie gekommen war – fast haargenau dem glich, was Dichter ihre Eingebung nennen und was in der Muse zur Person wird. Sie war gewalttätig und untreu, zwei Eigenschaften, die mich glauben ließen, sie sei wirklich die Kraft, die Ingenien beschwingt, bis ich eines Tages begriff, daß die Besucherin, durch die ich erst so viel Schönes und später ebensoviel Bitteres erlebte, mit der Muse nicht viel mehr gemein hatte als Unbeständigkeit und Grausamkeit.

Das Doppelleben eines fiebernden Herzens und eines fiebernden Geistes machte ein höchst zweideutiges Wesen aus mir. Da lag eine Gefahr, der ich begegnen mußte; und so hielt ich den Augenblick für gekommen, mich von einem wertlosen Geheimnis zu befreien, um ein kostbareres zu retten.

»Seltsam«, meinte Olivier, »was willst du damit erreichen? Aber du hast natürlich recht, wenn diese Beschäftigung dir Spaß macht.« Eine bündige Erwiderung, aus der ein gut Teil Verachtung, aber auch ein gut Teil Verwunderung sprach.

Trotz dieser Ablenkungen machte ich in der Schule meinen Weg. Dank meinen Fähigkeiten hatte ich Erfolge, die ich verachtete, wenn ich sie mit den hohen Empfindungen verglich, die mich lehrten, daß ich zwar ein kleines Menschenwesen sei, aber doch ein weites Herz hätte. Ab und zu erhielt ich jedoch von auswärts einen Antrieb, der meine Lorbeeren in einem günstigeren Licht zeigte. Seit dem Tage der Trennung hatte Augustin mich nicht aus den Augen verloren. Soweit er es vermochte, setzte er aus der Ferne die Unterweisungen fort, mit denen er in Les Trembles begonnen hatte. Mit der Überlegenheit, die ihm die Erfahrung eines stark in Anspruch genommenen Daseins auf der größten Bühne dieser Erde gab, und auf Grund einer raschen geistigen Entwicklung, die er auch bei seinem Schüler voraussetzte, war er allmählich zu einer höheren Rangordnung von Ratschlägen vorgedrungen. Seine Belehrungen wurden schließlich fast zu Unterhaltungen zwischen Männern. Über sich selbst gab er keine genaue Auskunft. Er berichtete eigentlich nur, daß er arbeite, daß er manches Hindernis zu überwinden habe, daß er aber trotzdem zum Ziel zu gelangen hoffe. Ganz persönlich gehaltenen Ermunterungen folgten bisweilen ein flüchtiges Bild, ein Überblick über die Menschen, die Geschehnisse und die Bestrebungen, in deren Mitte er lebte. Es war, als wollte er mich im voraus prüfen, um mich auf den praktischen Unterricht vorzubereiten, den mir die rauhe Wirklichkeit eines Tages erteilen würde. Mein Tun und Denken beschäftigten ihn; und immer wieder fragte er mich, was ich zu unternehmen gedenke, wenn ich die Provinz einmal verließe.

»Ich höre«, schrieb er, »daß Sie der Erste in der Klasse sind. Vorzüglich. Schätzen Sie Auszeichnungen nicht zu niedrig ein! Wetteifer in der Schule ist eine harmlose Form der ehrgeizigen Bemühungen, die Sie später kennenlernen werden. Gewöhnen Sie sich an den ersten Platz und behaupten Sie ihn; denn Sie dürfen nie vergessen, unzufrieden zu sein, falls Ihnen eines Tages nur der zweite zufallen sollte. Täuschen Sie sich vor allem nicht über die Beweggründe Ihres Tuns und scheiden Sie streng zwischen Vermessenheit und der richtigen Einschätzung Ihres Könnens! Blicken Sie bei allem, zumal im Geistigen, nur auf das hohe Ziel, auf den Abstand, der Sie von ihm trennt, und auf die Notwendigkeit, es so rasch wir möglich zu erreichen! Das gibt Ihnen Demut und Kraft zugleich. Haben Sie erst begriffen, daß die meisten Träume unerfüllbar sind, wird Ihnen das Streben nach Vollkommenheit sowohl achtunggebietend wie erbärmlich vorkommen. Wenn Sie glauben, ihr näher zu sein als der oder jener, dann rechnen Sie nach, wieviel Ihnen noch fehlt; und Ihre Mutlosigkeit wird sich vom sittlichen Standpunkt aus als der höhere Wert erweisen und Ihnen mehr einbringen als Ihre Eitelkeit.«

Lassen Sie mich Ihnen übrigens noch weitere Auszüge aus Augustins Briefen mitteilen! Wenn Sie sich meine Antworten hinzudenken, werden Sie leicht erfassen, in welchem Geiste unsere Korrespondenz sich im allgemeinen bewegte, und werden auch klarer sehen, wie sein und mein Leben damals verliefen.

»Paris, den ...

Achtzehn Monate bin ich schon hier. Ja, mein lieber Dominique, achtzehn Monate sind seit dem Tage vergangen, an dem ich Sie auf dem kleinen Platz verließ und an dem wir uns Lebewohl gesagt haben. Vierundzwanzig Stunden später ist jeder von uns an seine Arbeit gegangen.

Ich wünsche Ihnen, mein lieber Freund, daß Sie zufriedener mit sich selbst sein möchten, als ich es mit mir bin. Leicht ist das Leben für keinen, mit Ausnahme derer, die nicht eindringen, sondern an der Oberfläche bleiben wollen. Für die ist Paris der Platz in der Welt, an dem sie sich am bequemsten ein Leben vortäuschen können. Sie können sich vom allgemeinen Strom treiben lassen wie ein Schwimmer von einem mächtigen und jähen Gewässer. Sie werden mitgerissen, ohne zu ertrinken. Eines Tages werden Sie das selbst erleben und Zeuge mancher Erfolge sein, die die Beteiligten nur ihrer Oberflächlichkeit verdanken und mancher Katastrophe, die bei größerer Charakterschwäche nicht eingetreten wäre. Es ist gut, sich beizeiten mit den wirklichen Zusammenhängen zwischen Ursachen und Wirkungen vertraut zu machen. Ich weiß nicht, was für Vorstellungen Sie von dem allem und ob Sie überhaupt welche haben. Vermutlich werden sie mit der Wirklichkeit nicht übereinstimmen. Aber noch trauriger ist, daß Sie im Grunde recht haben. Die Welt sollte so sein, wie Sie sie erträumen. O wüßten Sie, wie anders sie ist! Solange Sie auf Ihrem eigenen Urteil fußen, halten Sie an zwei Gedanken fest: daß es Wahrheiten und daß es Menschen gibt! Geben Sie Ihre Ansichten von der Wahrheit auf! Und was die Menschen angeht, so machen Sie sich für den Tag, an dem Sie ihnen begegnen, auf alles gefaßt!«

»Schreiben Sie mir häufiger! Sagen Sie nicht, ich wüßte ohnehin, wie es um Sie stehe, und Sie brauchten mir nichts mitzuteilen! In Ihrem Alter und bei einer Gemütsverfassung wie der Ihrigen bringt jeder Tag etwas Neues. Entsinnen Sie sich noch der Zeit, als Sie die keimenden Blätter maßen und mir vorrechneten, wie viele Millimeter sie unter der Einwirkung des Taues oder einer besonders warmen Nacht gewachsen waren? Genauso verhält es sich mit der Entwicklung eines jungen Menschen Ihrer Art. Wundern Sie sich nicht über Ihr Ungestüm! Wenn ich mich nicht täusche, werden Sie eines Tages selbst überrascht sein, vielleicht gar erschrecken. Halten Sie Ihre Kräfte nicht zurück! Bei Ihnen besteht keine Gefahr. Aber erzählen Sie mir bitte etwas ausausführlicher, damit ich weiß, wie Ihr Leben verläuft!

Erlauben Sie mir einen deutlicheren Einblick! Dann vermag ich Ihnen meinerseits zu sagen, um wieviel Sie weitergekommen sind. Und bleiben Sie vor allem Ihren Empfindungen gegenüber unbefangen. Ist es durchaus nötig, sie zu analysieren? Genügt es nicht, daß Sie sie haben? Gibt es eine herrlichere Gabe als das Gefühl? Sie wird Ihre Leistungen fördern und unerhörte Kräfte freimachen; freilich nur unter der Bedingung, daß Sie sie nicht gegen sich selbst richten. Wenn Sie eine besondere, ursprüngliche und zarte schöpferische Fähigkeit zum Gegenstand von Beobachtungen machen; wenn Sie anfangen, sie unter die Lupe zu nehmen; wenn das Gefühl als solches Ihnen nicht genügt und Sie durchaus noch den geheimen Zusammenhängen nachgehen wollen; wenn Sie sich mit konvergierenden Spiegeln umgeben, um das Bild ins Unermeßliche zu vervielfältigen; wenn Sie der Gottesgabe eine menschliche Sonde anlegen; wenn Sie es gar genießen, sich selbst zu betrachten, dann hört das Verkehrte nicht auf, und ich prophezeie Ihnen, daß ernste Folgen eintreten. – Bei den Alten gibt es eine reizende Fabel, die manche Deutung zuläßt; ich gebe sie Ihrem Nachdenken anheim. Narziß verliebt sich in sein Spiegelbild. Er läßt es nicht aus den Augen, kann es jedoch nicht greifen und geht schließlich an der holden Täuschung zugrunde. Denken Sie an diese Fabel, und wenn Sie merken, daß Sie anfangen, sich in sich selbst zu verlieben, dann machen Sie kehrt, wie verlockend das Spiegelbild Ihrer Person auch sein mag«!

»Sie schreiben, daß Sie sich langweilen. Das heißt, daß Sie leiden. Wirklich langweilen sich nur die Hohlköpfe und die Herzen, die durch nichts aus der Ruhe gebracht werden. Aber Sie? Worunter leiden Sie? Können Sie es mir nicht verraten? Wäre ich bei Ihnen, wüßte ich es gleich. Wenn Sie mir das Recht geben, bestimmtere Fragen zu stellen, werde ich Ihnen sagen, was ich glaube. Wenn ich mich nicht täusche und wenn Sie wirklich selbst die Ursache Ihrer Leiden nicht ahnen, dann um so besser! Dann ist es ein Beweis dafür, daß Ihr Herz die Unschuld bewahrt, die Ihr Kopf nicht mehr besitzt.«

»Bitten Sie mich nicht, Ihnen von mir zu erzählen! Meine

Person bedeutet bis jetzt nichts. Außer Ihnen kennt sie keiner, und sie ist auch wirklich für niemanden interessant. Ich arbeite, ich rackere mich ab, ohne mich zu schonen, und ich kenne kaum Freuden. Meine Zuversicht ist nicht groß; und trotzdem höre ich nicht auf zu wollen. Gibt Ihnen das ein Bild? Nun, wir werden . . .«

»Ich wohne in einer Gegend, in die Sie vermutlich nie ziehen werden, da Sie die Möglichkeit haben zu wählen. Wer aber wie ich mit nichts beginnt, um zu etwas zu kommen, der landet von selbst in meinem Quartier, in dem Stadtteil der Bücher, einem entlegenen Viertel, dem vier oder fünf Jahrhunderte voll heldenmütigen Ringens, voller Mühsal, Elend, Opfer, voller gescheiterter Bemühungen, Selbstmorde und Ruhm seine Weihe verliehen haben. Es ist eine sehr traurige und zugleich sehr schöne Gegend. Selbst wenn ich frei wäre, hätte ich mir keine andere ausgesucht. Beklagen Sie mich also nicht, daß ich dort lebe! Ich bin durchaus da, wo ich hingehöre.«

»Sie schreiben. Das war vorauszusehen. Daß Sie es vor Ihrer Umgebung verschweigen, ist eine Zurückhaltung, die ich begreife; und ich begrüße es um so mehr, daß Sie mir gegenüber offen sind. Wenn Ihr Wunsch, sich mir anzuvertrauen, es eines Tages erlaubt, dann schicken Sie mir die Bruchstücke, die Sie mir mitteilen wollen; aber nur, wenn Sie Ihre Anfängerscheu damit nicht verletzen . . .«

»Eine andere Mitteilung, die mich erfreuen würde: was für Absichten hat Ihr Freund, von dem Sie mir fast nie mehr berichten? Das Bild, das Sie von ihm entwarfen, war verlockend. Wenn ich Sie recht verstanden habe, muß er ein charmanter, aber schlechter Schüler sein. Vermutlich sieht er das Leben von der leichten und von der glänzenden Seite. Wenn es so ist, dann geben Sie ihm den Rat, jeden Ehrgeiz zu begraben, denn es würde ein Ehrgeiz von der schlechtesten Sorte sein. Und schärfen Sie ihm ein, daß er nur die eine Aufgabe hat, glücklich zu werden! Es wäre unverzeihlich, wollte er dem Gold dieser Himmelsgabe durch den Zusatz der schlechten Münze einer dummen Eitelkeit allen Glanz nehmen.«

»Ihr Olivier mißfällt mir nicht, aber er bereitet mir Sorgen. Es leuchtet ein, daß dieser frühreife, auf Tatsachen eingestellte, elegante, entschlossene junge Mann leicht auf die schiefe Bahn geraten und am Glück vorbeilaufen kann, ohne es zu merken. Er wird sich blenden und sich Unmögliches vorgaukeln lassen. Wie schade wäre das! Er hat Herz; wenigstens möchte ich es glauben. Aber wie wird er mit ihm umgehen? Schrieben Sie mir nicht, dieser Cherubino, der ein Don Giovanni werden möchte, habe zwei Cousinen? Aber während ich diese beiden Namen hinsetze, fällt mir ein, daß Sie vielleicht weder den einen noch den anderen kennen. Hat Ihr Literaturprofessor Ihnen schon erlaubt, Beaumarchais und den ›Steinernen Gast‹ zu lesen? Was Byron angeht, so begreife ich es; es ist auch durchaus kein Nachteil, wenn Sie warten . . .«

Mehrere Monate vergingen ohne jede Störung, und der Winter stand vor der Türe. Eines Tages glaubte ich auf Madeleines Gesicht einen Schatten und einen Hauch von Sorge zu entdecken, der sich bisher nicht gezeigt hatte. Aus ihrer immer gleichen Herzlichkeit sprach noch dieselbe Zuneigung, aber auch ein großer Ernst. Eine Befürchtung oder ein Bedauern, irgend etwas, was nur seiner Wirkung nach sichtbar war, hatte sich wie ein erster Vorbote der Trennung zwischen uns gedrängt. Es war kein genau zu Bestimmendes, sondern ein Zusammen von Mißklängen, Ungleichheiten und Unstimmigkeiten, die sie gleichsam in eine Abwesende verwandelten und ihr den seltsamen Zauber aller Dinge verliehen, die wir durchaus festhalten wollen, obschon sie bereits dahinschwinden. Es war, als wolle sie sich durch plötzliches Nicht-Antworten und Verstummen so leise, so behutsam und so unmerklich wie möglich von mir lösen und Bande, die sie selbst zu fest angezogen hatte, mit äußerster Schonung lockern. Ich dachte an ihre Jahre und verglich sie mit vielen Frauen, die nicht viel älter waren. Auf einmal schoß mir die Erinnerung an einen vergessenen Vorfall, an einen Namen, den ich ein einziges Mal gehört hatte, durch den Kopf, und eine schreckliche Ahnung stieg in mir auf. Sobald meine Sicherheit zurückkehrte, verlor sich das Gefühl wieder; einen Augenblick später peinigte es mich jedoch um so heftiger.

Eines Sonntags warteten wir vergebens auf Madeleine und Julie. Am nächsten Tage kam Olivier nicht ins Gymnasium. Drei Tage verstrichen, ohne daß ich etwas erfuhr. Ich war entsetzlich unruhig. Abends lief ich in die Karmeliterstraße und fragte nach Olivier.

»Herr Olivier ist im Salon«, antwortete der Diener.

»Allein?«

»Nein, gnädiger Herr, es ist Besuch gekommen.«

»Dann will ich auf ihn warten.«

Kaum erreichte ich die Treppe, die zu Oliviers Zimmer führte. Ich blieb stehen, weil ein unbeschreibliches Herzklopfen mich dazu zwang. Dann ging ich wieder hinunter, durchquerte geräuschlos den Vorraum und schlich über einen der Seitenwege, die vom Hof in den Garten führten. Der Salon lag im Erdgeschoß. Seine drei Fenster setzten über dem Erdboden genau in der Höhe der Terrasse an. Unter jedem Fenster stand eine steinerne Bank. Auf eine dieser Bänke stieg ich. Die Nacht war finster; niemand vermutete mich da, und ich konnte meine Blicke ungestört durch den Salon wandern lassen.

Die ganze Familie war versammelt, auch Olivier fehlte nicht. Er trug einen dunklen Anzug und stand aufrecht und selbstbewußt nicht weit vom Kamin. Am Feuer selbst saßen zwei Personen einander gegenüber. Die eine war Herr d'Orsel, die andere ein jüngerer, tadellos gekleideter Mann von einwandfreiem Benehmen, ein Olivier von etwa fünfunddreißig Jahren, und daher entsprechend weniger gewandt und beweglich. Ich beobachtete die abgemessenen Bewegungen, die sein Sprechen begleiteten, und den anmutigen Ernst, mit dem er sich ab und an Madeleine zuwandte. Madeleine saß an einem Seitentisch. Ich sehe sie noch heute, über ihre Stickerei gebeugt, das Gesicht vom braunen Haar beschattet, während das rote Lampenlicht ihre Gestalt überflutete. Julie rührte sich nicht. Sie hatte die Hände auf dem Schoß und blickte mit großen, stummen, fragenden Augen auf den Fremden.

Die Bedeutung dessen, was ich hier berichte, wurde mir in wenigen Sekunden klar. Dann ging das Licht aus. Meine Beine versagten. Ich sank auf der Bank zusammen. Ein furchtbares Zittern befiel mich und schüttelte mich vom Kopf bis zu den Füßen. Mein Zustand war bejammernswert. Ich schluchzte, rang die Hände und wiederholte: »Madeleine ist verloren, und ich liebe sie.«

VII

Madeleine war verloren, und ich liebte sie. Ein etwas gelinderer Stoß würde mich nur halb über die Schwere meines Unglücks aufgeklärt haben; aber der Anblick des Herrn de Nièvres traf mich so hart, daß ich hinreichend belehrt war. Ich fühlte mich vernichtet; denn ich mußte mich mit einem Schicksal abfinden, dem ich nicht ausweichen konnte. Auch begriff ich nur allzu deutlich, daß ich weder das Recht hatte, es zu ändern, noch die Macht, es auch nur eine Stunde aufzuhalten.

Ich habe Ihnen erzählt, daß ich Madeleine mit dem reinsten Gewissen von der Welt liebte und daß ich mich an keine bestimmten Hoffnungen anklammerte. Den Gedanken an eine Heirat, der übrigens völlig widersinnig war, brauchte ich gar nicht, um ein Gefühl zu beleben, das sich selbst genügte, das schenkte, weil es da war, und verehrte, weil es verehren mußte. Mit Madeleines Gefühlen beschäftigte ich mich nicht mehr. Ich dichtete ihr die Gleichgültigkeit eines Götzenbildes an und machte mir vor, sie kenne die Gefühle gar nicht, die sie bei anderen wecke. Damit stempelte ich sie zu einem Wesen, das es gar nicht gibt, ohne zu merken, daß ich damit nur einem heimlichen Wunsch meines Herzens diente. Denn begreiflicherweise hatte ich das Bedürfnis, mir einzubilden, Madeleine sei unempfindlich und liebe niemanden.

Ich war überzeugt, daß Madeleine an einem Fremden, den der Zufall wie ein Verhängnis in ihr Dasein geschleudert hatte, gar kein Gefallen finden konnte. Möglich, daß sie ihrer

Jungmädchenzeit ein Ende hatte machen wollen und daß der schwerwiegende Entschluß zu einer so großen Veränderung bisweilen auf ihr gelastet hatte. Und jetzt konnten sie natürlich, auch wenn keine Neigung von ihrer Seite im Spiele war, der Wunsch ihres Vaters und die Rücksicht auf seinen Stand, seine gesellschaftliche Stellung und sein Vermögen einer Ehe gegenüber günstig stimmen, in die Herr de Nièvres, abgesehen von manchem anderen, schöne und schätzenswerte Eigenschaften einbrachte.

Ich empfand dem Manne gegenüber, der mich so unglücklich machte, weder Groll noch Zorn noch Eifersucht. Meine Vernunft beugte sich also bereits, bevor mir klar wurde, daß er alles Recht auf seiner Seite hatte. Als Herr d'Orsel mich eines Tages mit dem Bemerken vorstellte, ich sei der beste Freund seiner Tochter, drückte ich Herrn de Nièvres treuherzig die Hand und sagte mir ganz brav: Nun ja, wenn sie ihn wirklich liebt, dann mag er sie wiederlieben. Gleich darauf zog ich mich freilich in den hintersten Teil des Salons zurück und betrachtete die beiden. Und obschon ich wußte, wie ohnmächtig ich war, und daß ich schweigen müsse, und obgleich ich dem Manne durchaus nicht zürnte, der mir nichts nahm, weil man mir nichts gegeben hatte, wollte ich eben doch von dem Recht zu lieben nicht lassen, weil Lieben für mich soviel war wie Leben. Und deshalb fragte ich mich auch verzweifelt, was aus mir werden solle.

Von da an ging ich oft meine eigenen Wege. Mir stand es am wenigsten zu, die Zwiegespräche zu stören, die der Eintracht zweier Herzen dienen sollten, die erst miteinander vertraut werden mußten. Ich mied das Haus Orsel. Auch spielte ich ja bei den dort geführten Interessenkämpfen eine so geringe Rolle, daß es überhaupt nicht auffiel, wenn ich in Vergessenheit zu geraten suchte.

Kein Zweifel, daß Olivier mich genau beobachtete. Er schien mein Verhalten ganz natürlich zu finden und sich über nichts zu wundern; er erzählte mir aber auch nicht, was in seiner Familie vorging. Nur einmal – und es sollte das einzige Mal bleiben – redete er mit mir über Herrn de

Nièvres, und zwar tat er es mit einer solchen Geschicklichkeit, daß mir jedes Geständnis erspart blieb.

»Ich will nicht wissen«, sagte er, »wie dir mein zukünftiger Vetter gefällt. Jeder Mann, der in eine so eingeschränkte und in sich geschlossene Welt eindringt wie die unsrige, um sich dort seine Frau zu holen, das heißt, um eine Schwester, eine Cousine und eine Freundin zu rauben, richtet Unheil an, weil er alte Bindungen zerreißt, und ist schon deshalb nicht willkommen. Er ist aber auch sonst nicht der Mann, den ich Madeleine gewünscht habe. Sie gehört in ihre Provinz, während Herr de Nièvres, wie viele Pariser, nirgends zu Hause ist. Er wird sie verpflanzen, ohne ihr eine Heimat zu geben. Sonst ist alles in bester Ordnung.«

»In bester Ordnung«, fiel ich ein, »ich bin überzeugt, daß er Madeleine glücklich machen wird. Und schließlich...«

»Du hast ganz recht«, entgegnete Olivier mit gespielter Gleichgültigkeit, als ginge ihn das Ganze überhaupt nichts an. »Ohne Zweifel. Und mehr können wir gar nicht wünschen.«

Die Hochzeit war für Ende des Winters angesetzt worden, und der Termin rückte näher. Madeleine war ernst; aber niemand brauchte in dieser Haltung einen Mangel an Entschlossenheit zu erblicken. Sie wahrte diese ungewöhnliche Reserve nur, weil sie Gefühle zu äußern unter allen Umständen für unklug hielt. Bei den mit größter Redlichkeit geführten Beratungen wartete sie, ganz sich selbst überlassen, auf den Tag, der sie für immer an ihr Jawort binden sollte. Herr de Nièvres seinerseits hatte während dieser Prüfungszeit, in der er zwischen Standhalten und Nachgeben die rechte Mitte einhalten mußte, sehr für sich eingenommen und sich in jeder Hinsicht als Edelmann von der besten Lebensart gezeigt.

Eines Abends, als er mit Madeleine plauderte, streckte er ihr mitten im halblaut geführten Gespräch plötzlich auf das liebenswürdigste seine beiden Hände entgegen. Madeleine sah sich um, als wolle sie uns alle zu Zeugen für das, was sie tun werde. Dann stand sie auf, streifte ihre Handschuhe ab und legte, ohne ein Wort zu sprechen, mit dem reinsten und schönsten Lächeln ihre beiden Hände in die des Grafen.

Noch am gleichen Abend rief sie mich zu sich und, als ob die nun sozusagen geklärte Situation ihr erlaube, weniger tiefe Neigungen von jetzt an mit aller Offenheit zu behandeln, sagte sie: »Nehmen Sie Platz! Ich möchte mit Ihnen reden. Ich habe Sie fast aus den Augen verloren, weil Sie glaubten, uns aus dem Wege gehen zu müssen. Das tut mir für Herrn de Nièvres leid, denn Ihre Bescheidenheit ist der Grund, daß Sie ihn kaum kennen. In einer Woche heirate ich; darum ist jetzt oder nie der Augenblick da, um uns auszusprechen. Herr de Nièvres denkt gut von Ihnen, weil er den Wert meiner Zuneigungen zu schätzen weiß. Er will Ihr Freund sein, und Sie sollen sein Freund sein. Das habe ich zugesagt und mich auch für Sie verbürgt. Ich bin gewiß, daß Sie mich nicht im Stich lassen werden.«

Sie fuhr in derselben harmlosen und natürlichen Art fort, und ohne mit ihren Worten etwas anderes im Sinne zu haben. Sie entwarf ein Bild von der Vergangenheit und ordnete dann die Wege unserer künftigen Freundschaft, nicht um sie mit Bedingungen zu belasten, sondern um Mittel und Wege zu ihrer Festigung zu finden. Darauf kam sie wieder auf Herrn de Nièvres zu sprechen und sagte, daß er Beziehungen, die eine andere Ehe vielleicht zerstören würden, nicht zu lockern, sondern im Gegenteil zu stärken wünsche. Offenbar war es ihre Absicht, mich für ihre Zusage zu gewinnen. Ich sollte meine Zustimmung geben, weil sie im geheimen vielleicht eine Mißbilligung ihres selbständigen Vorgehens fürchtete.

Ich tat mein Bestes, um sie zufriedenzustellen, und versprach ihr, daß sich zwischen uns nichts ändern würde. Ich schwor sogar, Gefühlen treu zu bleiben, die ich vermutlich nie recht habe äußern können, die aber so offenkundig seien, daß sie an ihnen nicht zu zweifeln brauche. Vielleicht zum ersten Male war ich kaltblütig und sogar frech; und zum ersten Male gelang es mir sogar, ziemlich unverschämt zu lügen. Im übrigen ließen die Worte einen so vielfachen Sinn und die Gedanken so verschiedene Auslegungen zu, daß dieselben Beteuerungen unter anderen Umständen sehr viel mehr bedeutet haben würden. Madeleine faßte sie ganz natürlich auf und dankte mir mit so viel Wärme und Anmut, daß sie mir fast allen Mut nahm.

»Bravo! So höre ich Sie gerne! Wiederholen Sie, was Sie gesagt haben! Ich möchte Ihre guten Worte im Herzen bewahren, denn dann vergesse ich am raschesten, daß Sie so lange stumm waren, und komme am ehesten über manchen Schmerz hinweg, von dem Sie nichts wissen.«

Sie überstürzte sich beim Sprechen, verschwendete Gebärden und Worte, und ihre Wangen glühten so, daß die Unterhaltung anfing, gefährlich zu werden.

»Das wäre also abgemacht«, fuhr sie fort. »Unsere gute, alte Freundschaft ist gerettet. Sie stehen für sie ein, was Ihre Person angeht. Unsere Freundschaft wird uns auch in dem großen Paris, das angeblich die Redlichsten zur Untreue verleitet, nicht verlassen. Sie wissen, daß Herr de Nièvres die Absicht hat, sich dort wenigstens in den Wintermonaten aufzuhalten. Olivier und Sie werden Ende des Jahres nachkommen. Ich nehme meinen Vater und Julie mit, Julie will ich in Paris verheiraten. Oh, für meine Schwester habe ich allerhand ehrgeizige Pläne.« Und, unmerklich errötend, ergänzte sie: »Aber auch für Sie ... Niemand weiß, wer Julie ist, weil sie sich so völlig verschließt, aber ich, ich kenne sie. Ja, jetzt habe ich Ihnen, glaube ich, alles gesagt, was ich Ihnen sagen wollte. Nein, etwas fehlt noch, etwas Wichtiges sogar. Geben Sie auf Olivier acht! Er hat das beste Herz von der Welt, aber er geht nicht sparsam genug mit ihm um. Er will es nicht für große Augenblicke schonen.«

Mit gehobener Stimme, weil Herr de Nièvres sie hören sollte, fügte sie hinzu: »Dies sind die letzten Wünsche meiner Mädchenzeit.«

Dann bat sie ihn, wieder zu ihr zu kommen.

Ein paar Tage später fand die Hochzeit statt. Es war gegen Ende des Winters und sehr kalt. Noch lebt in mir die Erinnerung an einen wirklichen körperlichen Schmerz, und sehr deutlich ist das Nachgefühl meines Kummers. Ich gab

Julie meinen Arm; denn ich war's, der sie, dem unseligen Brauche unserer Provinz entsprechend, durch die lange, mit neugierigen Zuschauern gefüllte Kirche zu führen hatte. Sie war bleich wie eine Tote und zitterte vor Kälte und Aufregung. In dem Augenblick, in dem das unwiderrufliche Ja ausgesprochen wurde, das über Madeleines und mein Schicksal entschied, entriß mich ein unterdrückter Seufzer der stummen Beklommenheit, in die ich versunken war. Er kam von Julie, die ihr Gesicht schluchzend im Taschentuch verbarg. Am Abend war sie womöglich noch trauriger, strengte sich jedoch gewaltig an, um sich vor ihrer Schwester nicht schwach zu zeigen.

Was für ein seltsames Kind war sie damals! Dunkel, schlank, kräftig; die geheimnisvollen Züge einer jungen Sphinx; ein Blick, der fragte, aber nie Antwort gab, und ein verzehrendes Auge. Ja, das Auge – das herrlichste und das kälteste, das mir je begegnet ist – war das Auffallendste im Gesicht dieses kleinen, scheuen, leidenden und dabei so stolzen Geschöpfes. Dieses Auge war groß und offen, aber die langen Wimpern gaben niemals ein Leuchten frei. Ein tiefes Blau, das ihr die unbestimmbare Farbe der Sommernächte verlieh, schien noch vor der Pupille zu liegen, die sich rundete, ohne Licht zu spenden, die das Strahlen der ganzen Welt in sich aufnahm, ohne etwas zurückzugeben.

»Wir müssen auf Madeleine achten«, sagte Julie mit einer Angst, deren Scharfblick mich erschreckte. Dann wischte sie die Tränen fort und trocknete ihre Wangen. Dabei war sie völlig außer sich und machte mir wegen ihres Schwächeanfalles, gegen den sie sich nicht hatte auflehnen können, bittere Vorwürfe.

»Es ist auch Ihre Schuld, wenn ich weine. Sehen Sie Olivier an, wie gut er sich hält!«

Ich verglich ihr unschuldiges Herz mit dem meinen, beneidete sie, weil sie weinen durfte, und fand kein Wort des Trostes.

Julies und mein Schmerz; die ausgedehnte Feier; die alte Kirche, in der so viele gleichgültige Leute vergnügt miteinander flüsterten, während ich so unglücklich war; dieses einmalige Fest; das verwandelte, geschmückte, in Blumen ertrinkende Haus Orsel; die großen Toiletten; die ungewohnte Pracht; die Verschwendung von Licht und die verwirrenden Düfte, die mich einer Ohnmacht nahe brachten; die bittere Pein, deren Nachgefühl lange wie die Spuren unheilbarer Wunden in mir gebrannt hat; lauter zusammenhanglose Fetzen eines bösen Traumes: das ist heute von dem Tage übrig, an dem das größte Unheil meines Lebens geschah.

Eine Gestalt schwebt besonders deutlich vor dem Hintergrund dieses unwirklichen Bildes und gibt ihm gleichsam den Abschluß: das ist der Schatten Madeleines mit ihrem Strauß, ihrem Kranz, ihrem Schleier und ihrem weißen Kleide. Die eigenartige Gewichtslosigkeit dieser Gestalt steht in solchem Widerspruch zu der grausamen Wirklichkeit, die mit ihr zusammenhängt, daß es noch jetzt Augenblicke gibt, in denen ich sie mit den Schemen meiner eigenen Kinderjahre zusammenwerfe.

Ich war der einzige, der nicht gewagt hatte, Frau de Nièvres bei der Rückkehr aus der Kirche zu küssen. Ob sie's bemerkt oder ob sie's verdrossen, oder ob meine Zusage ihr genügt hat, wüßte ich nicht zu sagen. Abends kam Herr d'Orsel zu mir, nahm mich beim Arm und schleppte mich mehr tot als lebendig zu ihr. Sie stand mitten im Saal, an der Seite ihres Gatten, in dem blendenden Kleid, das sie völlig verwandelte.

»Gnädige Frau«, sagte ich.

Sie lächelte bei der Anrede, und dieses Lächeln – ich bitte ihr untadeliges, jeder Verstellung und jeder Untreue unfähiges Herz um Vergebung – war gegen ihren Willen von solcher Grausamkeit, daß es mich völlig aus dem Gleichgewicht brachte. Sie bewegte sich, um sich mir zu nähern. Ich weiß weder, was ich sagte, noch was sie hinzusetzte. Ich sah ihre Augen, die von einem betörenden Zauber waren, ganz nah vor den meinen. Dann verlor ich vollkommen die Fassung.

Als ich mich wiederfand, stand ich im Kreis von festlich

gekleideten Damen und Herren. Sie betrachteten mich mit einer nachsichtigen Teilnahme, die einem Mordversuch glich. Gleichzeitig spürte ich, daß jemand mich von hinten packte. Ich drehte mich um. Es war Olivier.

»Du machst dich zum Narren. Bist du wahnsinnig?«

Er sprach so leise, daß ihn außer mir niemand hörte, aber so eindringlich, daß ich erschrak. Einige Augenblicke blieb ich in der Gewalt seiner kräftigen Hände, die mich nicht losließen. Er schleppte mich bis zur Tür. Dann machte ich mich los.

»Halte mich nicht«, sagte ich. »Und im Namen dessen, was uns am heiligsten ist, sprich nie von dem, was jetzt geschehen ist!«

Er folgte mir bis in den Hof und wollte reden.

»Schweig«, wiederholte ich und lief davon.

Als ich kaum in meinem Zimmer und des Nachdenkens fähig war, überfluteten mich Scham, Verzweiflung und Liebesraserei. Das brachte mir zwar Erleichterung, aber keinen Trost. Ich vermag Ihnen nicht zu schildern, was in jenen Stunden in mir vorging. Zum ersten Mal ging mir an tausend lustvollen Ahnungen und an tausend bitteren Leiden, edlen und minderwertigen, mein Wesen auf. Eine Ahnung des Holdesten, das Träume schenken können; die beklemmende Angst, daß ich für immer verloren sei; Furcht vor dem Kommenden; ein beschämendes Wissen um meine augenblickliche Lage: alles, aber auch alles machte ich durch, und dazu noch den brennenden Schmerz verletzter Eigenliebe.

Es war spät und stockfinster. Ich habe Ihnen schon erzählt, daß mein Zimmer im Dachgeschoß lag. Ich hatte mir dort eine Art von Observatorium geschaffen, wo ich wie in Les Trembles durch Auge oder Ohr ständig mit der Außenwelt in Fühlung lebte. Ich ging lange auf und ab – hier werden meine Erinnerungen ungenau –, und zwar in einem Zustand von Niedergeschlagenheit ohnegleichen. Der Gedanke, daß ich eine verheiratete Frau liebte, bohrte sich in mein Hirn. Andererseits vernichtete mich die Vorstellung des Unmöglichen, das mit ihm verbunden war. Zu meinem eigenen Erstaunen hörte ich mich die Worte wiederholen, die mich in Oliviers Munde so sehr überrascht hatten: Ich werde warten. Wenn ich mich dann aber fragte, worauf ich zu warten gedächte, stellten sich Bilder ein, die Madeleines edles Wesen in den Staub zogen. Darauf wandten sich meine Gedanken dem Künftigen zu, einer fernen, außerhalb jeder Berechnung liegenden Zeit, und dem heimlichen Wirken des Zufalls, der allezeit imstande ist, das Verwikkelte, dem Schwert des Griechen gleich, zu zerhauen. Ich malte mir sogar eine Katastrophe aus, durch die mit einem Schlage ein Ausweg geschaffen wurde. Ja, ein paar Jahre später würde ich vielleicht wirklich versucht haben, einem Leben ein Ende zu machen, das so viel Unheil anrichtete.

Mitten in der Nacht vernahm ich ein kurzes, scharfes Pfeifen, das mich belebte wie der Gruß eines Freundes. Ich öffnete das Fenster und lauschte. Es waren Brachschnepfen, die mit der Flut heraufkamen und in raschem Flug dem Fluß zusteuerten. Das Pfeifen wiederholte sich ein- oder zweimal, dann hörte ich nichts mehr. Sonst lag alles in tiefem Schlummer. Eine kleine Schar heller Sterne blinkte am stillen, dunklen Nachthimmel. Ich spürte kaum etwas von der Kälte, obschon sie in der klaren Luft empfindlicher wurde.

Ich dachte an Les Trembles, was ich schon lange nicht mehr getan hatte. Es war wie ein Hoffnungsschimmer. Mit dem Vergessenen tauchten viele Bilder des ruhigen, ländlichen Daseins auf. Ich sah Villeneuve vor mir, sah die lange Reihe weißer Häuser, die kaum die Bodenerhebungen überragten, die rauchenden Dächer, das dunkle, winterliche Land, die Schlehensträucher, die die vereisten Straßen säumten und die der Frost geknickt hatte. Alles, was meine Kinderjahre beglückt hatte, stand vor mir, jetzt aber mit dem Siegel eines unveränderlichen Friedens. Ruhe lag über allem, was früher nur Verwirrung gebracht hatte. Welche Veränderung, dachte ich; und unter der Glut, die in mir brannte, entdeckte ich den kühlenden Quell eines unbekannten Glücks.

Das Herz ist so schwach und bedarf so sehr der Ruhe,

daß ich mich für kurze Zeit einer Hoffnung in die Arme warf, die nicht weniger trügerisch war als alles übrige. Ich sah mich in vollster Zurückgezogenheit in Les Trembles leben. Niemand würde um mich sein und lange, einsame Jahre stören; meine Bücher, das Land, das ich über alles liebte, und die Arbeit würden mir einen sicheren Trost geben. Träume, die nie Wirklichkeit werden konnten; und dennoch so hold, daß sie meinen bejammernswerten Zustand linderten.

Dann begann das nachbarliche morgendliche Läuten. Zwei Uhren schlugen, und zwar fast gleichzeitig, als wäre die zweite der unmittelbare Nachhall der ersten. Es waren die Uhren des Priesterseminars und des Gymnasiums. Diese Mahnung an die grausame Wirklichkeit des Tages gab mir ein schreckliches Gefühl von Minderwertigkeit. Sie stürzte mich in Verzweiflung und entriß mich gleichzeitig meinem Schmerz mit der Wucht eines Peitschenhiebes.

VIII

»Es besteht für mich kein Zweifel, daß Sie sehr gelitten haben«, schrieb Augustin als Erwiderung auf die erregten Auslassungen, mit denen ich ihn wenige Tage nach Madeleines und ihres Gatten Abreise bedacht hatte. »Aber woran und durch wen leiden Sie? Ich bin noch damit beschäftigt, mir die Fragen vorzulegen, die Sie mir nun einmal nicht beantworten wollen. Ich spüre wohl, daß es mit dem zu tun hat, was uns allen widerfährt und was doch jeder auf seine Art erlebt. Allein in Ihrem Brief hat es noch keinen Namen, und so zwingen Sie mich, Sie in den unbestimmten Tönen zu beklagen, die Sie selber anschlagen. Sie wissen, daß ich keine Mühe scheue, wenn es um Sie geht; und Ihr Herz und Ihr Gemüt, ob Sie nun von dem einen oder von dem anderen reden wollen, ist in einem Zustande, der eine wirksamere Hilfe verlangt, als Worte zu geben vermögen. Sie brauchen den guten Rat eines Freundes, und obschon ich ein ungeeigneter Arzt für die Leiden bin, die Sie meinem

Dafürhalten nach befallen haben – denn Ihre Einbildungskraft ist krank, und von solchen Krankheiten verstehe ich nichts –, will ich Ihnen ein probates Mittel empfehlen, das eigentlich ein Heilverfahren ist. Sie müssen sich an gewisse Vorstellungen, Empfindungen und Liebhabereien zu gewöhnen suchen, die im Rahmen des Erreichbaren bleiben, und an einen wohldurchdachten Gebrauch ihrer tätigen Kräfte. Glauben Sir mir: das Leben ist das große Gegengewicht und das große Heilmittel für alle Leiden, die auf dem Wahn beruhen. Der Tag, an dem Sie den ersten Schritt ins Leben tun, ins wirkliche Leben – verstehen Sie mich recht! –, der Tag, an dem Sie es mit seinen Gesetzen, seinen Notwendigkeiten, seinen bindenden Pflichten, seinem Schweiß und seiner Mühsal, seinen echten Schmerzen und seinen echten Entzückungen kennenlernen, wird Sie lehren, wie gesund und schön und mächtig und fruchtbar es trotz mancher öden Strecken ist. An demselben Tage werden Sie begreifen, daß alles andere Schwindel ist, daß keine Dichtung großartiger ist, daß keine Begeisterung höhere Wellen schlägt, daß die kühnste Phantasie seine Grenzen nicht überfliegt, daß es die hungrigsten Herzen zufriedenzustellen und die anspruchsvollsten zu bezaubern vermag; und an dem Tage, mein liebes Kind, werden Sie geheilt sein, wofern Sie überhaupt heilbar und nicht todkrank sind.«

»Ihren Rat werde ich befolgen. Ich werde Herrn und Frau de Nièvres besuchen und bin Ihnen dankbar, daß Sie mir Gelegenheit geben, mich über Sie mit Freunden zu unterhalten, denen Ihr Kummer vermutlich nicht unbekannt ist. Seien Sie unbesorgt! Verschwiegenheit wird mir nicht schwerfallen, weil ich ja gar nichts weiß.«

Bald darauf schrieb er wieder:

»Ich habe Frau de Nièvres besucht, und sie hatte die Güte, mich als einen Ihrer besten Freunde zu begrüßen. Auf Grund dieses Ehrentitels hat sie mir von Ihnen erzählt und mir mancherlei Freundliches gesagt, aus dem hervorgeht, daß sie Sie sehr gern hat, Sie jedoch nicht besonders gut kennt. Wenn die gegenseitige Zuneigung es nun nicht so weit gebracht hat, daß Sie mehr voneinander wissen, so muß der Fehler bei Ihnen liegen und nicht bei Ihrer Freundin, womit ich indes nicht sagen will, daß Sie unrecht tun, wenn Sie mir gegenüber bei der halben Wahrheit bleiben; nur wäre mir besser gedient, wenn ich klarer sähe, was in Ihnen vorgeht. Ich komme nämlich zu Schlußfolgerungen, die mich beunruhigen. Noch einmal, mein lieber Dominique: das Leben, das Mögliche, das Vernünftige! Ich flehe Sie an: trauen Sie niemals denen, die Ihnen beibringen möchten, das Vernünftige sei der Feind des Schönen, weil es der unzertrennliche Freund der Gerechtigkeit und der Wahrheit ist.«

Hier haben Sie etliche von Augustins Ratschlägen, deren Sinn ich indes nur ahnte, weshalb ich ihnen auch nicht zu folgen vermochte.

Am Morgen nach dem Fest trat Olivier bei mir ein, und zwar in ebender Stunde, in der Madeleine und Herr de Nièvres abreisten.

»Ist sie fort?« fragte ich.

»Ja, aber sie wird wiederkommen. Sie ist mir wie eine Schwester, und du bist mir mehr als ein Freund. Laß uns nicht an das Heute, sondern an das Morgen denken!«

Er wollte weitersprechen, aber meine Niedergeschlagenheit nahm ihm den Mut und ließ ihn verstummen.

»Ein andermal mehr«, sagte er. Damit zog er seine Uhr, und da es fast acht Uhr war: »Komm, Dominique, es ist Zeit, in die Schule zu gehen. Auch können wir gar nichts Besseres tun.«

Es war vorauszusehen, daß weder Augustins Ratschläge noch Oliviers Trostworte mir helfen würden. Sie begriffen es und machten es wie ich: sie warteten auf die Stunde der Befreiung oder auf den Augenblick, in dem ich den letzten Halt verlöre, der Menschen bleibt, bevor sie am Ende ihrer Kräfte sind und vor dem Unbekannten stehen.

Augustin schrieb ein- oder zweimal, um mir von Madeleine Nachricht zu geben. Sie war auf dem Gut in der Nähe von Paris gewesen, das Herr de Nièvres als seinen Aufenthalt bestimmt hatte. Es war ein hübsches, im Walde gelegenes Schloß, der verlockendste Wohnsitz für eine Frau, die sich nach dem Lande sehnt und ihre Freude an der Einsamkeit hat. Madeleine ihrerseits schrieb an Julie mit einer geschwisterlichen Offenheit, die nicht für mich bestimmt war. Einmal, aber erst nach mehreren Monaten, erhielt auch ich eine kurze Karte, auf der sie von Augustin sprach. Sie dankte mir für die Bekanntschaft und sagte, daß sie gut von ihm denke. Er sei der Wille, die Redlichkeit und der lauterste Eifer in Person; und, abgesehen von den Bedürfnissen des Herzens, würde ich nie einen besseren und zuverlässigeren Freund finden. Neben dieser Karte, die Madeleine mit ihrem Vornamen unterschrieben hatte, lagen ein paar Zeilen ihres Gatten, der meiner freundlich gedachte.

Die beiden kamen erst während meiner Ferien zurück, und zwar kurz vor der Prämienverteilung, dem letzten Schulereignis, das ich vor dem Beginn der Freiheit zu bestehen hatte.

Sie werden begreifen, daß es mir lieber gewesen wäre, wenn Madeleine dieser Feier nicht beigewohnt hätte. Es gab zuviel Widersprüche; denn mein Schülerdasein stand in einem so lächerlichen Mißverhältnis zu dem, was in mir vorging, daß ich jedem Umstande, der uns beiden dieses Mißverhältnis zum Bewußtsein brachte, wie einer neuen Erniedrigung aus dem Wege ging. Gerade in der letzten Zeit hatte meine Empfindlichkeit in dieser Hinsicht sehr zugenommen. Ich habe Ihnen schon gesagt, daß ich diese Leiden Madeleine am wenigsten gern eingestand, weil sie die am wenigsten edlen waren; und wenn ich anläßlich einer Begebenheit auf sie zurückkomme, die meine Eitelkeit schwer verwundete, so geschieht es, weil ich Ihnen an diesem Ereignis das Groteske der gesamten Situation am besten zeigen kann.

Die Verteilung fand in einer alten, schon seit langem nicht mehr benutzten Kapelle statt, die nur einmal im Jahre für diesen Zweck geöffnet und hergerichtet wurde. Diese Kapelle lag in einem geräumigen Hof, der zum Gymnasium gehörte; um zu ihr zu gelangen, mußte man durch eine doppelte Lindenreihe gehen, deren breites grünes Laubdach den traurigen Gang wenigstens etwas erfreulicher machte. Schon von weitem sah ich Madeleine. Sie kam in Begleitung von ein paar jungen Frauen ihrer Gesellschaft; alle trugen helle Sommerkleider; und die aufgespannten Sonnenschirme waren mit lichten und dunklen Tupfen übersät. Die Kleider wirbelten beim Gehen einen feinen Staub auf, der ihnen wie eine leichte Wolke folgte; viele bereits gelb werdende Blätter lösten sich infolge der Hitze von ihren Zweigen, und Blüten regneten herab und hefteten sich an Madeleines langen Musselinschal. Glücklich lachend ging sie vorbei; die Bewegung hatte ihr das Blut in die Wangen getrieben. Dann drehte sie sich um und musterte voller Neugier die in zwei Reihen angetretene Gymnasiastenschar, die so stramm dastand wie junge Rekruten. Die Blicke der Frauen, und zumal der Madeleines, wirkten auf mich wie versengende Sonnenstrahlen. Es war etwa Mitte August und das Wetter strahlend. Die sonst so zutraulichen Vögel hatten die Bäume verlassen und zwitscherten auf den glühenden Dächern. Das Murmeln der Menschen unterbrach eine Stille, die zwölf Monate gedauert hatte; eine ungewohnte Heiterkeit gab auch dem alten Schulgebäude ein fröhliches Gesicht, und von den Linden kam ein Wehen ländlicher Düfte. Wie gern wäre ich sofort frei und glücklich gewesen! Die Vorbereitungen dauerten lange; und ich zählte die Minuten, die mich noch von dem seligen Augenblick trennten. Endlich ertönte das Zeichen. Von denen, die für Sprachen und Literatur einen Preis erhielten, wurde ich zuerst genannt. Ich stieg auf das Podium; und als ich, in der einen Hand den Kranz und in der anderen mein schweres Buch, vor der Beifall klatschenden Versammlung stand und Frau Ceyssacs Blicke suchte, war das erste Freundesgesicht, das mir entgegenleuchtete, das von Frau de Nièvres. Ob auch sie ein bißchen verwirrt war, als sie mich so traurig und verloren dastehen sah, wie ich es Ihnen zu schildern versuche? Ob sie unter meiner Verlegenheit litt? Ob es ihr überhaupt auffiel, wie lächerlich ich wirkte? Das alles weiß ich nicht, und ich weiß auch nicht, was sie sonst während der bitteren Minuten empfunden hat, die doch eigentlich eine Prüfung für uns beide waren. Sie wurde sehr rot und errötete noch mehr, als sie mich vom Podium heruntersteigen und auf sie zugehen sah. Und als meine Tante mich umarmt hatte und ihr den Kranz gab, weil ich von ihr beglückwünscht werden sollte, verlor sie völlig die Fassung. Ich habe die Worte vergessen, die ihre Freude ausdrückten und die üblichen Komplimente enthalten sollten. Sie wird etwa gesagt haben: »Ich bin sehr stolz, mein lieber Dominique . . .«, oder: »Das ist wirklich schön, sehr schön«. Aber es war mehr ein Stammeln als ein Sprechen. Und ihre Hand zitterte heftig.

In ihren Augen schimmerten Tränen. Ob es aber Tränen der Freude oder des Mitleids oder auch nur die unfreiwilligen Tränen der schüchternen jungen Frau waren, das weiß ich Ihnen nicht zu sagen. Ich habe mich oft gefragt und mir nie eine Antwort zu geben vermocht.

Wir gingen hinaus. Als ich die Klassenschwelle zum letzten Male betrat, warf ich meine Auszeichnungen in den Schulhof. Ich drehte mich auch nicht mehr um, weil ich so rasch wie nur möglich einer Zeit den Rücken kehren wollte, die mir nichts als Verzweiflung gebracht hatte. Ja, es hieß, so geschwind wie möglich mit dem allem völlig aufzuräumen. Und wenn ich mich von den Erlebnissen der Gymnasialzeit so rasch hätte trennen können wie von meiner Schultracht, dann würde ich bereits in jenem Augenblick nicht nur die Freiheit gewonnen haben; auch Stolz und Zuversicht wären mein gewesen.

»Was gedenkst du nun zu tun?« fragte Frau Ceyssac ein paar Stunden später.

»Ich weiß es wirklich nicht«, lautete meine Antwort. Ich sprach die Wahrheit; denn ich war hinsichtlich meines Berufes, den meine Tante sich möglichst großartig vorstellte, ebenso im Ungewissen wie hinsichtlich alles dessen, was sonst zum Trachten und Streben eines jungen Menschen gehört.

Es wurde abgemacht, daß Madeleine sich zunächst in Nièvres aufhalten und alsdann den Winter in Paris verbringen sollte. Wir sollten uns ohne Umweg nach Paris begeben, so daß sie uns dort bereits eingerichtet und ganz in der Arbeit finden würde, die in unserem Belieben läge, über die Augustin jedoch eine gewisse Aufsicht zu führen hätte. Die Vorkehrungen für die Abreise und das Schmieden von allerlei schönen Plänen beanspruchten einen Teil der letzten Ferien; aber weder die Gedanken an die Arbeit, der wir nachgehen sollten, noch das sehr ungenaue Programm, von dem noch nicht einmal der erste Absatz im Wortlaut vorhanden war, besaßen für Olivier und für mich wirkliche Bedeutung. Im Augenblick der Entlassung hatte ich meine Schulzeit bereits vergessen; denn an dieser Epoche meiner Vergangenheit war mein Herz nicht beteiligt; es ist die einzige Erinnerung, die mich nicht glücklich macht. An Paris dachte ich nur mit Beklemmung; ich fürchtete einen unerfreulichen, aber unvermeidlichen Zwang, der immer zu früh kommt. Olivier zeigte sich äußerst kaltblütig und erklärte wenige Tage vor der Abreise: »Jetzt hält mich nichts mehr in der Provinz zurück, und ich werde mich nie nach ihr zurücksehnen.«

So rasch und so völlig schien er ihre Freuden ausgekostet zu haben.

IX

Abends trafen wir in Paris ein. In jeder anderen Stadt hätte man gemerkt, daß es spät war. Es regnete und war kalt. Ich sah zunächst nur schmutzige Straßen, ein feuchtes Pflaster, in dem sich helle Fenster spiegelten, das rasche Aufblitzen einander begegnender und sich gegenseitig bespritzender Wagen und eine Unmenge von Lichtern, die wie eine schlecht geregelte Illumination zwischen den langen Häuserreihen tanzten, deren Höhe mich überraschte. Zu den ersten Eindrücken gehörten ferner der Gasgeruch, der mir bewies, daß ich mich in einer Stadt befand, in der sich die Nacht kaum vom Tage unterscheidet, und die bleichen, kranken Gesichter. Hier fand ich Oliviers Farben wieder; und ich begriff jetzt erst ganz deutlich, daß er eine andere Herkunft hatte als ich.

In dem Augenblick, in dem ich mein Fenster öffnete, um das Raunen der Stadt deutlicher auf mich wirken zu lassen, die unten noch voller Leben und oben schon ganz im Finstern versunken war, erblickte ich unter mir in einer schmalen Straße einen doppelten Zug von Berittenen mit Fackeln. Sie gaben einer Reihe von Karossen das Geleit. Die hatten sehr helle Laternen, jeder waren vier Pferde vorgespannt, und sie bewegten sich im Galopp.

»Rasch«, sagte Olivier, »es ist der König.«

Undeutlich gewahrte ich das Aufblitzen von Helmen und Säbelklingen. Der donnernde Zug von Bewaffneten und von mächtigen, mit starken Hufen beschlagenen Rossen klang auf dem Pflaster wie Metall. Dann verlor sich das Ganze in der Ferne in einem lichten Schwaden von Fackelglanz.

Olivier merkte sich die Richtung, in der die Gespanne verschwanden. Als der letzte Wagen fort war, sagte er mit der zufriedenen Miene eines Mannes, der sein Paris kennt und wieder daheim ist: »Ganz richtig! Der König fährt heute abend zu den Italienern.«

Und trotz des strömenden Regens, trotz der empfindlichen nächtlichen Kälte erfreute er sich noch eine Zeitlang an der hastenden, in einem fort vorbeiwechselnden Menge der Unbekannten, die unzählige Anliegen in unzählige verschiedene Richtungen zu treiben schien.

»Bist du zufrieden?« fragte ich.

Er antwortete mit einer Art von Seufzer, aus dem ein volles Glücksgefühl sprach. Es war, als habe die Berührung mit dieser Welt ein mächtiges Lebensgefühl in ihm geweckt.

»Und du?« gab er zurück. Dann, ohne eine Erwiderung abzuwarten: »Du siehst immer ins Vergangene. Du bist nicht mehr in Paris, als ich in Ormesson war. Es ist dein Schicksal, daß du immer um etwas Verlorenes klagst und daß du nie die Gegenwart ergreifen kannst. Du solltest dich entschließen, mein Lieber. Von hier gehen die jungen Leute in die Welt, aus denen Männer werden sollen, wenn sie erwachsen sind. Zu deinem Glück gehörst du zu diesen. Außerdem bist du reich und bist nicht der erste beste.«

Und so leise wie möglich fügte er hinzu: »Und du liebst.«

Dann umarmte er mich mit einer Herzensgüte, die ich nie an ihm erlebt hatte, und sagte: »Auf morgen, lieber Freund, auf immer!«

Eine Stunde später war die Stille so groß wie mitten auf dem Lande. Dieses Aufhören des Lebens, dieses plötzliche vollkommene Erstarren einer Stadt, die eine Million Menschen beherbergt, setzte mich noch mehr in Verwunderung als der Lärm. Ich überschlug im Geiste die vielen Müdigkeiten, die jetzt der Schlaf beglücken würde. Ich fürchtete mich, und zwar nicht so sehr, weil es mir an Mut fehlte, als weil mein Wille zu erlahmen schien.

Augustin wiederzusehen war eine große Freude. Als ich ihm die Hand drückte, fühlte ich eine Stütze. Er war gealtert, obschon seine Jahre ihm das Recht dazu nicht gaben. Er sah mager und sehr blaß aus. Seine Pupillen hatten mehr Glanz als früher. Die schneeweißen Hände mit der ungewöhnlich zarten Haut waren durch die ausschließliche Beschäftigung mit der Feder edler und feiner geworden. Bei dem Anblick seiner Kleidung hätte niemand sagen können, ob er arm oder reich war. Er trug sehr einfache Anzüge und trug sie auf eine anspruchslose Art, aber mit der Sicherheit des Stolzes, dem das Äußere nichts bedeutet.

Er begrüßte Olivier nicht ganz wie einen Freund, sondern eher wie einen jungen Menschen, auf den man achtgeben muß und bei dem man besser wartet, bevor man sich mit ihm einläßt. Olivier seinerseits gab sich nur halb; vielleicht mißfiel ihm die Kleidung des Mannes, vielleicht ahnte er auch, daß in ihm ein Wille lebte, der anders war als der seine, weil er aus einem viel reineren Metall bestand.

»Ich hatte mir«, sagte Augustin, »von Ihrem Freunde im Äußerlichen wie im Geistigen ein Bild gemacht. Er ist reizend. Er wird die Leute – dessen ist er unfähig – nicht hintergehen, aber sie werden im edelsten Sinne des Wortes seine Opfer sein. Er bedeutet eine große Gefahr für Menschen, die schwächer und die unter demselben Stern geboren sind wie er.«

Als ich Olivier nach seiner Meinung über Augustin fragte, beschränkte er sich auf die Bemerkung: »Er wird den Erzieher und den Emporkömmling niemals verleugnen können. Er wird immer etwas vom schwitzenden Schulmeister an sich haben, wie alle Leute, deren Bestes ihre Energie ist und die nur durch sie zu etwas kommen. Mir liegt das, was angeborene Geistesgaben oder was Herkunft schenken, mehr; und wenn beides fehlt, habe ich's lieber, wenn einer überhaupt nichts ist.«

Später änderten sie ihre Ansichten. Augustin liebte Olivier zuletzt, ohne ihn je sonderlich zu achten. Olivier schätzte Augustin sehr hoch, aber er liebte ihn gar nicht.

Unser Dasein wurde bald geregelt. Unsere Wohnräume lagen nebeneinander und waren doch getrennt. Durch diese Anordnung kamen sowohl unsere enge Freundschaft wie das beiderseitige Unabhängigkeitsbedürfnis auf ihre Kosten. Wir führten das Leben von freien Studenten, denen ihre gesellschaftliche Stellung erlaubt, ihren Neigungen nachzugehen, die sich nach Belieben umsehen und aus mehreren Quellen schöpfen dürfen, bevor sie bei der einen haltmachen, zu der ihr Herz sie drängt.

Ein paar Tage später erhielt Olivier von seiner Cousine einen Brief, in dem sie uns beide nach Nièvres einlud.

Es war ein alter, in dichten Kastanien- und Eichenwäldern vergrabener Wohnsitz. Dort verbrachte ich eine Reihe von schönen, kalten und ruhigen Tagen, inmitten eines fast entblätterten Hochwaldes und angesichts von Fernblicken, die so schön waren, daß ich die von Les Trembles zwar nicht vergaß, sie aber auch nicht vermißte. Außerdem schien das Ganze zum großartigen Rahmen für ein mächtigeres Leben und für ernste innere Kämpfe bestimmt.

Das Schloß, dessen Türme den Kranz aus uralten Eichen nur eben überragten und von dem man durch die ins Gehölz geschlagenen Lichtungen kaum die graue, altertümliche Front, die geschlossenen Orangerien und die mit totem Laub bedeckten Wege sehen konnte, spiegelte in seinen auffallendsten Zügen den melancholischen Charakter der Gegend und der Jahreszeit wieder.

Für Madeleine begann ein Dasein, das sie bisher nicht gekannt hatte; und auch für mich war es etwas völlig Neues, sie plötzlich in einem Rahmen zu sehen, der ihr erlaubte, sich freier zu bewegen und ihre Tage reicher zu gestalten. Denn dadurch bekam sie das Überlegene und Achtunggebietende, das die Nutznießung eines großen Vermögens und die Verantwortung für dieses Vermögen mit sich bringen.

Nur einer im Schloß Nièvres schien sich nach der Karmelitergasse zurückzusehnen: das war Herr d'Orsel. Für mich war es gleich, wo ich mich befand. Gegenwart und Vergangenheit standen im Zeichen derselben Leidenschaft. Zwischen der Liebe zu Madeleine und der zu Frau de Nièvres bestand nur der Unterschied, daß die erste nicht möglich gewesen, während die zweite schuldig war; und als ich Nièvres verließ, war ich mir völlig im klaren, daß die in der Karmelitergasse geborene Liebe hier ihr Grab finden würde.

Madeleine kam den ganzen Winter nicht nach Paris, weil verschiedene Umstände die von Herrn de Nièvres geplante Übersiedlung verzögerten. Das Zusammensein mit den Ihrigen machte sie glücklich. Sie hatte Julie und den Vater. Es bedurfte einer gewissen Frist, wenn der Übergang von dem bescheidenen und geregelten Leben in der Provinz zu dem Glanz, der sie in der großen Welt erwartete, sich ohne allzu heftige Erschütterungen vollziehen sollte; und so bedeutete die halbe Zurückgezogenheit auf Schloß Nièvres eine Art von Noviziat, das ihr keineswegs mißfiel. Im Laufe des Sommers sah ich sie noch ab und zu, aber in langen Abständen und immer nur für kurze Zeit, wobei ich immer aufs neue von meiner Schwäche überwältigt wurde, obschon ich es mir zur strengen Pflicht gemacht hatte, ihrer Herr zu werden.

Ich wollte die willkommene Trennung zu einem redlichen Versuch benutzen, mich auf heroische Weise zu heilen. Es war schon viel, wenn ich den Einladungen, die aus Nièvres kamen, widerstand. Aber ich tat noch mehr und bemühte mich, meinem ganzen Denken eine andere Richtung zu geben. Ich vertiefte mich in die Arbeit. Augustins Vorbild würde mich zur Nacheiferung angeregt haben, wenn meine angeborene Neigung mir nicht den gleichen Weg gewiesen hätte. In Paris weht die allen Schaffenszentren eigentümliche Luft, die besonders die geistige Arbeit fördert; und wenn ich am Verlaufe der Geschehnisse auch wenig teilnahm, so sträubte ich mich doch keineswegs, in dieser Luft zu arbeiten.

Was das Pariser Leben anging, wie es in Oliviers Augen aussah, so gab ich mich keiner Täuschung hin und erblickte in ihm durchaus kein Heilmittel. Ich nahm es hin, um mich ab und an zu zerstreuen, aber nicht, um mich zu beteiligen oder gar, um meinem Kummer Linderung zu verschaffen. Im übrigen blieb der Mensch, der vom Lande stammte, in mir durchaus hartnäckig und entschloß sich keineswegs, sich seiner selbst zu begeben, nur weil er den Wohnsitz geändert hatte. Mochten andere die Einwirkung der Scholle leugnen; ich fühlte, daß in mir etwas Gebundenes und Widerspenstiges war, das sich nicht verpflanzen lassen wollte; selbst wenn ich den Wunsch gehabt hätte, mich anzupassen, würden tausend unausrottbare Bindungen an meinen Ursprung mir sofort lauter nutzlose Leiden auferlegt und mir klargemacht haben, daß jede Bemühung vergeblich sei. Ich lebte in Paris wie in einem Wirtshaus, in dem man sich lange aufhält und womöglich stirbt, in dem man aber trotzdem stets Passant bleibt. Da ich scheu und unzugänglich war und mich nur meinesgleichen gegenüber aufschloß, ließ ich mich vom Pariser Leben, das alles Persönliche zerstört und den Menschen so lange glättet, bis er nichts mehr ist, gar nicht erst einfangen. Sein Glanz sollte mich nicht blenden; seine Widersprüche sollten mich nicht verwirren; und von den Versprechungen, die manche ungestillte Begierde und manches ahnungslose Streben vom rechten Wege abbringt, wollte ich mich nicht verführen lassen. Was mich gegen alle Verlockungen schützte, war ein Fehler, der sich jetzt als Vorzug erwies, nämlich die Angst vor dem Unbekannten. Die unausrottbare Furcht vor dem Geprüftwerden machte mich so hellsichtig wie die reichste Erfahrung.

Ich war allein, oder so gut wie allein. Augustin hatte keine Zeit; und schon am ersten Tage hatte ich begriffen, daß Olivier nicht der Mensch war, der sich mit mir abgeben würde. Auch hatte er sofort eine Lebensweise angenommen, die zu der meinen durchaus nicht paßte.

Ich wühlte in Bibliotheken; ich verlor meine frischen Farben in Hörsälen und vergrub mich abends in Leseräumen, wo elende, dem Hunger ausgelieferte Menschen mit fiebernden Augen Bücher schrieben, die ihnen weder Ruhm noch Geld brachten. Doch bekam ich eine Ahnung von dem, was Unvermögen und was physische und geistige Not bedeuten; aber die Berührung mit dieser Welt gab mir keinen Schwung. Ich schloß mich in mein Zimmer ein, las und las und hielt mich wach. Der ganze Karneval, soweit er nachts gefeiert wurde, rauschte tief unter mir vorüber. Zuweilen klopfte Olivier noch spät an meine Tür. Das kurze Pochen seines goldenen Knaufes erkannte ich auf der Stelle. Er fand mich an meinem Tisch und drückte mir die Hände; dann ging er, eine Opernarie trällernd, in sein Zimmer. Am kommenden Morgen begann ich, ohne mir etwas einzubilden und ohne die Absicht, mir Qualen zu bereiten, in der ehrlichsten Überzeugung, die strenge Lebensweise tue mir gut, von neuem.

Als ich mehrere Monate auf diese Art verbracht hatte, versagte ich. Meine Kräfte waren erschöpft; und eines Morgens merkte ich, daß mein Mut zusammenbrach wie ein Bau, der nur durch ein Wunder zustande gebracht worden ist. Ich versuchte, einen Gedanken wieder aufzugreifen, dem ich am Abend nachgegangen war. Es war unmöglich. Umsonst rief ich mir eine Reihe von bestimmten Mahnworten zu, die mich bisweilen aufgemuntert hatten, so wie man erlahmende Zugpferde mit althergebrachten Zurufen antreibt. Bei der Vorstellung, daß ich die entsetzliche Arbeit des Bücherwälzens auch nur einen Tag fortsetzen müsse, stieg ein so furchtbarer Widerwille in mir auf, daß ich ihn auf der Zunge zu schmecken meinte. Es war Sommer geworden. Heller Sonnenschein durchflutete die Straßen. Mauersegler schossen ausgelassen an dem spitzen Kirchturm vorüber, den ich von meinem Fenster aus sah. Ohne auch nur eine Minute zu zögern und ohne mir klarzumachen, daß ich in einem einzigen Augenblick den Gewinn monatelanger Zurückhaltung preisgab, schrieb ich an Madeleine. Der Inhalt besagte nichts. In den kurzen Karten, die ich von ihr bekommen hatte, war der Ton unserer Korrespondenz ein für allemal festgelegt worden. Ich änderte ihn weder im einen noch im anderen Sinne; und trotzdem erwartete ich, als der Brief einmal abgeschickt war, die Antwort wie ein großes Ereignis.

In Paris gibt es einen großen Park für Müßiggänger. Dort findet man soviel Einsamkeit, wie man in einer Stadt erwarten darf; man findet Bäume, grüne Rasen, blühende Beete, halbdunkle Alleen und eine Unmenge Vögel, denen es dort ebenso gut zu gefallen scheint wie draußen auf dem Lande. Dorthin ging ich. Den Rest des Tages irrte ich umher, verwundert, daß ich mein Joch abgeschüttelt hatte, und noch verwunderter, daß Empfindungen, die ich mit guten Gründen für tot hielt, keineswegs dahin waren. Ich spürte, wie sie langsam erwachten, der Flamme gleich, die sich allmählich aus der geschürten Glut erhebt. Während ich unter Bäumen auf und ab spazierte und Selbstgespräche hielt, glich ich einem Menschen, der sich zum ersten Male frei bewegt, nachdem er jahrelang in Ketten gelegen hat.

»Nein«, sagte ich mir, »sie darf nicht einmal ahnen, daß ich sie geliebt habe. Sie soll nie wissen, daß ich für sie mein Leben vertan und daß ich ihr alles, wirklich alles geopfert habe, selbst noch die unschuldige Freude, ihr zeigen zu dürfen, was es mich gekostet hat, ihr Ruhe zu verschaffen. Sie soll glauben, daß ich neben ihr hergegangen bin, ohne sie zu sehen; daß unsere beiden Leben aneinander vorbeigelaufen sind wie zwei Bäche, die sich nichts angehen und die sich nicht vermählen, ja nicht einmal berühren. Und dann wird der Tag kommen, an dem ich ihr sage: ›Wissen

Sie, daß ich Sie sehr geliebt habe, Madeleine?‹ und sie wird erwidern: ›Ist das wahr?‹ Aber das alles wird geschehen, wenn wir so alt sind, daß sie mir nicht mehr zu glauben vermag.«

Darauf schien mir wieder, unsere Sterne wanderten auf parallelen, nie sich kreuzenden Bahnen; wir waren einander nahe und doch allezeit getrennt, und es müsse um mich geschehen sein. Dann ließ ich meine Phantasie in einer anderen Richtung spielen und malte mir aus, was alles eintreten könnte. Es gab manches »Wer weiß?«, das sich wie eine Versuchung in mir erhob. Die Antwort lautete zwar: »Das ist ja unmöglich«, aber von den törichten Einbildungen blieb doch ein süßer Nachgeschmack zurück, und der schläferte das bißchen Willen, das ich noch hatte, ein; und in solchen Augenblicken glaubte ich, daß es wohl die Mühe gelohnt habe, so tapfer zu streiten, wäre auch nur ein verhältnismäßig nahes Ziel erreicht worden.

Mein Wille war so schwach und meine Selbstverachtung so groß, daß ich ernstlich an einem Weiterleben zweifelte. Ich taugte zu nichts, nicht einmal zu den einfachsten Arbeiten. Niemand brauchte mich, und ich selbst hing nicht mehr am Leben. Kinder kamen und spielten unter den Bäumen. Glückliche Paare wanderten, eng aneinandergeschmiegt, vorüber. Ich vermied es, ihnen zu begegnen, und ging fort, um einen Platz zu suchen, an dem ich nicht mehr allein zu sein brauchte. Mein Rückweg führte mich durch öde Straßen. Da waren große, umfriedete, geräuschvolle Industrieanlagen, Fabriken mit rauchenden Schloten, in denen die Kessel dröhnten und das Räderwerk ächzte. Ich mußte daran denken, wie es seit Monaten in mir gärte, an das allzeit wache, allzeit lodernde innere Feuer, das jedoch keinen Zweck erfüllte. Ich betrachtete die verrußten Scheiben und den Widerschein der Öfen und lauschte dem Getöse der Maschinen.

Ich fragte mich, was dort vor sich gehen mochte, was dort ans Licht gefördert, ob Holz oder Metall verarbeitet würde; und die Vorstellung, daß es in meinem Innern nicht anders aussah, machte mich noch mutloser.

Ich hatte Stöße von Papier beschrieben. Auf meinem

Arbeitstisch türmte sich ein wahres Gebirge. Ich hatte es nie mit besonderem Stolz betrachtet, in der Regel sogar vermieden, mich eingehend mit ihm zu beschäftigen, und jeden Morgen von den Illusionen des letzten Abends gezehrt. Aber jetzt hielt ich Gericht. Ich blätterte, wie der Zufall mich führte. Ein schaler Geruch von Mittelmäßigkeit ekelte mich an. Kurzerhand nahm ich das Ganze und warf es ins Feuer. Und ich blieb ziemlich ruhig, als ich ein Opfer vollzog, das mir unter anderen Umständen bitter weh getan hätte. In diesem Augenblick wurde mir Madeleines Antwort überreicht. Ihr Brief war genau so, wie er sein mußte: herzlich, liebevoll und wohltuend. Und trotzdem spürte ich, daß eine enttäuschte Hoffnung meinen Herzschlag lähmte. Mein Zimmer war noch hell von der Glut der brennenden Papiermassen; und ich stand da wie ein Ertrinkender, der sich an ein abgerissenes Seil klammert. Da trat Olivier ein.

Er sah den glimmenden Aschenhaufen und begriff. Dann warf er einen flüchtigen Blick auf den Brief.

»Steht alles gut in Nièvres?« fragte er teilnahmslos. Um jedem Verdacht zu begegnen, gab ich ihm das Schreiben. Er tat, als lese er nicht; und, als sei er mit sich einig geworden, daß er jetzt, in diesem Augenblick ernstlich mit mir reden und ein Geschwür, an dem ich ohne Aussicht auf Genesung krankte, beseitigen müsse, sagte er: »Was ist mir dir, mein Freund? Seit sechs Monaten hältst du dich künstlich wach und vergeudest deine Kräfte. Dein Leben gleicht dem eines Seminaristen, der ein Gelübde abgelegt hat, oder dem eines Benediktinermönches, der durch wahnsinniges Arbeiten sein Fleisch abtöten will. Wohin führt das alles?«

»Zu nichts«, erwiderte ich.

»Um so schlimmer. Denn jede Enttäuschung beweist zum mindesten, daß man einen falschen Weg eingeschlagen hat. Du warst der Meinung, Einsamkeit sei der beste Tröster, wenn man mit sich uneins ist. Und was glaubst du heute? Welche Hilfe, welchen nützlichen Rat, welche Lehre für dein künftiges Verhalten hast du gewonnen?«

»Daß ich für immer zu verstummen habe«, antwortete ich verzweifelt.

»Wenn das das Ergebnis ist, dann fordere ich dich auf, dein System zu ändern. Traust du dir soviel Kraft zu; bist du vermessen genug zu glauben, daß du einer Lage Herr zu werden vermagst, an der Stärkere gescheitert sind; und meinst du, daß du, ohne zu straucheln, einem schrecklichen Mißgeschick standhalten kannst, das die Tapfersten überwunden hat, dann sage ich noch einmal: um so schlimmer. Denn dann weiß ich dich gefährdet, und – bei meiner Ehre – dann kann ich nicht mehr ruhig schlafen.«

»Du weißt so gut wie ich, daß ich weder an Dünkel noch an zu großem Selbstvertrauen kranke. Was mich beugt, das bin nicht ich. Du weißt selbst, daß mein Schicksal mich zugrunde richtet. Ich kann die augenblickliche Not nicht ändern und vermag mich gegen die kommende nicht zu schützen. Ich bin ständig gefährdet, weil es mir nicht erlaubt ist, in Sicherheit zu leben. Madeleine nicht mehr zu lieben ist mir unmöglich; sie anders zu lieben ist mir verboten. An dem Tage, an dem mein Unglück den letzten Funken von Vernunft in mir erstickt hat, darfst du mich wie einen Toten betrauern.«

»Wie einen Toten – nein«, entgegnete Olivier, »aber wie einen, der von einem Gipfel abgestürzt ist. So oder so – es bleibt ein Verhängnis. Aber ich will nicht, daß du zugrunde gehst. Es genügt schon, daß das Leben uns Tag für Tag ein bißchen tötet; wir wollen ihm bei Gott nicht helfen, uns noch rascher zu erledigen. Mach dich bitte darauf gefaßt, viel Bitteres zu hören; und wenn dein jetziges Leben eine Lüge ist, dann mußt du erst recht lernen, der Wahrheit ins Antlitz zu blicken.«

»Rede«, sagte ich, »rede! Du kannst mir nichts erzählen, was ich mir nicht schon selbst hundertmal wiederholt habe.«

»Du irrst. Ich behaupte, daß du dir über folgende Punkte nie klargeworden bist: Madeleine ist glücklich, sie ist verheiratet, und sie wird der Reihe nach ohne Ausnahme alle rechtmäßigen Freuden des Familienlebens genießen. Ich meinerseits wünsche und hoffe es sogar. Sie kann also gut ohne dich auskommen. Sie will dir nicht mehr sein als eine sehr liebevolle Freundin; und du bist in ihren Augen nicht mehr als ein zuverlässiger Kamerad, den als Freund zu verlieren sie zur Verzweiflung bringen, den zu ihrem Geliebten zu machen sie als unverzeihliche Sünde betrachten würde. Was euch eint, ist also nur ein verhältnismäßig lockeres Band; reizend, solange es ein Band bleibt; schrecklich, wenn eine Kette daraus wird. Sie braucht dich, soweit Freundschaft im Leben zählt und wiegt; aber du darfst dir keinesfalls erlauben, dich ihr als ein Hindernis in den Weg zu stellen. Von meinem Vetter rede ich nicht. Wäre er im Bilde, würde er seine Rechte in der üblichen Weise geltend machen und erklären, daß seine Ehre bedroht sei, was an sich schon schlimm genug ist und bei dem Glück der beiden noch sehr viel folgenreicher wäre. Dies, was Frau de Nièvres betrifft! Was dich angeht, so liegen die Dinge nicht weniger einfach. Das Schicksal hat gewollt, daß Madeleine dir begegnet ist; aber gleichzeitig hat es dich sechs oder acht Jahre zu spät auf die Welt kommen lassen, was für dich zweifellos ein großes Unglück und für sie vielleicht ein bedauerliches Mißgeschick bedeutet. Ein anderer ist gekommen und hat sie geheiratet. Auch hast du keine Einwendungen erhoben, weil dein Verstand nicht schlechter geraten ist als dein Herz. Da du nun aber keinen Anspruch auf Madeleines Hand geltend gemacht hast, kannst und darfst du nichts anderes von ihr fordern. Dennoch liebst du sie weiter. Du bist nicht im Unrecht, weil Gefühle wie die deinen nie unrecht haben; aber was du tust, ist trotzdem nicht recht, weil es keinen Ausweg bietet. Wie wir aber die ärgsten Sackgassen und die bedrückendsten Engpässe des Daseins schließlich überwinden müssen, so wirst auch du, wenn auch nicht ungeschädigt, deine Freiheit zurückerobern, ob du willst oder nicht; und du wirst dabei hoffentlich weder deine Ehre noch dein Leben verlieren. Noch eines, was dich nicht kränken darf! Madeleine ist durchaus nicht die einzige gute, hübsche und gefühlvolle Frau dieser Erde, und sie ist auch nicht die einzige, die dich schätzt und versteht. Denke dich in völlig andere Umstände hinein! Versuche, dir eine andere Frau vorzustellen, die du genauso lieben und von der du ebenfalls sagen würdest: die und keine andere! Außerhalb jeder Bedingung und Einschränkung bleibt immer nur eins: das Bedürfnis und die Fähigkeit zu lieben! Wende nicht ein, aus mir rede nur der Logiker, und wirf mir nicht vor, ich vertrete abscheuliche Theorien! Du liebst und du sollst lieben. Alles übrige ist Sache des Zufalls. Ich kenne keine Frau, die, vorausgesetzt, daß sie deiner würdig ist, nicht das Recht hätte, dir zu sagen: ›Mich sollen Sie lieben und keine andere.‹«

»Du verbietest mir also zu lieben?« Ich schrie beinahe.

»Durchaus nicht; aber eine andere.«

»Und ich soll Madeleine vergessen?«

»Nein, aber sie ersetzen.«

»Nie!«

»Sage nicht: nie, sondern lieber: noch nicht.«

Mit diesen Worten ging Olivier hinaus. Meine Augen blieben trocken, aber in meinem Herzen saß der Stachel eines grausamen Schmerzes. Ich las Madeleines Brief noch einmal: er atmete die ungreifbare Lauheit alltäglicher Freundschaften, die zur Verzweiflung treibt, wenn man mehr will. »Olivier hat recht, er hat hundertmal recht«, überlegte ich, während ich sein qualvolles Argumentieren wie ein Urteil ohne Strafvollzug nochmals überdachte. Ich wies seine Folgerungen mit der Entrüstung eines lodernden Herzens zurück und konnte mich doch gleichzeitig der unleugbaren Wahrheit nicht entziehen, daß ich für Madeleine nichts bedeutete, daß ich nichts für sie sei als ein Hemmschuh, eine Drohung, ein unnützes, wenn nicht gar ein gefährliches Wesen.

Ich betrachtete den leeren Tisch. Ein Haufen schwarzer Asche lagerte noch auf der Feuerstelle. Als ich diese Vernichtung eines Teiles meiner selbst, dieses gänzliche Verschwinden meiner Bemühungen und meines Glücks übersah, schüttelte mich ein namenloses Grauen vor dem vollständigen Nichts.

»Wozu tauge ich denn eigentlich?« rief ich mir zu.

Ich saß da und vergrub mein Gesicht in den Händen. Meine Augen irrten ins Leere. Vor mir gähnte ein langes, ungewisses Leben wie eine grundlose Tiefe.

Nach einer Stunde fand Olivier mich noch in demselben Zustand. Ich tat nichts, ich rührte mich nicht, ich war wie gelähmt.

»Willst du mich heute abend ins Theater begleiten?«

»Bist du allein?«

Er lächelte und antwortete: »Nein.«

»Dann brauchst du mich ja nicht«, erwiderte ich und kehrte ihm den Rücken.

»Schön«, antwortete er in einem ungeduldigen Tone, doch plötzlich besann er sich eines Besseren, trat vor mich hin und sagte: »Du bist töricht, ungerecht und anmaßend. Was denkst du von mir? Glaubst du wirklich, daß ich die Absicht habe, dich zu überwachen? Bei Gott, eine schöne Beschäftigung, die du mir zumutest! Nein, mein Lieber, ich werde nicht das geringste tun, um zu erproben, ob dein Herz rechtschaffen ist oder nicht. Das wäre nicht nur ein häßliches, sondern überdies auch noch ein ungeschicktes Verfahren. Willst du mich denn gar nicht verstehen? Ich möchte nichts, als dich mitsamt deinem verdüsterten Gemüt, deinem armen, wunden Herzen diesem Kerker entführen. Du bildest dir ein, die Erde habe Trauer angelegt, die Schönheit habe sich verhüllt, alle Gesichter schwämmen in Tränen, und es gebe keine Hoffnung, keine Freude, keine Sehnsüchte mehr, nur weil das Schicksal dich im Augenblick schlecht behandelt. Sieh dir die Welt an und begib dich unter Menschen, die glücklich sind oder sich zumindest einbilden, es zu sein! Neide ihnen nicht ihre Unbekümmertheit, sondern lerne von ihnen, daß die Vorsehung, an die du glaubst, alles bedacht und alles ins rechte Maß gerückt hat und daß sie unausschöpfbare Quellen für lechzende Herzen bereit hält.«

Dieser Wortschwall zwang mich zuzuhören, brachte mich aber nicht aus der Fassung. Oliviers aufgeregte Teilnahme wirkte auf meine völlig kranken Nerven wie ein schmerzstillendes Medikament. Ich nahm seine Hände und bat ihn, neben mir Platz zu nehmen. Ich flehte ihn an, mir mein unüberlegtes Geschwätz zu vergeben, das kein Zeichen von Mißtrauen gewesen sei. Er möge doch das Ende dieser

Krise abwarten, die nicht dauern werde. Ständige Übermüdung hätte zum Versagen meiner Kräfte geführt. Schließlich versprach ich, meine Lebensweise zu ändern. Wir verkehrten in denselben Häusern; es war unrecht von mir, mich nie zu zeigen. Ich hatte die Pflicht, mich einführen zu lassen, und durfte mich nicht durch fortgesetztes Fernbleiben absondern. Ich sagte ihm auch sonst manches Vernünftige, als wäre ich plötzlich zur Besinnung gekommen. Und als gehöre es zu einer Aussprache, die uns beide milder und versöhnlicher zu stimmen schien, scheute ich mich nun auch nicht, nach seinem Leben zu fragen, das sich fast ganz ohne mich abspielte. Ich beklagte mich, daß ich nicht mehr von seinem Tun und Treiben wisse, und fragte, ob er Grund habe, zufrieden zu sein.

»Zufrieden ist das rechte Wort«, erwiderte er mit einem schelmischen Ausdruck. »Jeder benutzt das Vokabular, das sein Ehrgeiz ihn lehrt. Ja, im Augenblick bin ich eigentlich zufrieden; und wenn ich mich mit Freuden begnüge, die kein Wahn geblieben sind, wird mein Dasein sich im rechten Gleichgewicht halten und nie an Übersättigung kranken.«

»Hast du Nachrichten aus Ormesson?«

»Keine. Du weißt, wie die Geschichte geendet hat?«

»Mit einem Bruch?«

»Mit einem Lebewohl, was nicht dasselbe ist. Denn nun bewahren wir beide die einzige Art von Kummer, die jede Erinnerung unversehrt läßt.«

»Und jetzt?«

»Jetzt? Weißt du denn nichts?«

»Nichts. Aber ich nehme an, daß du dasselbe hast tun müssen, was du mir empfiehlst.«

»So ist es«, sagte er lächelnd. Dann wurde er ernst und fuhr fort: »Zu jeder anderen Stunde würde ich dir mehr erzählen, aber nicht heute. In diesem Raum haben zu viele schöne Empfindungen geatmet. Es soll nicht der geringste Zusammenhang geschaffen werden zwischen der Frau, von der ich dich unterhalten müßte, und der anderen. Ja, deren Name darf nicht einmal genannt werden.«

Das Geräusch von Schritten im Vorzimmer unterbrach

ihn. Mein Diener meldete Augustin, der mich um diese Stunde sonst nicht besuchte. Seine leuchtenden Augen und seine unerschütterliche Miene belebten mich. Der Zufall schien mir in eben dem Augenblick Hilfe zu schicken, in dem ich ihrer am meisten bedurfte.

»Sie kommen zur rechten Zeit«, sagte ich und nahm mich zusammen. »Sehen Sie sich das an. Wieviel vergossener Schweiß, um bei solchem Kummer zu enden! Ich habe alles vernichtet.«

Ich sprach mit ihm immer ein wenig wie ein ehemaliger Schüler mit seinem früheren Lehrer und erkannte ihm das Recht zu, nach meiner Arbeit zu fragen.

»Da heißt es, von neuem beginnen«, bemerkte er ohne die leiseste Erregung. »So was kenne ich.«

Olivier blieb stumm. Nach einigen Minuten gegenseitigen Schweigens strich er mit der Hand durch die Locken und gähnte kaum merklich. Dann sagte er: »Ich langweile mich und gehe in den Bois de Boulogne.«

X

»Arbeitet er?« fragte Augustin, als Olivier uns verlassen hatte.

»Sehr wenig, aber er eignet sich vieles an, ohne zu arbeiten.«

»Um so besser. Er hat das Glück auf seiner Seite. Wäre das Leben eine Lotterie, würde dieser junge Mann in einem fort Gewinn-Nummern träumen.«

Augustin gehörte nicht zu denen, die das Glück zum Gefährten haben und die durch eine geträumte Zahl reich werden. Nach allem, was ich von ihm erzählt habe, werden Sie begreifen, daß er nicht für die Gaben des Zufalls geschaffen war und daß bei allen Unternehmungen, bei denen er bisher seinen Willen eingesetzt hatte, der Einsatz sehr viel mehr gewesen war als das Erreichte. Sie entsinnen sich des Tages, an dem er aus Les Trembles fortging. Er hatte einen Brief aus Paris in der Hand, wie ein junger Soldat seinen

Marschbefehl. Seine Zuversicht hat seitdem, wenn ich mich nicht täusche, manchen Stoß erhalten, aber trotzdem hat weder sein fester Glaube gelitten, noch hat er auch nur einen Augenblick daran gezweifelt, daß ihm gerade in Paris, und genau am Ende des von ihm eingeschlagenen Weges, der Erfolg, wenn nicht gar der Ruhm blühen würde. Er klagte nicht, er beschuldigte niemanden, und nichts konnte ihn zur Verzweiflung bringen. Er gab sich keiner Täuschung hin, war aber zäh genug, keiner blinden Hoffnung zu huldigen; und was man bei anderen als Hochmut hätte auslegen können, war bei ihm nur ein sehr genaues Wissen um das, was er zu beanspruchen hatte. Er betrachtete die Umstände mit der Kaltblütigkeit eines Juweliers, der zweifelhafte Steine prüft, und selten irrte er sich bei seinen Überlegungen über die Mühe und die Zeit, die er aufwenden mußte.

An Gönnern hatte es ihm nicht gefehlt. Rechtsgeschäfte zu übernehmen hielt er nicht für unehrenhaft, weil er in ihnen nichts als ein Gegenüber gleichwertiger Interessen erblickte und weil er der Meinung war, daß Geschäfte solcher Art einen Mann nicht erniedrigen, der bei ihrer Vermittlung anderen seine Kenntnisse, seine Arbeitskraft und seine Gaben zur Verfügung stellt. Er tat nicht, als sei Geld etwas Verächtliches, denn ich wußte, daß er es dringend brauchte, obschon er nie vom Geld sprach. Darum lehnte er den klingenden Lohn auch nicht ab, schätzte ihn jedoch sehr viel geringer ein als jedes geistige Kapital, das seiner Ansicht nach durch nichts zu ersetzen und auszugleichen war.

»Ich bin ein Arbeiter«, pflegte er zu sagen, »der freilich mit einem außerordentlich billigen Werkzeug umgeht. Aber die Leistung steht über jedem Preis, wenn sie gelingt.«

Infolgedessen betrachtete er sich auch nie als Schuldner von irgend jemandem. Wer einen Dienst von ihm wünschte, der hatte ihn gewissermaßen zu kaufen und nach Gebühr zu bezahlen; und es lag in dieser seiner Auffassung von Geschäften begründet, daß er weder Nachgiebigkeit noch Unterwürfigkeit kannte und daß er infolgedessen auch stets den höchsten Lohn forderte, den er fordern durfte.

»In dem Augenblick, in dem man mit Geld umgeht«, äußerte er, »handelt es sich um eine Angelegenheit, bei der Gefühle keine Rolle spielen dürfen und bei der also jede Dankbarkeit ausscheidet. Zug um Zug. Selbst das Talent ist in einem solchen Falle nur eine Verpflichtung zur Redlichkeit«.

Er hatte sich um manchen Posten beworben und sich auf manche Tätigkeit eingelassen, wobei seine Bereitwilligkeit von geringerem Gewicht gewesen war als die Not. Da er seine Mittel nicht wählen konnte, mußte Eifer an die Stelle der leichten, biegsamen Art treten, die mit allem fertig wird. Durch seinen Willen, seinen Fleiß und seinen Scharfsinn ersetzte er fast alle natürlichen Gaben, die ihm fehlten. Sein Wille allein, mit dem sich ein seltenes Maß vollkommener Aufrichtigkeit und ein gesunder Menschenverstand verbanden, vollbrachte Wunder. Dieser Wille konnte sich in den höchsten, den edelsten und sogar in den glänzendsten Formen äußern. Sein Empfinden versagte bisweilen, aber es gab nichts, das er nicht begriff. So wurde seine Vorstellungskraft durch einen Verstand ergänzt, der immer wach war und stets das Beste und Schönste aufnahm, das die Welt zu bieten vermag; und der Sphäre des Gefühls näherte er sich durch das genaue Wissen um die Härten des Lebens und durch den verzehrenden Ergeiz, sich alle erlaubten Freuden anzueignen, selbst um den Preis eines harten Ringens.

Nachdem er mit dem Theater begonnen hatte, zu dem er sich jedoch weder besonders geeignet noch reif genug fühlte, warf er sich dem Journalismus in die Arme. Wenn ich diesen Ausdruck gebrauche, bin ich mir bewußt, daß er nicht recht zu einem Manne paßt, der nichts Unbesonnenes tat und dem es auf dem Kampfplatz neben aller Verwegenheit nie an der Klugheit gefehlt hat, die nur dann viel wagt, wenn sie des Gelingens sicher ist. Später trat er dann als Sekretär in das Ministerium eines bedeutenden Politikers ein.

»Ich befinde mich«, sagte er, »im Mittelpunkt einer Welt, die mich keineswegs erfreut, die mich jedoch interessiert und belehrt. Die Politik kommt in unserer Zeit mit so viel Geistigem in Berührung und streift an so viele Probleme, daß es keine bessere Erziehung und keinen günstigeren Absprung für einen Mann gibt, dessen Ehrgeiz auf einen hohen Posten zielt.«

Seine finanzielle Lage war mir unbekannt. Ich nahm an, daß sie nicht gut war, sie gehörte jedoch zu den wenigen Dingen, nach denen zu fragen mir nicht erlaubt schien.

Sein unbeugsamer Mut erlahmte zwar nicht; doch kam es vor, daß er litt. Es widersprach jedoch Augustins Standhaftigkeit, sich darüber zu äußern. Sein Verhalten blieb sich auch dann gleich, sein gerader Verstand verlor auch dann nichts an Klarheit. Er handelte überlegt und entschied sich, als sei er nicht im geringsten erschüttert worden; aber es zeigte sich in seinem Wesen etwas, was den roten Flecken glich, die an der Uniform eines verwundeten Soldaten zum Vorschein kommen. Lange fragte ich mich, wo die verwundbare Stelle sei, an der ein so eherner Organismus wie der seine hatte getroffen werden können. Dann wurde mir klar, daß Augustin wie jeder von uns ein Herz hatte; und schließlich begriff ich, daß es sein armes, tapferes Herz war, das blutete.

Sobald er saß und ich sah, daß er die Beine übereinanderschlug wie ein Mann, der keine Worte findet, weil er den Zweck seines Besuches vergessen hat, war mir deutlich, daß auch seine Lage keinen Anlaß zum Lachen bot.

»Und auch Sie sind nicht glücklich, mein lieber Augustin?« fragte ich.

»Sie haben es erraten«, erwiderte er, ein wenig Bitterkeit in der Stimme.

»Mir blieb nichts anderes übrig, da Sie zu stolz sind, etwas zu gestehen.«

»Mein liebes Kind«, fuhr er in dem etwas väterlichen Ton fort, von dem er nie abließ und der seinen trockenen Ratschlägen stets eine gewisse Anmut verlieh, »es handelt sich nicht um die Frage, ob man glücklich ist, sondern darum, ob man alles getan hat, um glücklich zu werden. Ein Ehrenmann hat einen unbestreitbaren Anspruch auf Glück, aber er hat nicht immer das Recht, sich zu beklagen, wenn es ihm nicht blüht. Es hängt von der Zeit, von den Umständen und von den Gelegenheiten ab. Man kann auf mancherlei Art leiden. Bei dem einen ist ein Fehler der Grund, bei dem anderen Ungeduld. Vergeben Sie mir den Mangel an Bescheidenheit, aber ich bin wohl nur zu ungeduldig.«

»Ungeduldig? Und weshalb? Ist diese Frage erlaubt?«

»Weil ich nicht länger allein sein will«, entgegnete er in einer ungewöhnlichen Erregung. »Wenn ich jemals einen Namen haben sollte, möchte ich mich nicht mit dem trostlosen Ergebnis begnügen, diesen Kranz nur meinem Egoismus aufzusetzen.«

Dann fügte er hinzu: »Aber wir wollen von dem allem nicht zu früh sprechen. Sie sind der erste, den ich einweihen werde, wenn es an der Zeit ist.«

»Lassen Sie uns fortgehen«, bat er einen Augenblick später. »Hier bedrückt mich die Atmosphäre einer Niederlage. Ich langweile mich nicht, möchte aber auch nicht gezwungen werden, mich gehenzulassen.«

Wir verließen das Haus, und beim Gehen teilte ich ihm die eigentliche Ursache meines Versagens und meiner Mutlosigkeit mit. Mein Brief hatte ihn bereits unterrichtet; und was er nicht schon wußte, das war ihm bei der Begegnung mit Frau de Nièvres klargeworden. Ich konnte mir also die Mühe sparen, ihm das Verwickelte einer Lage zu erklären, über die er so genau im Bilde war wie ich selber, und brauchte ihm die völlige Ratlosigkeit eines Herzens nicht zu unterbreiten, dessen Widerstandskraft und dessen Schwächen er ganz richtig einschätzte.

»Ich weiß, daß Sie seit vier Jahren verliebt sind«, sagte er, bevor ich eine Silbe geäußert hatte.

»Seit vier Jahren? Aber damals kannte ich Frau de Nièvres ja noch gar nicht.«

»Mein lieber Freund«, fuhr er fort, »entsinnen Sie sich des Tages, als ich Sie in Tränen über Hannibals Unglück fand? Nun, anfangs habe ich mich gewundert, weil ich nicht zu glauben vermochte, daß ein Schulaufsatz jemanden in eine derartige Aufregung versetzen kann. Alsdann wurde mir klar, daß Hannibal und Ihre Erregung nichts miteinander zu tun hatten. Bei Ihrem ersten schriftlichen Geständnis wußte ich also, worum es ging; und als ich Frau de Nièvres zum ersten Male sah, begriff ich, daß es sich um sie handelt.«

Meinem künftigen Verhalten eine Richtung zu geben, hielt er für schwierig, aber nicht für aussichtslos. Wie Olivier hatte auch er bestimmte Vorschläge für meine Gesundung; und es waren seiner Ansicht nach die einzigen, die ihm meiner würdig schienen.

Wir trennten uns, nachdem wir lange in der Sonne auf und ab gegangen waren. Es wurde Abend. Ich befand mich mitten in Paris, zu einer ungewöhnlichen Stunde; allein ich wußte nicht, was ich beginnen sollte, da mir plötzlich jede Tageseinteilung, jede Bindung und jede Pflicht fehlten. Voller Bangen fragte ich mich: »Was soll ich heute abend, was morgen tun?« Erst jetzt begriff ich, daß ich seit Monaten drei Viertel meiner Zeit ohne Kameraden verbracht hatte; und da das, was sonst in mir gehandelt hatte, dahin war, vermißte ich plötzlich die tragende Stütze meines Daseins und ahnte, daß Leere und Untätigkeit mich zugrunde richten würden.

Ich entsann mich, daß Olivier im Theater sein mußte. Ich wußte auch, in welchem und mit wem. Da es sich um keine Schwäche handelte, die ich zu überwinden hatte, nahm ich einen Wagen und ließ mich zu jenem Theater bringen. Dann mietete ich einen rückwärtigen Parkettplatz, von dem aus ich Olivier zu entdecken hoffte, ohne selbst gesehen zu werden, fand ihn jedoch in keiner von den Logen, die ich überblicken konnte. Daraus schloß ich, daß er entweder seinen Plan geändert hatte oder daß er genau über mir in dem Teil des Hauses saß, der sich meinen Augen entzog. Da mein seltsamer und etwas unziemlicher Wunsch, ihn bei einem galanten Abenteuer zu ertappen, mißglückt war, fragte ich mich, was mich denn eigentlich am Fortgehen hindere. Trotzdem blieb ich. Aber es fällt mir nicht leicht, Ihnen zu schildern, warum und wie weit Kummer, Unmut, Nachgiebigkeit und eine unbezwingbare Neugier den chaotischen Zustand meines Innern verschlimmerten. Ich musterte sämtliche Logen, in denen Frauen saßen, und erblickte eine aufreizende Zurschaustellung von Oberkörpern, die kaum Mieder trugen, und von blassen Armen mit sehr kurzen Handschuhen. Ich betrachtete die Frisuren, Gesichter, Augen und die verschiedenen Arten des Lächelns, um Madeleines vollkommenem Bild nach Möglichkeit Abbruch zu tun. Ja, mein größtes Vergnügen war, es in jeder Weise zu entstellen, denn ich wollte durchaus, daß es ihrer unwürdig sei, damit ich mich von ihr losmachen könnte.

Als ich beim Verlassen des Theaters durch die Vorhalle ging, tönte mir aus der Menge eine Stimme entgegen, die nur Oliviers Stimme sein konnte. Mein Blick streifte eben noch die blendende Erscheinung der eleganten Frau, die er begleitete. Wir trafen fast gleichzeitig zu Hause ein, und ich war noch im Abendanzug, als er auf der Schwelle meines Zimmers erschien.

»Woher kommst du?« fragte er.

»Aus dem Theater.« Ich sagte ihm, aus welchem.

»Hast du mich gesucht?«

»Ich war nicht dort, um dir nachzulaufen, sondern weil ich dich sehen wollte.«

»Ich begreife dich nicht«, erwiderte er. »Jedenfalls sind das Kindereien oder Streiche, die ein anderer als ich dir nicht vergeben würde. Aber du bist krank, und ich kann dich nur bedauern.«

Ein paar Tage sah ich ihn nicht. Er blieb hartnäckig und strafte mich durch Verachtung. Aber er erkundigte sich bei meinem Diener nach mir; und so erfuhr ich, daß er sich um mich sorgte und mich beobachtete, ohne es mich merken zu lassen. Jeder Tag ohne Beschäftigung raubte mir mehr Kraft und Entschlossenheit. Ich traf keine Entscheidung, hatte jedoch das Gefühl, daß meine Schwäche mich beim ersten Anstoß zu Fall bringen müsse.

Wenige Tage später sah ich in einer Allee des Bois de Boulogne, wo ich allein und verzweifelt umherirrte, einen leichten, sehr gepflegten Wagen langsam auf mich zukommen. In ihm saßen drei Personen, zwei Frauen und

Olivier. Er sah mich in ebendem Augenblick, in dem ich ihn erkannte. Er ließ halten, war sofort draußen, packte mich am Arm und schob mich ohne ein Wort in den Wagen. Als er mich neben sich hatte, rief er dem Kutscher sein »Weiter!« zu, als handle es sich um eine Entführung. Ich fühlte mich verloren und war es in der Tat, wenigstens für einige Zeit.

Von den beiden Monaten, die die sinnlose Verirrung dauerte – und sie dauerte höchstens zwei Monate –, will ich Ihnen nur von der leicht vorauszusehenden Stunde erzählen, in der sie ein Ende nahm. Anfangs hatte ich geglaubt, ich könne Madeleine vergessen. Jedesmal, wenn ihr Bild auftauchte, sagte ich: »Verschwinde«, wie man einem Menschen, den man liebt, den Anblick verletzender oder schamloser Vorgänge erspart. Ich sprach ihren Namen nicht ein einziges Mal aus. Ich baute zwischen ihr und mir eine Welt von Hindernissen und Abscheulichkeiten auf. Olivier mochte einen Augenblick glauben, alles sei zu Ende; aber die Frau, mit deren Hilfe ich die unvermeidliche Erinnerung niederzuzwingen versuchte, täuschte sich nicht. Eines Tages erfuhr ich durch eine Unbesonnenheit Oliviers, der sich um so weniger vorsah, als er überzeugt war, ich sei vernünftig geworden, Herr d'Orsel werde durch geschäftliche Verpflichtungen in die Provinz gerufen und alle Bewohner von Nièvres würden demnächst nach Ormesson reisen. In demselben Augenblick stand mein Entschluß fest. Ich war willens, die Beziehung abzubrechen.

»Ich komme, um Abschied zu nehmen«, sagte ich, als ich in ihre Wohnung kam, die ich nie wieder betreten sollte.

»Was Sie jetzt tun, hätte auch ich, aber vielleicht etwas später, getan«, erwiderte die Frau, ohne Verwunderung oder gar Unwillen an den Tag zu legen.

»Sie sind mir also nicht böse?«

»Nicht im geringsten. Sie sind ja nicht Ihr eigener Herr.«

Sie fuhr mit dem Anziehen fort, das sie einen Augenblick unterbrochen hatte.

»Leben Sie wohl«, sagte sie, ohne sich umzusehen. Sie

warf mir im Spiegel einen Blick zu und lächelte. Und ich verließ sie ohne ein Wort des Abschieds.

»Wieder eine Dummheit«, rief Olivier aus, als er erfuhr, was ich getan hatte.

»Dummheit oder nicht, ich bin frei«, erwiderte ich. »Ich fahre nach Les Trembles, und ich nehme dich mit. Es dürfte nicht schwerfallen, euch alle zu bereden, die Ferien dort zu verbringen.«

»In Les Trembles mit dir? Madeleine mit dir in Les Trembles?« fiel Olivier ein, dem mein leichtsinniger Entschluß alle Pläne über den Haufen warf.

»Lieber Freund«, rief ich, während ich ihn wie toll umarmte, »sage nichts und wende nichts ein! Ich will Vorsicht üben und mich im Zaum halten, aber ich will glücklich sein. Gönne mir die beiden Monate, die nie wiederkehren und die ich nur einmal haben kann! Sie sind kurz genug. Ja, vielleicht sind sie alles, was das Leben für mich an Schönem bereit hält.«

Mein leidenschaftlicher Wunsch gab meinen Worten soviel Schwung; Olivier fand mich derart munter und durch die unerwartete Aussicht auf die Reise derart verändert, daß er sich umstimmen ließ und schwach und großzügig genug war, in jedem Punkte nachzugeben.

»Gut«, sagte er, »schließlich ist es eure Sache. Ich bin kein Seelenhirt; und es ist schon genug, daß ich allein zwei Narren wie dich und mich zu beaufsichtigen habe.«

XI

Die Monate des Zusammenseins in unserem stillen Hause, mitten auf dem Lande, an der Küste unseres Meeres, das um diese Zeit so schön ist, dieses einmalige Zusammensein lebt in meiner Erinnerung als ein Zusammen von ständigen Wonnen und von Qualen, die zu meiner Läuterung dienten. Kein Tag, der nicht das Zeichen einer kleineren oder größeren Versuchung trug; kein Augenblick ohne Herzklopfen, Schauder, Hoffnung oder Verdruß. Ich könnte Ihnen noch heute, weil mein Gedächtnis bis zur genauen Zeit- und Ortsangabe untrüglich ist, von tausend unbedeutenden Eindrücken erzählen, deren Spuren mit mir gealtert sind. Ich könnte Ihnen diese oder jene Stelle im Park, auf der Terrassentreppe, auf den Feldern, im Dorf und an der Steilküste zeigen, wo die Seele der gefühllosen Dinge die Erinnerung an Madeleine und mich so rein bewahrt hat, daß, wenn ich sie dort suchen wollte, wovor Gott mich schützen möge, ich sie so unversehrt wiederfinden würde wie am Tage unserer Abreise.

Madeleine war nie in Les Trembles gewesen, aber die etwas trübselige und nicht sonderlich schöne Gegend gefiel ihr. Obschon sie sie natürlich nicht aus denselben Gründen gern haben konnte wie ich, hatte sie mich doch so oft von ihr erzählen hören, daß meine Erinnerungen ihr das Land vertraut machten und ihr ohne Zweifel auch halfen, sich in ihm wohl zu fühlen.

»Ihre Heimat hat Ähnlichkeit mit Ihnen«, pflegte sie zu sagen. »Ich hätte Sie nur anzusehen brauchen, dann würde ich gewußt haben, wie es bei Ihnen aussieht. Das Land ist ernst und friedlich, und seine Wärme ist nicht drückend. Das Leben muß hier sehr ruhig und besinnlich sein. Auch kann ich mir jetzt manche Wunderlichkeiten Ihres Wesens besser erklären, weil sie den Eigenheiten Ihrer Heimat entsprechen.«

Es war mein größtes Vergnügen, sie auf die Art mit vielem vertraut zu machen, das aufs engste mit meinem Leben zusammenhing. Ich teilte ihr gleichsam der Reihe nach auf die zarteste Weise mit, wie ich früher gewesen, und führte sie dadurch zum Verstehen dessen, was ich gegenwärtig war. Neben dem Wunsch, sie mit Behaglichkeit, Zerstreuungen und Fürsorge zu verwöhnen, bestand das geheime Verlangen, tausend Beziehungen zu entdecken, die durch die gleiche Erziehung, die gleiche Art zu denken und zu empfinden und auch durch Herkunft und Verwandtschaft zwischen uns bestanden und die unserer Freundschaft mehr Rechte gaben, indem sie sie um viele Jahre hinaufrückten.

Besonders gern versuchte ich, Madeleine auf die Wirkung mancher eher natürlicher als geistiger Gegebenheiten hinzuweisen, der ich selbst ständig unterworfen war. Ich stellte sie dem oder jenem Landschaftsausschnitt gegenüber, der anders war als die üblichen, die sich aus etwas Grün, viel Sonne und der gewaltigen Meeresfläche zusammensetzten, und der mich immer wieder entzückte. Dann gab ich acht, ob die Kargheit und Größe der ernsten, schwermütigen und baumlosen Ferne auch Madeleine beeindruckte. Da es sich auf etwas Äußeres bezog, fragte ich, was sie dabei empfand, sofern es mir erlaubt schien; und wenn ich merkte, daß sie mit mir übereinstimmte, was viel häufiger der Fall war, als ich gehofft hatte, wenn ich in ihr den Widerhall und so etwas wie das gleiche Beben der in mir schwingenden Saiten spürte, dann war es eine Ähnlichkeit mehr, über die ich mich wie über ein neues Verbundensein freute.

Erst als sie sich ein Bild von dem üblichen Verlauf meiner Tage zu machen vermochte, war sie imstande, mehr von mir selbst zu wissen. Was ich bevorzugte, gab ihr einen Einblick in meine Fähigkeiten; und meinen sogenannten Wunderlichkeiten konnte sie erst auf den Grund gehen, als sie mit ihrem Ursprung vertraut wurde. Ich handelte ohne Berechnung und ganz unbefangen; denn keiner sollte mir einen Vorwurf machen, ja nicht einmal die Absicht zu einer Beeinflussung vermuten dürfen. Allein, ob schuldig oder nicht, es war ein inneres Drängen, dem ich gehorchte. Madeleine schien glücklich. Mich selbst machte der ständige Austausch, den das viele gemeinsame Zusammensein schuf, in jeder Hinsicht freier, entschlossener und sicherer, und das war ein großer Erfolg, denn auch Madeleine sah in ihm einen Schritt zur Freiheit. Dieses schöne ungestörte Einvernehmen dauerte zwei volle Monate, wobei ich allerdings manche heimliche, bitter schmerzende Wunde verschweige. Diese Wunden bedeuteten jedoch nichts, wenn ich sie mit den Segnungen verglich, die immer sofort Heilung brachten. Alles in allem war ich glücklich. Ja, ich war es ganz bestimmt, wofern Glück darin besteht, daß man mit jeder Faser lebt, ohne bereuen zu müssen, und freilich auch, ohne hoffen zu können.

Herr de Nièvres war Jäger, und ihm verdanke ich, daß auch ich es geworden bin. Er leitete mich mit sehr viel Nachsicht bei den ersten Versuchen eines Vergnügens, dem ich später leidenschaftlich gehuldigt habe. Zuweilen begleiteten Frau de Nièvres und Julie uns in einiger Entfernung, oder sie erwarteten uns, während wir ein ausgedehntes Treiben veranstalteten, dessen Ziel das Meer war. Von weitem sahen sie wie kleine, leuchtende, auf den Uferkieseln ganz nah vor den blauen Wogen stehende Blumen aus. Wenn das Ungefähr des Jagens uns zu weit entführte oder zu lange aufgehalten hatte, hörten wir Madeleines Stimme, die uns aufforderte, ein Ende zu machen. Bald rief sie ihren Mann, bald Olivier oder mich. Der Wind trug uns den oder jenen Namen zu. Der helle Klang ihrer Stimme, der vom Gestade bis zu uns einen weiten Raum zu durchmessen hatte, wurde natürlich schwächer, während er ein Land überflog, das kein Echo kannte, und oft war er nicht mehr als ein tönender Hauch, wenn er uns erreichte. Ich vermag Ihnen den Trost und zugleich die unendliche Traurigkeit, die von ihm ausging, nicht zu schildern. Zuweilen saßen wir bei Sonnenuntergang noch am hohen Ufer und schauten den weit ausholenden Wellen zu, die von Amerika kamen und zu unseren Füßen starben. Schiffe zogen vorbei, die das Abendlicht purpurn färbte. Unmittelbar über dem Wasserspiegel blitzten Feuer auf. Es war das helle Blinken der Leuchttürme oder das rote Signal von Booten, die auf der Reede vor Anker lagen, oder die harzigen Flammen von Fischerkähnen. Und der mächtige Atem der Wogen, der auch im Finstern nicht nachließ und nur durch sein Lärmen kenntlich wurde, wiegte uns in Träume, bei denen jeder sich einem ungeordneten Nacheinander von Bildern überließ.

Am äußersten Landzipfel, auf einer Art von Halbinsel, die das Meer von drei Seiten aus Kieselsteinen gebildet hatte, stand ein heute zerstörter Leuchtturm. Ein winziger Garten umgab ihn. Seine Tamariskenhecken wuchsen so nahe an der Küste, daß sie bei jeder stärkeren Flut mit einer Schaumschicht bedeckt wurden. Dies war der Platz, an dem wir nach beendeter Jagd am liebsten zusammentrafen. Er war besonders entlegen, die Steilküste war höher, das Meer gewaltiger als anderwärts, auch entsprach es dort mehr als sonst der Vorstellung, die wir von der endlosen blauen Wüste und ihrer bewegten Eintönigkeit zu haben pflegen. Der kreisrunde Horizont, den das Auge von diesem Punkte des Gestades aus umfaßte, wenn man am Fuß des Leuchtturms stand, bot einen überraschenden Ausblick auch über ein Land, das so wenig geformt ist, daß es kaum einen Umriß und fast nie ein bestimmt gestaltetes Bild gewährt.

Ich entsinne mich, daß Madeleine und Herr de Nièvres eines Tages den Turm erklettern wollten. Es war stürmisch. Das Tosen in den Lüften, das man unten nicht vernahm, nahm zu, je höher wir stiegen. Schon auf der sich in Spiralen aufwärts windenden Treppe hörten wir den rollenden Donner und das Klirren der Laternenscheiben; und dann umgab uns das aufregende Getöse, von dem nur der sich eine Vorstellung machen kann, der das Meer von oben gehört hat. Der Himmel war bedeckt. Die Ebbe, die den krausen, schaumigen Kranz der Brandung und den letzten Pfeiler der Steilküste zum Vorschein brachte, verwandelte den Ozean in ein düsteres Bett, das mit Klippen übersät und mit schwärzlichen Gewächsen ausgelegt war. Wassertümpel glänzten in der Ferne mitten im Tang, und zwei oder drei Krabbenjäger, die sich am Rand des Schlammes bewegten, waren inmitten des riesigen Strandes kaum zu sehen und wirkten so klein, daß man sie für nahrungssuchende Wasservögel halten konnte. Dahinter begann die weite, tobende See, ein Grau, das sich schließlich im Nebel verlor. Man mußte genau hinschauen, wenn man unterscheiden wollte, wo das Meer aufhörte und wo der Himmel anfing. So verschwommen war die Grenze, so sehr gleich waren das Bleiche und Unbestimmte, die stürmische Bewegtheit und die Unendlichkeit des einen wie des andern. Ich vermag Ihnen nicht zu schildern, wie gewaltig der Anblick der zwiefachen Unermeßlichkeit, die sich in die Höhe wie in die Breite ausdehnte, von der Plattform des Leuchtturms aus wirkte und wie tief er uns erregte. Zweifellos wurde jeder auf eine andere Art ergriffen, aber bei allen gleich waren das plötzliche Verstummen und das Schwindelgefühl, unter dessen Macht wir erblaßten und ganz ernst wurden. Madeleine schrie ängstlich auf, während wir uns alle auf das schmale Geländer stützten, das uns allein vom Abgrund trennte, wobei wir deutlich spürten, daß der mächtige Turm unter uns bei jedem Windstoß schwankte. Die Macht der Gefahr zog uns an, das Toben der steigenden Flut schien uns zu rufen, und lange standen wir völlig gebannt, Menschen vergleichbar, deren Fuß noch im zerbrechlichen Nachen des Lebens weilt, während ihnen ein Blick über die Grenze der Welt hinaus schon zuteil wird.

Es war ein gezeichneter Ort. Ich fühlte deutlich, daß bei soviel Bangen die Saiten eines Menschenherzens springen müßten. Einer von uns müßte unterliegen, wenn nicht der Erregteste, dann der Anfälligste. Und das war Julie. Unbeweglich stand sie neben Olivier. Ihre kleine, zitternde Hand lag neben der des Jünglings und hielt sich krampfhaft am Geländer fest. Sie neigte den Kopf, in ihren halbgeschlossenen Augen wurde das Zeichen des Schwindels sichtbar; und sie war fast so bleich wie ein Kind, das im Sterben liegt. Olivier merkte zuerst, daß sie einer Ohnmacht nahe war, und fing sie auf. Ein paar Sekunden später kam sie wieder zu sich.

»Es ist nichts«, sagte sie, sich sofort gegen den Schwächeanfall auflehnend. Dann gingen wir hinunter.

Von diesem Zwischenfall sprachen wir nie; wie vieles andere, so geriet auch er in Vergessenheit. Und ich entsinne mich seiner heute, während ich Ihnen von unseren Ausflügen zum Leuchtturm erzähle, wohl nur, weil er der Auftakt zu traurigen Geschehnissen ist, die freilich erst viel später volle Wirklichkeit wurden.

Manchmal, wenn es besonders ruhig und schön war, holte ein Boot uns an der Küste ab, wo das Weideland zu Ende war, und fuhr uns ein ziemliches Stück hinaus. Es war ein Fischerkahn. Sobald wir die offene See erreicht hatten, wurden die Segel gesetzt, und auf der stillen Wasserfläche, die in der Sonne wie Zinn glänzte, warf der Besitzer des Schiffes die bleibeschwerten Netze aus. In jeder Stunde wurden sie einmal eingezogen; und dann kamen mancherlei Fische und seltsame Gewächse ans Licht, die in den tiefen Gewässern erfaßt worden waren oder die der Zufall mitsamt den Algen der Verborgenheit des Meeresgrundes entrissen hatte. Jeder neue Fang brachte eine Überraschung. Darauf gaben wir die Beute der Flut zurück und ließen uns treiben. Das Schiff wurde nur vom Steuer gehalten und neigte sich ein wenig auf die Seite, auf der die Netze schwammen. Ganze Tage gingen auf diese Art hin. Wir betrachteten das Meer; wir beobachteten, wie das ferne Land sich zusammenzog und wieder vergrößerte; und wir maßen den Sonnenschatten, der um den Mast wanderte wie der Zeiger des Quadranten. Der lange Tag und die Ruhe machten uns müde, das Licht blendete uns, wir empfanden kaum noch etwas und waren durch das dauernde Gewiegtwerden auf den stillen Wassern wie mit Vergessenheit geschlagen. Der Tag ging zu Ende; und manchmal trieb uns die späte Flut erst mitten in der Nacht ans Ufer und setzte uns behutsam am steinigen Strande ab.

Es waren unschuldige Freuden für uns alle; und doch weiß ich heute, daß diese Stunden der angeblichen Ruhe und Entspannung zwar die schönsten, aber auch die gefährlichsten meines Lebens gewesen sind. Einmal vermochten wir unser Schiff kaum vorwärts zu bringen. Ein Wehen, das nicht spürbar wurde, gab ihm so wenig Fahrt, daß es sich nicht zu bewegen schien. Es zog gerade und sehr gemächlich seines Weges, als habe es einen festen Grund unter sich. Nicht das leiseste Geräusch war zu hören; sehr langsam löste sich das Wasser vom Kiel. Die Matrosen, die sich hinten auf dem Verdeck zusammengefunden hatten, schwiegen; und meine Freunde, mit Ausnahme von Julie, schlummerten auf den heißen Schiffsplanken im Schatten eines Segels, das über dem Heck aufgespannt war und als Zelt diente. An Bord rührte sich nichts. Das Meer stand starr wie halbgeschmolzenes Blei. Der klare Himmel, dem die strahlende Sonne seine gelbe Farbe genommen hatte, betrachtete sich in ihm wie in einem trüben Spiegel. Weit und breit kein Fischerkahn. Auf hoher See, halb unter dem Horizont, wartete ein Fahrzeug mit riesigen Segeln auf die Rückkehr der Landbrise und traf seine Vorkehrungen wie ein Zugvogel, der eben dabei ist, mächtige weiße Schwingen zu entfalten. Madeleine schlief halb liegend. Ihre zarten, leicht geöffneten Hände hatten sich aus denen des Grafen gelöst. Die Hitze, die besonders stark war, verlieh ihren Wangen lebhaftere Farben. Die beiden Reihen ihrer kleinen weißen Zähne, die zwischen den offenen Lippen zum Vorschein kamen, glichen den beiden Reihen eines Perlmuttergehäuses. Außer mir behütete niemand den Schlaf des reizenden Geschöpfes. Julie überließ sich einem unbestimmten Sehnen und beobachtete dabei unverwandt den großen Segler, der sich zur Weiterfahrt rüstete. Ich versuchte, die Augen zu schließen; ich wollte nichts mehr sehen und gab mir die redlichste Mühe zu vergessen. Dann erhob ich mich, ging nach vorn und legte meinen bloßen Kopf an den brennendheißen Bugspriet; aber ob ich wollte oder nicht, meine Augen wanderten immer wieder zurück zu Madeleine, die in ihrem leichten Musselingewand auf dem groben Leinen schlief, das ihr als Lager diente. Ich weiß nicht, ob mein Entzücken größer war oder meine Qual; und noch schwerer fiel es mir, ernsthaft zu behaupten, daß ich wirklich nicht mehr begehrt habe als die Keuschheit und Erlesenheit eines Anblicks, der mich zugleich bannte und verführte. Um keinen Preis der Welt würde ich die leiseste Bewegung gemacht haben, weil sie der Verzauberung ein Ende bereitet hätte. Ich weiß nicht, wie lange dieses wirkliche Entrücktsein gedauert hat; weiß nicht, ob es mehrere Stunden oder wenige Minuten gewesen sind. Jedenfalls hatte ich Zeit, mir genaue Rechenschaft abzulegen, soweit ein Kopf dazu imstande ist, der mit einem ruhelosen Herzen im Streit liegt.

Als meine Freunde erwachten, fanden sie mich beim Betrachten der Kielspur.

»Wie schön ist der Tag!« rief Madeleine mit der strahlenden Miene einer glücklichen Frau.

»So schön, daß man manches vergessen könnte«, fügte Olivier hinzu. »Und das wäre nicht schade.«

»Haben Sie denn soviel Sorgen?« fragte Herr de Nièvres lächelnd.

»Wer weiß«, lautete Oliviers Antwort.

Es kam kein Wind mehr auf. Das Meer war ohne jede Bewegung und nötigte uns, bis zum Einbruch der Dunkelheit draußen zu bleiben. Gegen sieben Uhr, als die runde Scheibe des vollen Mondes sich durch den Dunst schob, der sich rötlich färbte und dann über dem Erdball aufstieg, fiel der letzte Hauch, und wir mußten rudern. Diese Szene ist mir oft durch den Kopf gegangen und hat mich zum Schreiben oder, wie man in jenen Jahren sagte, zum Besingen gereizt. Damals schien es mir nur eine einzige Sprache zu geben, um die im Grunde unaussprechlichen Empfindungen einer solchen Stunde auszudrücken. Aber welche Worte soll ich heute finden, wo meine Erlebnisse in den Büchern anderer zu lesen sind, von denen mancher Unsterblichkeit erlangt hat? Unter den Nachtgestirnen, und während die Ruder den Takt schlugen, kehrten wir heim; und ich glaube, die uns geführt haben, waren Elviras Fergen.

Der Sommer nahm Abschied. Schon kamen die ersten Nebel, und alsdann kündigte Regen das Nahen des Winters an. Der Tag, an dem die Sonne, die uns so reich gesegnet hatte, verschwand, um sich nur noch bisweilen als bleiches Gestirn auf sinkender Bahn zu zeigen, war für mich von so düsterer Vorbedeutung, daß er mir das Herz zerriß.

Als sei uns allen das gleiche Abschiedszeichen gegeben worden, sagte Madeleine noch am selben Tage: »Es wird Zeit, an Ernsteres zu denken. Die Vögel, denen wir hätten folgen sollen, sind schon seit einem Monat fort. Ich glaube, wir machen es am besten wie sie. Der Herbst geht zu Ende. Kehren wir nach Paris zurück!«

»Schon!« erwiderte ich mit einem Ton des Bedauerns, den ich nicht zu unterdrücken vermochte. Sie stutzte wie über einen Klang, der ihr bei mir noch nicht begegnet war.

Abends schien sie ernster als sonst. Auch glaubte ich zu bemerken, daß sie mich, wenn auch unauffällig, im Auge behielt. Ich richtete mein Verhalten nach diesen leichten und doch beunruhigenden Mahnungen. In den nächsten Tagen hatte ich mich besser in der Hand, und zu meiner Freude glückte es mir, Madeleines Vertrauen wiederzugewinnen und mich selbst völlig zu beruhigen.

Die letzten Stunden, die uns verblieben, benutzte ich, um das Durcheinander von Eindrücken, das sich in meinem Gedächtnis angesammelt hatte, für die Zukunft zu ordnen. Das, was sich als schön und unvergeßlich eingeprägt hatte, stellte ich wie zu einem Gemälde zusammen; und das Ergebnis war, daß die ganze Zeit, abgesehen von der letzten kleinen Verdunkelung, schon aus geringer Entfernung gesehen, keine Schatten warf, obschon es ihr nicht an Leid gefehlt hatte. Die ruhige und doch so leidenschaftliche Verehrung verlieh ihr einen unvergänglichen Glanz.

Eines Tages überraschte mich Madeleine auf den gewundenen Parkwegen, während ich meinen Erinnerungen nachging. Julie folgte ihr mit einem riesigen Chrysanthemenstrauß, den sie für die Vasen im Salon gepflückt hatte. Durchscheinende Lorbeersträucher trennten uns.

»Schreiben Sie ein Sonett?« rief Madeleine durch die Zweige.

»Ein Sonett?« gab ich zurück. »Weshalb? Bin ich denn überhaupt dazu imstande?«

»Aber ganz gewiß«, sagte sie; und das kleine Lachen, das ihren Worten folgte, klang in den durchsichtigen Zweigen wie das Zirpen einer Grille. Ich machte kehrt und ging auf einem Seitenwege neben ihr, während die Büsche uns immer noch schieden.

»Olivier ist ein Schwätzer«, rief ich ihr zu.

»Durchaus nicht. Er hat ganz recht getan, Sie zu verraten. Sonst hätte ich nämlich geglaubt, Sie wären das Opfer einer unglücklichen Liebe, während ich jetzt weiß, weshalb Sie manchmal zerstreut sind. Was Ihnen Kummer bereitet, sind Reime.«

Bei den letzten Silben lag in ihrer Stimme etwas von einem verschmitzten Tadel.

Der Augenblick der Abreise rückte näher; ich konnte mich jedoch nicht mit ihr abfinden. Vor Paris graute mir mehr denn je. Madeleine würde dort sein. Ich durfte sie sehen, aber was würde es mich kosten? In ihrer Gegenwart brauchte ich keine Schwäche zu fürchten, wenigstens keine bedrohliche. Aber wie viele neue Gefahren würden sich ergeben, wenn die eine wirklich wegfiel? Das Dasein, das wir hier geführt hatten, so müßig und dabei so unvorsichtig, so ruhig und dabei so aufregend, so voll weit zurückliegender und zugleich gegenwärtiger Eindrücke, ganz auf Überkommenem fußend, alles Frühere übernehmend und doch völlig neu durch die Empfindungen eines anderen Lebensalters: in diesen beiden Monaten war mir die Welt schemenhafter geworden als je zuvor, und ich fürchtete mich noch viel mehr vor einer Veränderung. Vor vier Jahren hatte ich Les Trembles zum ersten Male verlassen; und Sie werden sich vielleicht entsinnen, wie schwer die Trennung mir geworden war. Die Erinnerung an jenes Lebewohl, das erste, das ich zu einer geliebten Umwelt hatte sagen müssen, erwachte in derselben Jahreszeit, an denselben Stätten, unter ähnlichen äußeren Umständen; aber es kamen ganz andere Gefühle hinzu, und alles schmerzte in einer neuen und besonderen Art.

Für den Vorabend der Abreise plante ich einen Spaziergang. Alle erklärten sich einverstanden. Es sollte der letzte sein. Ohne eigentlichen Grund ahnte ich, daß meine Dorfstraße uns nie mehr beieinander sehen würde. Das Wetter war regnerisch; und Madeleine, die in der Provinz aufgewachsen und abgehärtet war, meinte, eben darum eigne es sich für Abschiedswege. Die letzten Blätter fielen. Rötliche Laubreste und die kahlen, toten Zweige vereinigten sich zu einem traurigen Bild. Auf dem öden, düsteren Flachland zeigte sich keine einzige dürre Stoppel, die an den Sommer oder Herbst erinnerte; es zeigte sich aber auch kein junger Halm, der eine Hoffnung auf die Wiederkehr der fruchtbaren Zeit hätte nähren können. Ab und zu fuhr noch ein Karren, von rotbraunen Rindern gezogen. Sie bewegten sich so langsam, als blieben sie immer wieder im Lehmboden stecken. Aus weitester Ferne vernahm man den Ruf des Knechtes, der die Tiere antreiben sollte; und bei der vollkommenen Stille des grauen Tages setzten sich die mürrischen, nur unserer Gegend eigentümlichen Laute bis ins Unendliche fort. Hin und wieder fiel ein dünner, warmer Regen und hing wie ein zarter Schleier im Raum. Wo die schmalen Kanäle mündeten, begann das Brüllen des Meeres. Wir folgten der Küste. Die Sümpfe standen unter Wasser. Die Flut hatte den Garten am Leuchtturm zum Teil überschwemmt und bespülte nun friedlich die Grundmauern des Baues, der nichts als ein kleines Eiland unter sich hatte.

Madeleine bewegte sich ohne Mühe auf den aufgeweichten Wegen. Nach jedem Schritt blieb im nachgebenden Boden ein Abdruck ihrer hohen, schmalen Absätze zurück. Ich betrachtete die vergängliche Spur und ging ihr nach. Deutlich lief sie neben der unseren einher. Ich rechnete aus, wie lange sie wohl bestehen könnte, und wünschte, sie möchte als ein Zeugnis dieser Zeit immer eingegraben bleiben für die traurigen Tage, an denen ich hier ohne sie würde wandeln müssen. Dann überlegte ich, daß der erste Passant sie auslöschen, daß sie beim geringsten Regen verschwinden würde; und ich blieb stehen, um das Hin und Her des Pfades und die einzigartigen Fußstapfen nicht zu vergessen, die das Wesen zurückgelassen hatte, das für mich sogar in dem Lande, in dem ich geboren worden, mehr galt als alles andere.

Als wir uns Villeneuve näherten, wies ich auf die helle Straße, die, wenn sie das Dorf verlassen hat, schnurgerade verläuft, so weit man sehen kann.

»Das ist die Straße nach Ormesson«, sagte ich zu Madeleine. Der Name Ormesson schien eine Reihe von halb verblaßten Erinnerungen in ihr zu wecken. Aufmerksam folgten ihre Blicke der langen, von Ulmen gesäumten Bahn. Sämtliche Bäume waren von den Meereswinden zur Seite gedrückt worden. Fern sah man rollende Wagen, von denen einige Villeneuve zustrebten, während andere sich entfernten.

»Diesmal brauchen Sie nicht allein zu reisen«, erwiderte sie.

»Werde ich deshalb glücklicher sein? Bin ich deshalb sicherer, daß mir Schmerzen erspart bleiben? Und wo werde ich das finden, was ich hier zurücklassen muß?«

Da nahm Madeleine meinen Arm, drückte sich fest an mich, als wollte sie sich selbst ganz loslassen, und sagte nur: »Sie sind undankbar, lieber Freund.«

Mitte November, an einem kalten Morgen, an dem es gereift hatte, verließen wir Les Trembles. Die Wagen folgten der Landstraße und fuhren bis Villeneuve, genau wie es ehemals mit mir geschehen war, und meine Blicke wanderten bald über das Land, bald zu den lauteren Zügen Madeleines, die mir gegenübersaß.

XII

Mit den glücklichen Tagen war es vorbei. Nach dem Ende der kurzen Idylle hatte ich einen noch größeren Kummer zu ertragen. Madeleine und Herr de Nièvres hatten sich kaum in dem kleinen Pariser Privathause eingerichtet, in dem sie von nun an abstiegen, da begannen sie auch schon mit Empfängen; und der gesellige Verkehr störte unsere kleine Gemeinschaft aufs empfindlichste.

»Einmal in der Woche bin ich für jeden zu Hause, der nicht zur Familie gehört«, sagte Madeleine. »Für Sie bin ich immer da. In der nächsten Woche gebe ich einen Ball. Wollen Sie kommen?«

»Einen Ball? Das lockt mich nicht sehr.«

»Warum? Haben Sie Angst vor den Menschen?«

»Wie vor einem Feinde.«

»Glauben Sie, daß ich mich besonders freue?«

»Also gut. Sie geben das Beispiel, und ich folge.«

Am angegebenen Abend fand ich mich pünktlich ein. Es hatte sich erst eine geringe Zahl von Geladenen im ersten Salon am Kamin um Madeleine versammelt. Als ich gemeldet wurde, ging sie mir mit einer Vertraulichkeit entgegen, die ganz gewiß keinen Tadel verdiente. Sie machte sich von den Umstehenden los, stand unversehens vor mir und schien mir nun vom Kopf bis zu den Füßen die Verführung in Person. Noch nie hatte ich sie in der aufregenden Pracht eines Ballkleides gesehen. Ich erbleichte, und statt ihren Blick ruhig zu erwidern, starrte ich unverwandt auf die Diamantschleife, die auf ihrer Brust schimmerte. Einen Augenblick standen wir uns gegenüber. Sie war verwirrt; ich aufs tiefste bestürzt. Die Gesellschaft merkte nichts von der plötzlichen Verlegenheit, die unserer üblichen Zurückhaltung ein Ende bereitete. Madeleine errötete, ihre Schultern zitterten, dann überkam sie ein Frösteln. Darauf unterbrach sie sich mitten in einem nichtssagenden Satz, trat an ihren Sessel, nahm ihren Spitzenschal und legte ihn auf die natürlichste Weise um. Das konnte mancherlei bedeuten. Ich erblickte darin den unschuldigen Ausdruck eines freundlichen Entgegenkommens. Madeleine erschien mir herrlicher als je zuvor; und ich konnte meine Fassung den ganzen Abend nicht wiedergewinnen. Auch sie vergaß sich einen Augenblick. Ich kannte sie zu genau, als daß ich mich hätte täuschen lassen. Ein paarmal überraschte ich sie dabei, daß sie mich ohne Grund ansah, als stehe sie unter dem Einfluß eines Eindrucks, der noch vorhielt; dann gaben die geselligen Pflichten ihr eine immer größere Sicherheit. Der Verlauf des Festes wirkte sich bei uns beiden im entgegengesetzten Sinne aus. Sie wurde immer ungezwungener und schließlich fast ausgelassen; mir wurde um so trauriger zumute, je fröhlicher ich sie sah; und ich wurde um so bekümmerter, je mehr Züge ich an ihr entdeckte, die ein engelgleiches Geschöpf in eine vollkommene Dame verwandelten.

Sie war zum Anbeten schön, und der Gedanke, daß viele andere das ebenso genau wußten wie ich, bohrte sich in mein Herz wie ein bitterer Stachel. Bisher war meine Liebe zu Madeleine durch ein Wunder von dem Gift aller schlechten Gefühle verschont geblieben. »Also noch eine Qual mehr«, sagte ich mir jetzt. Ich hatte geglaubt, alle nur erdenklichen Schwächen durchlitten zu haben, aber meine Leidenschaft sollte offenbar noch manche Probe zu bestehen haben. Nicht die gefährlichste stand noch aus, aber die häßlichste. Ich sah Madeleine im Kreise von Verehrern, und wenn ich in ihre Nähe kam, hörte ich Worte, die mir weh taten. Ich war eifersüchtig.

Eifersucht gesteht man sich nicht gern ein. Und doch verurteile ich sie nicht. Jede Demütigung kann einen Gewinn bringen; und auch meine Eifersucht führte zu manchem Guten. Wäre ich ihrer Herr geworden, würde ich vermutlich begriffen haben, daß meine überspannte, unerlaubte, unglückliche und etwas geschraubte Liebe, der sogar ein bißchen Hochmut anhaftete, sich gar nicht so übermäßig von einer alltäglichen Leidenschaft unterschied. Sie war weder besser noch schlechter, und anders höchstens darin, daß ihr jede Zuversicht fehlte. Und wie manche Überlegenheit in dieser Welt nur auf einem Mangel an Urteil oder an Lebendigkeit beruht: wer weiß, wie sie sich bei weniger Leichtsinn und bei etwas mehr Glück entwickelt hätte!

»Tanzen Sie nicht?« fragte Madeleine, als ich ihr bald darauf, ohne es zu wollen, in den Weg lief.

»Nein, ich tanze nicht.«

»Auch mit mir nicht?« lautete die etwas erstaunte Antwort.

»Weder mit Ihnen noch mit irgend jemandem sonst.«

»Wie Sie wollen«, erwiderte sie in frostigem Ton, als sie meine mürrische Miene erblickte.

Ich sprach den ganzen Abend nicht mehr mit ihr und vermied es, ihr zu begegnen, ohne sie indes völlig aus den Augen zu lassen.

Olivier kam erst nach Mitternacht. Ich unterhielt mich gerade mit Julie, die nur wider Willen getanzt hatte und zu tanzen aufhörte, sobald er, leicht, gelassen, ungezwungen und lächelnd eintrat. Er hatte den geraden, offenen Blick, mit dem er sich jedesmal wie durch eine vorgehaltene Klinge schützte, wenn er sich neuen Gesichtern, und besonders Frauengesichtern gegenübersah. Er ging auf Madeleine zu und drückte ihr die Hand. Dann machte er die Runde, begrüßte ein paar Frauen, die er kannte, ging zu Julie und nahm zutraulich neben ihr Platz.

»Madeleine sieht sehr gut aus. Ja, und du, du siehst auch gut aus, meine kleine Julie.«

Das sagte er, bevor er das Ballkleid seiner Cousine auch

nur eines Blickes gewürdigt hatte. Dann fuhr er in gleichmütigem und gelangweiltem Tone fort:

»Aber die beiden Schleifen stehen dir nicht.«

Julie rührte sich nicht. Anfangs schien sie überhaupt nicht zuzuhören. Darauf wandte sie den tiefdunklen Schmelz ihrer glanzlosen Pupillen Olivier zu und musterte ihn ein paar Sekunden lang mit so durchdringendem Blick, daß sogar seine unerschütterliche Sicherheit ins Wanken geriet. Und dann stand sie auf und sagte zu mir: »Wollen Sie mich bitte zu meiner Schwester führen!«

Als ich ihren Wunsch erfüllt hatte, beeilte ich mich, Olivier wieder zu treffen.

»Weißt du, daß du Julie gekränkt hast?«

»Möglich, aber sie fällt mir auf die Nerven.«

Damit drehte er mir den Rücken, um jedem weiteren Drängen vorzubeugen.

Ich besaß den Mut – war es wirklich Mut? –, bis zum Ende des Festes auszuharren. Ich hatte das Bedürfnis, Madeleine nach dem Fortgehen der Leute, die sich sozusagen in sie geteilt hatten, noch einmal aus der Nähe und womöglich unter vier Augen zu sprechen. Ich bat Olivier, auf mich zu warten, und setzte hinzu, daß er sein verspätetes Kommen wiedergutzumachen habe. Ob er diesen Grund für stichhaltig ansah oder ob er merkte, daß ich ihn nur vorschützte, weiß ich nicht. Jedenfalls ließ er sich bestimmen und gab nach. Wir waren gegenseitig in ein Versteckspiel geraten, das aus unserer schönen, ehrlichen Freundschaft eine unklare und verworrene Beziehung machte. Seit unserem Aufenthalt in Les Trembles und vor allem seit unserer Rückkehr nach Paris hatte Olivier offenbar den Entschluß gefaßt, jede Bevormundung zu unterlassen, was er auch von meinem Verhalten denken mochte. Es war drei oder vier Uhr morgens. Mit ein paar hartnäckigen Spielern, die sich verspätet hatten, hockten wir im Salon, als hätte man uns vergessen. Als wir den Raum schließlich verließen, weil wir nichts mehr hörten, waren keine Musiker, keine Tänzer und keine Gäste mehr zu sehen. Frau de Nièvres saß hinten im verödeten Salon und unterhielt sich lebhaft mit Julie, die wie eine Katze in einem Sessel kauerte. Sie stieß einen Ruf der Überraschung aus, als sie uns inmitten dieser Wüste, zu dieser Stunde, nach einer endlosen, schlecht verbrachten Nacht plötzlich auftauchen sah. Sie war müde. Spuren von Ermattung umschatteten ihre schönen Augen und gaben ihnen den ungewöhnlichen Glanz, der die Folge nächtlicher Feste zu sein pflegt. Herr de Nièvres und ebenso Herr d'Orsel spielten. Sie saßen neben Julie, und nur ich stand, mich auf Olivier stützend. Die Kerzen waren am Erlöschen. Eine rötliche Dämmerung senkte sich herab und bildete eine Art von leichtem Nebel, der sich aus dem feinen, duftenden Staub und den abgestandenen Gerüchen eines beendeten Balles zusammensetzt. Auf Möbeln und Teppichen lagen Reste von Blumen, zerfetzte Sträuße, vergessene Fächer und Heftchen, in die die Tänzer sich eingetragen hatten. Im Hof rollten die letzten Wagen davon; ich hörte, wie Trittbretter aufgerichtet wurden, und die kurzen Geräusche, die beim Hochziehen der Fensterläden entstehen.

Die vergangenen Wochen, in denen wir oft in ebenso enger Gemeinschaft, aber unter ganz anderen Umständen und in einer für immer verlorenen Herzenseintracht zusammen gewesen waren, standen mir lebhaft vor Augen; und dann geschah blitzartig, was ich Ihnen jetzt wiederzugeben versuche. Wie der Zuschauer im Theater vermochte ich mich von meiner Person zu lösen und mich ganz in den Anblick der kleinen, aus vier Menschen bestehenden Gruppe zu versenken: das Fest ist beendet; schweigend betrachten sie einander, durch ein zufällig hingeworfenes Wort kommen sie zu einem Gedankenaustausch; sie wollen das Alte erneuern, stoßen jedoch immer wieder auf Hindernisse; sie versuchen, sich zu verstehen wie früher, können es aber nicht. Ja, eine Tragödie vollzog sich zwischen uns, und ich überblickte sie vollkommen. Jedem war eine Rolle zugedacht worden; nur wußte ich nicht genau, welche. Ich sagte mir, daß die meine die schwerste und wohl auch die gefährlichste sein würde, übernahm sie jedoch kaltblütig und war sogar kühn genug, einen mutigen Schritt in die Vergangenheit zu tun, indem ich vorschlug, den Abend mit einem Spiel zu beschließen, das uns im Hause meiner Tante immer viel Vergnügen bereitet hatte. In diesem Augenblick betraten, da die letzten Gäste sich verzogen hatten, Herr d'Orsel und Herr de Nièvres den Salon.

Herr d'Orsel behandelte uns alle wie Kinder, einschließlich seiner ältesten Tochter, die er in seiner Freude und Zärtlichkeit jünger machte und der er sogar Kosenamen gab wie in ihrer Jungmädchenzeit, als sie noch die Klosterschule besuchte. Herr de Nièvres verhielt sich kühl, und der Anblick des vertraulichen Quartetts schien auf ihn eine ganz andere Wirkung auszuüben. Ich weiß nicht, ob ich es mir einbildete oder ob es den Tatsachen entsprach: jedenfalls fand ich ihn geschraubt, frostig und hart. Sein Benehmen mißfiel mir. Mit der etwas zu hohen Krawatte, dem tadellos sitzenden Anzug und der stets etwas aufdringlichen Haltung eines Mannes, der dabei ist, in seinem Hause feierlich Gäste zu empfangen, und sich dabei in seinem Element fühlt, glich er dem liebenswürdigen, formlosen Jäger, der in Les Trembles mein Gast gewesen war, noch weniger als Madeleine, mit ihrer funkelnden Rosette auf der Brust und der prächtigen, von Diamanten blitzenden Frisur, der anspruchslosen, furchtlosen Fußgängerin, die uns noch vor einem Monat im Regen und mit nassen Füßen am Strande begleitet hatte. Waren es nur äußerliche Veränderungen, oder hatten die Gefühle sich gewandelt? Herr de Nièvres legte wieder das etwas gezirkelte Benehmen an den Tag und zeigte wieder den hochmütigen Ton, der mir damals aufgefallen war, als er Madeleine im Salon Orsel so förmlich den Hof gemacht hatte. Ich glaubte in seinen Blicken eine mir bisher nicht bekannte Kälte und dazu die stolze Sicherheit des Mannes zu spüren, der mir beweisen wollte, daß Madeleine seine Frau und daß ich gar nichts sei. Möglich, daß diese Vorstellung der erfinderischen Einbildung eines kranken Herzens entsprang; jedenfalls war mir einen Augenblick lang, als erteile er mir eine unmißverständliche Warnung. Wir verabschiedeten uns kurz und stürzten uns in ein Gefährt. Ich stellte mich schlafend, und Olivier machte es wie ich. Im Geist ging ich alles durch, was sich am Abend begeben hatte, und ich wurde die Empfindung nicht los, daß er den Keim zu manchem Kummer enthielt. Dann dachte ich an Herrn de Nièvres. Ich war der Meinung gewesen, ich hätte ihm für immer vergeben; und jetzt mußte ich feststellen, daß ich ihn verabscheute.

Eine Reihe von Tagen, es muß mindestens eine Woche gewesen sein, verging, ohne daß ich Madeleine ein Lebenszeichen gab. Ich wußte, daß sie abwesend war, und benutzte die Gelegenheit, um meine Karte bei ihr abzugeben. Nach Erfüllung dieser Höflichkeitspflicht glaubte ich Herrn de Nièvres gegenüber meiner Schuld ledig zu sein. Was Frau de Nièvres anging, so grollte ich ihr. Den Grund wollte ich mir nicht eingestehen, aber im Augenblick gab der bittere Verdruß mir die Kraft, sie zu meiden.

Von dem Tage an zog das Pariser Leben uns in seinen Bann, und wir wurden in einen Trubel hineingerissen, bei dem die Köpfe in Gefahr sind, sich zu verlieren, und wo bei den gesündesten Herzen die Rechnung tausend zu eins steht, daß sie Schiffbruch leiden. Ich kannte die Welt fast gar nicht. Jetzt, nachdem ich ihr ein Jahr ferngeblieben war, wurde ich plötzlich im Salon von Frau de Nièvres eingeführt und hatte alle möglichen Gründe, ihren Geboten zu folgen. Ich konnte ihr gegenüber noch so oft wiederholen, daß ich für ein solches Leben nicht geschaffen sei. Sie hätte mir nie etwas anderes erwidert als: »Dann gehen Sie!« In Wirklichkeit freilich würde sie mir diesen Rat ebensowenig gegeben haben, wie ich ihn befolgt haben würde. Sie hatte die Absicht, mich in den Salons einzuführen, in denen sie verkehrte. Ich sollte die äußerlichen Pflichten, die man ihrer Meinung nach von einem Manne aus gutem Hause verlangen kann, genauso pünktlich erfüllen wie sie, zumal sie mich als ihren Schützling betrachtete. Oft äußerte sie nur eine freundliche Bitte, aus der meine Phantasie, die stets bereit war, alles zu verwandeln, sofort einen Befehl machte. Ich fühlte mich in einem fort verletzt und ständig unglücklich; und doch lief ich ihr nach. Und wenn ich ihr nicht nachlief, vermißte ich sie. Ich verwünschte jeden, der mir das Zusammensein mit ihr streitig machte, und war doch verzweifelt.

Zuweilen lehnte ich mich ernstlich gegen ein Leben auf, das viel Zerstreuung, aber keinen Gewinn, ja, nicht einmal ein sonderliches Wohlbefinden brachte und das mir dazu noch den Rest meiner Vernunft raubte. Die Leute, deren ich mich bedienen mußte, um mit Madeleine in Fühlung zu bleiben, wenn Vorsicht oder andere Gründe mich ihrem Hause fernhielten, haßte ich. Ich argwöhnte sicher nicht mit Unrecht, daß sie nicht nur meine, sondern auch Madeleines Feinde waren. Kein Zweifel, daß ein Geheimnis, das dauernd solchen Gefahren ausgesetzt war, irgendwann, einer vom Winde gepeitschten Flamme gleich, eines Tages Funken von Unbesonnenheit sprühen würde, die es verrieten. Es mußte ans Licht kommen, mindestens aber mußte es geahnt werden. In einem fort begegnete ich Menschen, denen ich anzusehen glaubte, daß sie Bescheid wüßten. Was hatte ich von ihnen zu erwarten? Ratschläge? Oh, diese Ratschläge kannte ich; denn ich hatte sie von einem einzigen Menschen bekommen, dessen Freundschaft sie mir allenfalls erträglich machte, von Olivier. Mitwissertum und Mitwisserdienste? Nein, hundertmal nein. Die erfüllten mich mit noch größerem Bangen als die ärgste Verschwörung gegen mein Glück, wofern ein so trauriges und mageres Glück überhaupt für jemanden von Reiz sein konnte.

Madeleine sagte ich immer nur die halbe Wahrheit. Ich verhehlte ihr meine Abneigung gegen die Welt nicht und verschwieg nur den ganz persönlichen Anlaß zu manchem Kummer. Wenn es sich aber um ein allgemeines Urteil über die Menschen handelte, unabhängig von dem ständigen Mißtrauen, das mich dazu verführte, in jedem Dritten einen Räuber meines Glücks zu sehen, dann ließ ich meinen Schmähungen mit einer wilden Freude ihren Lauf. Ich behauptete, die Welt hasse alles, woran ich hänge; und das Gute und alle achtbaren Gefühle und Gesinnungen seien ihr völlig gleichgültig. Ich erzählte Madeleine von tausend Vorgängen, die jeder zarte Mensch als Beleidigung empfinden mußte, und schilderte ihr die schamlosen Sitten, die noch schamloseren Liebschaften und die Gewissenlosigkeit, mit der Ehrgeiz, Ruhm und Eitelkeit jeden Preis zahlen, wenn es darum geht, ihr Ziel zu erreichen. Ich machte sie auf die skrupellose Art aufmerksam, mit der die Leute sich nicht etwa nur einer bestimmten Pflicht, sondern jeder Pflicht entziehen; auf den Mißbrauch, der mit der Sprache getrieben wird; auf das Durcheinander aller Maßstäbe, dessen Folge ist, daß man die einfachsten Begriffe verwechselt und daß man sich über nichts mehr verständigen kann, weder über das Gute und Wahre noch über das Schlechte und Schlechteste, so daß es keinen erkennbaren Unterschied mehr gebe zwischen Ruhm und Ansehen, keine klare Grenze zwischen Verbrechen und Torheit. Ich erklärte, hinter dem oberflächlichen Frauenkult, der nichts als eine Mischung aus Anbetung und Geschwätz sei, stecke im Grunde nur tiefe Verachtung; und die Frauen täten Unrecht, wenn sie den Männern gegenüber den Schein von Tugend aufrechterhielten, da die Männer es den Frauen gegenüber an jedem Respekt fehlen ließen.

»Das alles ist abscheulich, und wenn mir die Aufgabe zufiele, ein einziges Haus in dieser verkommenen Stadt zu retten, dann wüßte ich, welches ich des Zeichens der Ausnahme für würdig hielte.«

»Und das Ihre?« erwiderte Madeleine.

»Ja, das meine auch, aber nur, um mit Ihnen die Flucht zu ergreifen.«

Wenn ich mit meinen vielen Verwünschungen am Ende war, lächelte Madeleine bekümmert. Ich wußte, daß sie meine Ansichten teilte, denn sie war die Klugheit, die Rechtschaffenheit und die Aufrichtigkeit in Person. Aber sie gab mir nicht gern recht, weil sie sich schon seit geraumer Zeit fragte, ob ich trotz meiner zutreffenden Beobachtungen ganz ehrlich sei. Seit kurzem hatte sie sich offenbar entschlossen, dem Teil meines Junggesellendaseins, der sich außerhalb ihrer Sphäre abspielte, dem deshalb jedoch nicht das geringste Geheimnis anhaftete, keine Beachtung zu schenken. Sie wußte kaum, wo ich wohnte; mindestens gab sie sich den Anschein, als sei es ihr unbekannt oder als habe sie es vergessen. Nie fragte sie mich, was ich an den Abenden tue, die ihr nicht gehörten, obschon es doch durchaus ihr Recht war, sich darüber Gedanken zu machen. Trotz meines unregelmäßigen Lebens, dem es an Schlaf fehlte und das einem ständigen Fieberzustande glich, hatte sich bei mir eine Art von krankhafter Willenskraft, ja ein unersättlicher geistiger Hunger entwickelt, der zum Arbeiten drängte. In wenigen Monaten hatte ich das Verlorene so ziemlich wieder eingebracht; und auf meinem Tisch sammelte sich, den auf einer Tenne geschichteten Garben vergleichbar, eine neue Ernte, deren Ertrag jedoch zweifelhaft war. Über kein anderes Thema sprach Madeleine so völlig ungezwungen, aber hier war ich derjenige, der Schranken errichtete. Von meiner geistigen Beschäftigung, meiner Lektüre und meinen Arbeiten – und sie hat an dem allem bei Gott mit großem Stolz und mit großer Liebe teilgenommen – erzählte ich ihr immer und immer nur, daß ich unzufrieden sei. Wenn bei einer Freundschaft, für die es außer dem einen großen Geheimnis kein Geheimnis gab, noch etwas trübe blieb, dann war es der Umstand, daß Madeleine jede Aussprache als unnötig und unklug ablehnte. Es gab einen heiklen Punkt in unserer Beziehung, der bald weniger, bald mehr im Dunkeln lag und der wie alle gefährlichen Wahrheiten nie ins volle Licht gerückt werden durfte.

Daß Madeleine Bescheid wußte, unterlag keinem Zweifel. Aber seit wann? Vielleicht seit jenem Tage, an dem sie, selbst erregter als sonst, das Wehen einer Leidenschaft gespürt hatte, die sich mit der kühlen Temperatur unserer alten Freundschaft nicht vertrug. Sobald ich dieser Tatsache sicher zu sein glaubte, genügte sie mir nicht mehr. Ich wollte den Beweis, ja, ich wollte Madeleine, auf welche Art immer, zwingen, ihn selbst zu liefern. Nicht einen Augenblick hinderte mich die Einsicht, daß so ein Vorgehen abscheulich, schlecht und verächtlich sei. Ich bedrängte sie mit stummen Fragen. Vielem Unausgesprochenen, das bei Menschen, die sich so genau kennen, wie wir uns kannten, oft Worte ersetzt, ließ ich eine größere Deutlichkeit folgen. Wir bewegten uns äußerst behutsam auf einem Gelände, das mit Fallen übersät war; und ich stellte auf Schritt und Tritt neue Schlingen. Mich packte eine unnatürliche Lust,

Madeleine zu peinigen, zu bedrängen und sie schließlich aus ihrer Zurückhaltung herauszulocken. Ich wollte mich für das lange Schweigen rächen, das Schüchternheit, Rücksicht, Achtung und schließlich auch Mitleid mir der Reihe nach auferlegt hatten. Die Maske, die ich nunmehr seit drei Jahren trug, peinigte mich zu sehr. Ich warf sie ab. Ich fürchtete die Wahrheit nicht, obschon sie Madeleine im tiefsten erschrecken mußte, und obschon diese blinde, mörderische Eindringlichkeit ihren Frieden vielleicht für immer zerstörte. Es war eine Entgleisung, von der ich nicht gern spreche. Ich litt kaum noch, so völlig hatte ich mich verrannt. Ich handelte nach einem festen Plan, mit klarem Kopf und völlig gewissenlos, als ginge es um eine Fechtübung, bei der ich meine Selbstachtung als Preis eingesetzt hatte.

Dieser unsinnigen Taktik begegnete Madeleine plötzlich mit unerwarteten Verteidigungsmaßnahmen. Sie erwiderte mit einer vollkommenen Ruhe, mit dem völligen Aufhören jeglichen Versteckspiels und mit einer unangreifbaren Harmlosigkeit. Langsam errichtete sie zwischen uns eine stählerne Wand aus undurchdringlicher Kälte und Widerstandsfähigkeit. Ich stieß gegen ein neues Hindernis, dessen ich nicht Herr zu werden vermochte. Ich versuchte noch einmal, mich verständlich zu machen, aber meine Klugheit versagte. Ich schärfte die Pfeile meiner Worte, aber sie drangen nicht bis zu ihr. Sie nahm sie, spielte mit ihnen und machte sie ungefährlich, indem sie eine Antwort gab, die keine war, als finge sie ein Geschoß so geschickt auf, daß es seine Wirkung verlor. Das Ziel dieses Verhaltens, die Art, wie sie mich empfing, wie sie mir freundlich die Hand drückte, wie sie mich groß, aber kurz und unauffällig ansah; mit einem Wort, der Sinn des ganzen bewundernswerten und quälenden Aufgebotes an angeborener Kraft und Klugheit war: »Ich weiß nichts; und wenn Sie der Meinung waren, daß ich je das Geringste gewußt habe oder auch nur ahne, dann haben Sie sich getäuscht.«

Daraufhin zog ich mich für einige Zeit zurück; so schämte ich mich und so verärgert war ich über meine Ohnmacht.

Als ich dann aber mit vernünftigen Gedanken und mit dem Vorsatz, mich zu bessern, wiederkam, schien Madeleine dieses Vorgehen ebensowenig zu begreifen, wie sie sich mit dem früheren hatte befreunden können.

Dies alles begab sich mitten im gesellschaftlichen Treiben, das sich in diesem Jahre bis weit in den Frühling hinein fortsetzte. Bisweilen rechnete ich mit den Zufällen dieses kraftvergeudenden Lebens. Ich hoffte, Madeleine bei einer Unvorsichtigkeit zu ertappen, denn dann wäre ich endlich eines Herzens mächtig, das sich so sicher in der Hand hatte. Aber dergleichen geschah nicht. Schließlich war ich vor Ungeduld fast krank, und manchmal wußte ich nicht mehr, ob ich Madeleine überhaupt noch liebte. Die Vorstellung des Gegensatzes, der sie geradezu zu einem Feind stempelte, vergiftete alle Empfindungen und füllte mein Herz mit einem bösen Trachten. Es gibt staubige, halbbedeckte Tage mit hellen Sonnenblicken und Nordwinden: ihnen glichen diese aufregenden Wochen, die zwischen Glut und Eis schwankten und in denen ich oft überzeugt war, meine Liebe zu Madeleine werde eines Tages auf die traurigste und schmählichste Art enden.

Ich hielt mich ihr lange fern und ertränkte meinen Groll in einer wahren Arbeitswut. Inzwischen wartete ich auf einen Wink von ihrer Seite. Einmal traf ich Herrn de Nièvres. Bei der Begrüßung sagte er etwa: »Was tun Sie?« oder »Man sieht Sie ja gar nicht mehr.« Jedenfalls las ich in der Äußerung, auf deren Wortlaut ich mich nicht genau besinne, eine dringende Aufforderung, wieder zu erscheinen.

Ein paar Tage blieb ich noch standhaft. Aber eine neue längere Trennung mußte zu einem sinnlosen Zustande führen, der lange dauern konnte, ohne daß eine Entscheidung fiel. Zuletzt entschloß ich mich, die Dinge auf die Spitze zu treiben. Ich stürzte zu Madeleine. Sie war allein. Ich trat rasch ein, ohne mir recht darüber im klaren zu sein, was ich sagen oder tun wollte, aber mit dem üblen Vorsatz, den Eisgürtel zu sprengen und zu ergründen, ob das Herz meiner alten Freundin noch unter ihm schlage oder nicht.

Ich fand sie in ihrem Ankleidezimmer, dessen einziger

Luxus in Blumen bestand; und zwar saß sie, ganz einfach angezogen, an einem kleinen Tisch und stickte. Sie sah ernst aus, und ihre Augen waren ein bißchen gerötet, als sei sie in den letzten Nächten lange aufgewesen oder als habe sie kurz zuvor geweint. Es war das feierliche und nachdenkliche Gesicht, das sie immer hatte, wenn die Vergangenheit wieder zu erstehen und das Pensionsmädchen von ehemals wieder zu erwachen schien. Wenn man das hochgeschlossene Kleid, all die Blumen, von denen sie umgeben war, und die offenen Fenster sah, die nichts als Bäume vor sich hatten, dann konnte man glauben, sie lebe noch immer im Park von Ormesson.

Diese völlige Verwandlung, die Haltung einer Betrübten und Gefügigen, fast möchte ich sagen, einer schon halbwegs Überwundenen, zerstörte jeden Gedanken an einen Triumph und brachte auch sofort meine ganze Verwegenheit zu Fall.

»Ich fühle mich Ihnen gegenüber sehr schuldig«, sagte ich, »und bin hier, um Ihre Vergebung zu erbitten.«

»Schuldig? Vergebung erbitten?« Sie war so überrascht, daß sie Atem schöpfen mußte.

»Ja, ich bin ein Narr, meine Freundschaft ist grausam, und ich bin so untröstlich, daß ich mich vor Ihnen niederwerfen und Sie um Verzeihung bitten möchte.«

»Was soll ich Ihnen denn verzeihen?« Der stürmische Einbruch in ihre Alltagsruhe hatte sie wirklich erschreckt.

»Mein früheres Betragen, alles, was ich gesagt und getan habe, vor allem den schauerlichen Trieb, Ihnen weh zu tun.«

Sie hatte ihre Ruhe wiedergewonnen.

»Das sind ja Hirngespinste. Nichts davon ist wahr. Mag sein, daß Sie einmal einen winzigen Fehler begangen haben. Aber von dem weiß ich spätestens am nächsten Tage nichts mehr. Kennen Sie Ihr einziges wirkliches Unrecht? Es besteht darin, daß Sie mich seit einem Monat im Stich lassen. Es ist, wenn ich nicht irre, gerade heute einen Monat her« – sie ließ durchblicken, daß sie auf das Datum genau achtgegeben hatte –, »daß wir uns des Abends mit dem Versprechen getrennt haben, uns am nächsten Tage wiederzusehen.«

»Es ist richtig, daß ich nicht mehr gekommen bin. Aber das bereue ich nicht. Nein, es ist etwas ganz anderes, dessen ich mich beschuldige.«

»Das ist Geschwätz und nichts weiter als Geschwätz.« Gebieterisch fiel sie mir ins Wort. »Übrigens möchte ich fragen, wie es Ihnen geht, und was Sie treiben.«

»Viel und wenig zugleich. Das Ergebnis wird entscheiden.«

»Und dann?«

»Mehr weiß ich nicht.«

Ich wollte es so machen wie Madeleine und das Gespräch abbrechen, wann es mir paßte.

Nach ein paar Sekunden stummer Verwirrung begann sie von neuem, aber viel ruhiger und natürlicher.

»Sie sind ein schwieriger und unglücklicher Charakter. Es kostet Mühe, Sie zu verstehen, und noch mehr Mühe, Ihnen zu helfen. Ich möchte Sie ermutigen, möchte Sie fördern, und manchmal möchte ich Sie auch bedauern. Aber wenn ich frage, dann verschließen Sie sich.«

»Nur ein Wort der Erwiderung: ich werde Ihr Vertrauen durch kein Wunder an Leistungen belohnen; ja, vermutlich werde ich die Liebe meiner Freunde bitter enttäuschen.«

»Warum wollen Sie die Hoffnungen der Menschen enttäuschen, die Ihnen wohlgesinnt sind und Sie auf dem Platz sehen möchten, der Ihnen gebührt?«

Madeleine war viel sicherer geworden, weil sie sich auf einem Gelände bewegte, auf dem sie sich heimisch fühlte.

»Aus einem sehr einfachen Grunde: weil ich ohne Ehrgeiz bin.«

»Und das Arbeitsfieber, das Sie bisweilen packt?«

»Es ist ein Feuer, das sehr rasch und hoch auflodert und ebenso geschwind wieder verlischt. Es wird noch ein paar Jahre dauern; aber wenn die Illusionen einmal geschwunden sind, wenn die Jugend dahin ist, dann wird mir klarwerden, daß ich mit solchen Torheiten aufzuräumen habe. Dann werde ich das einzige Dasein führen, das mir zusteht, das heißt, das eines angenehmen Dilettanten, und zwar im allerentlegensten Winkel der Provinz, wo ich von dem aufpeitschenden und aufreizenden Pariser Leben verschont bleibe. Dort werde ich vom Bewundern anderer Talente und Genies leben, und das genügt durchaus für die Mußestunden eines Mannes, der kein Tropf ist.«

»Was Sie da vorbringen, ist unausstehlich«, erwiderte sie mit großer Lebhaftigkeit. »Offenbar macht es Ihnen Freude, die Menschen zu peinigen, die Ihnen wohlwollen. Im übrigen lügen Sie.«

»Ich schwöre Ihnen, daß ich die volle Wahrheit spreche. Schon einmal, es ist noch nicht lange her, habe ich Ihnen erzählt, daß es mich nicht danach verlangt, etwas zu werden, weil das nämlich meiner Ansicht nach gar nicht möglich ist, sondern etwas zu schaffen; denn nur so können wir meinem Bedünken nach unser armseliges Dasein rechtfertigen. Ich will versuchen, nach diesem Rezept zu leben. Aber Sie sollen mich nicht mißverstehen. Es geht dabei nicht um meine Mannesehre, mein Vergnügen und meine Eitelkeit, es geschieht weder für andere noch für mich selbst, sondern einzig, weil ich etwas aus meinem Kopf herausreißen möchte, was dort festsitzt und mich in einem fort quält.«

Nach dieser etwas merkwürdigen und undurchsichtigen Erklärung für ein an sich edles Trachten mußte sie lächeln.

»Mit derart widersinnigen Behauptungen wollen Sie sich nur interessant machen. Sie lösen alles so weit auf, daß Sie den Worten ihren Sinn und den Gedanken ihren Wert rauben. Ich war froh, weil ich glaubte, in Ihrem Kopf sei es heller geworden und es gehe in ihm geordneter und planvoller zu als in dem der meisten anderen. Daß Ihr Wille nicht stark ist, wußte ich; dafür habe ich Ihnen um so mehr Phantasie zugetraut. Jetzt geben Sie selbst zu, daß Sie keinen Willen besitzen, und die Phantasie schicken Sie plötzlich überhaupt zum Teufel.«

»Geben Sie den Dingen die Namen, die Ihnen belieben«, rief ich und flehte sie an, das Thema der Unterhaltung zu wechseln.

Das Gesprächsthema zu wechseln war jedoch nicht möglich. Wir mußten zum Ausgang zurückkehren oder fortfahren. Madeleine hielt es offenbar für sicherer, vernünftig zu reden. Ich ließ sie gewähren und antwortete nur mit dem üblichen Ausdruck der Entmutigung: »Wozu das alles?«

»Jetzt sprechen Sie genau wie Olivier, und dabei ist keiner ihm so unähnlich wie Sie.«

»Glauben Sie das wirklich?« fragte ich, und dabei warf ich ihr plötzlich leidenschaftliche Blicke zu, weil ich durchaus Macht über sie gewinnen wollte. »Glauben Sie wirklich, daß wir uns so wenig gleichen? Ich meine vielmehr, daß wir einander sehr ähnlich sind. Wir gehorchen beide blind und ausschließlich einer Macht, die uns beherrscht und verzaubert. Und was uns entzückt, das bleibt für den einen wie für den anderen unerreichbar. Das eine Mal ist es eine Illusion, das andere Mal ist es verboten. Unsere Wege sind verschieden, aber eines Tages landen wir am selben Ziel, und zwar völlig entmutigt und ohne Angehörige.«

Ich gebrauchte dieses Wort anstelle eines noch bezeichnenderen, das ich nicht aussprechen wollte.

Madeleine senkte den Blick auf ihre Arbeit und stickte etwas planlos, wie die Nadel sie gerade führte. Gesicht und Haltung hatten sich vollständig verändert. Ihr Ausdruck war wieder fügsam und ausgeliefert und rührte mich so tief, daß ich mein unsinniges Vorhaben vergaß.

»Verstehen Sie mich recht«, fuhr sie mit einem leicht erregten Ton in der Stimme fort, »für jeden – so heißt es wenigstens, und auch ich bin davon überzeugt – kommt der schwierige Augenblick, in dem er an sich oder an den übrigen zweifelt. Dann muß er nachdenken und sich entscheiden. Das Herz kann manchmal ohne ein ›Ich will‹ nicht auskommen; wenigstens meine ich, daß es so ist, weil ich selbst diese Erfahrung einmal gemacht habe.«

Sie stockte; denn ihr kam eine Erinnerung, und vor uns beiden tauchte manches auf, was vor ihrer Verheiratung geschehen war. Dann sprach sie weiter: »Es wird von einer Markgräfin erzählt, die zu Anfang unseres Jahrhunderts gelebt hat. Sie soll gesagt haben, daß man nicht zu sterben brauche, wenn man den Tod überwinden wolle. Die Dame wäre demnach nur aus Zerstreutheit gestorben. Vielleicht verhält es sich mit manchen angeblichen Unglücksfällen ebenso; und wer weiß, ob es nicht auch beim Glück zum großen Teil darauf ankommt, daß man glücklich sein will!«

»Jetzt möge Gott Sie hören, liebe Madeleine«, rief ich und mahnte damit an den, dessen Namen ich in ihrer Gegenwart seit drei Jahren in dieser Weise nicht ausgesprochen hatte.

Damit erhob ich mich, weil ich meiner Ergriffenheit nicht Herr wurde. Die Bewegung, die ich machte, war so plötzlich und so unvorhergesehen und gab dem an sich schon entschiedenen Klang meiner Stimme so viel Nachdruck, daß Madeleine im Innersten getroffen wurde und erbleichte. Und im Tiefsten ihrer Brust glaubte ich eine Klage zu vernehmen, die freilich schon starb, bevor sie die Lippen erreichte.

Oft hatte ich mich gefragt, was wohl geschehen würde, wenn ich ganz einfach den Versuch machte, mich von der allzu schweren Bürde, die auf mir lag, zu befreien, und wenn ich – als wäre Madeleine imstande, sich ein für Frau de Nièvres bestimmtes Geständnis anzuhören –, wenn ich ihr, meiner Freundin, sagte, daß ich sie liebe. Dieser bedenklichen Erklärung gab ich sogar einen Schauplatz. Ich stellte mir vor, Madeleine sei allein und die Umstände wären so, daß sie mir ohne Gefahr zuhören könne. Ja, und dann wollte ich sprechen, ohne Umschweife, ohne Künstlichkeit und ohne jede Redensart. Mit derselben Offenheit wie dem vertrautesten Jugendfreund gegenüber wollte ich die Geschichte meiner Gefühle erzählen; wollte schildern, wie ich auf unsichtbaren Brücken allmählich von Gleichgültigkeit bis zur Verzauberung und von Schüchternheit bis zum Hingerissensein getragen worden sei, vom Kummer über ihre Abwesenheit bis zum Verlangen, stets in ihrer Nähe zu sein; von der Angst, sie zu verlieren, bis zur Gewißheit, daß ich sie anbete; vom Besorgtsein um ihre Ruhe bis zur Lüge, und schließlich vom Begreifen, daß ich zu schweigen hätte, bis zum unwiderstehlichen Bedürfnis, ihr mein Herz auszuschütten und sie um Vergebung zu bitten. Ich wollte sagen, daß ich widerstanden, gerungen und sehr gelitten habe. Mein Verhalten war ja mein bester Zeuge. Ich brauchte nicht einmal zu übertreiben, konnte meine Leiden sogar mildern, und die ruhige Sprache würde ein Beweis für meine Aufrichtigkeit sein. Ja, ich würde meine Liebe bekennen, würde sagen, daß ich nur den Wunsch hätte, durch sie von einer Schuld freigesprochen zu werden, die in sich selbst ihre Strafe finde; und würde sie bitten, sich einer Pein zu erbarmen, gegen die es kein Heilmittel gab.

Mein Vertrauen zu Madeleines Güte war so groß, daß mir unter allen verrückten oder sündhaften Einfällen, die mich befielen, der Gedanke an ein Geständnis der natürlichste schien. Dann stand sie traurig und aufrichtig bekümmert, aber durchaus nicht zornig vor meinem inneren Auge. Wenigstens hatte ich meine Freude daran, sie mir so vorzustellen. Sie war dann die Freundin, der es trotz allen Mitleids an der rechten Kraft zu trösten fehlt, die aber Seelengröße und Nachsicht genug besitzt, um mich meiner Leiden wegen zu beklagen. Und sonderbar war, daß der Gedanke, ich wäre durchschaut, der mich früher so sehr erschreckt hatte, mich jetzt plötzlich gar nicht mehr verwirrte. Es fällt mir nicht leicht, Ihnen zu erklären, wie ein so kühner Einfall in einem Herzen Platz greifen konnte, das ich Ihnen anfangs als kleinmütig geschildert habe. Aber viele Prüfungen hatten mich gestählt. Ich brauchte vor Madeleines Gegenwart nicht mehr zu zittern und mich keinesfalls so zu fürchten wie früher; jedes Schwanken schien zu weichen, seitdem ich mich unerschrocken der Wahrheit stellte.

Während eines Augenblicks von äußerster Beklommenheit kam mir abermals der Gedanke, dem bisherigen Zustand ein Ende zu bereiten, und zwar in Gestalt einer stärkeren und unwiderstehlicheren Versuchung als je zuvor. Auf einmal wurde mir klar, weswegen ich gekommen war, und daß sich eine ähnliche Gelegenheit vielleicht nie mehr bieten würde. Wir waren allein, und der Zufall schuf genau die Lage, die ich mir ersehnt hatte. Halb war das Geständnis schon heraus; und unsere Erregung hatte sich bereits derart gesteigert, daß ich nicht mehr viel zu wagen brauchte und daß es ihr nicht schwerfallen konnte, mich anzuhören. Nur ein Wort, dann war der Druck gebrochen, der schreckliche Druck des Schweigenmüssens, der mich jedesmal würgte, wenn ich an sie dachte. Ich war ruhig, glaubte wenigstens an meine Ruhe und bildete mir sogar ein, meine Miene ließe nicht allzuviel von dem schrecklichen Kampf sehen, der sich in mir abspielte. Endlich war ich so weit, daß ich sprechen konnte. Da warf ich, um mir Mut zu machen, einen Blick auf Madeleine.

Sie kauerte so gottergeben in ihrem Sessel, wie ich sie Ihnen vorhin geschildert habe. Ihre Stickerei lag am Boden. Sie hatte ihre Hände gezwungen, sich fest zu verkrampfen und sich nicht zu rühren. Durch ihren ganzen Körper ging ein leichtes Beben, ihre Blässe war zum Erbarmen, ihre Wangen so weiß wie Leinwand, die weit geöffneten Augen schimmerten in Tränen und leuchteten mich an wie zwei strahlende Sterne. In diesem tränenfeuchten Blick lagen Vorwurf, Güte und eine unglaubliche Hellsichtigkeit zugleich. Vermutlich war ihre Überraschung ob meines Geständnisses, das keiner Worte mehr bedurfte, so groß wie ihr Schreck über die törichte Angst, die sie an mir bemerkte; und wenn sie jetzt hätte reden können, anstatt mir mit allen Kräften ihres Zartgefühls und ihres Stolzes Schweigen aufzuerlegen, so würde sie mir gesagt haben, was ich selbst nur allzu genau wußte: daß ich mich verraten hätte und daß ich mich wie ein Feigling benähme. Aber sie rührte kein Glied und keine Miene, sie hatte weder Zeichen noch Worte, ihre Lippen blieben geschlossen, ihre Augen starr auf mich gerichtet, über ihre Wangen rannen helle Tränen; und so war sie ein herrliches Bild von Bangen, Kummer und Entschlossenheit.

»Madeleine«, rief ich, mich zu Boden werfend, »Madeleine, vergeben Sie mir!«

Sie erhob sich; und nie vergesse ich den Zorn, den ihre Bewegungen verrieten, als sie ein paar Schritte tat, um ihr Zimmer zu erreichen. Und als ich mich ihr nachschleppte und nach einem Wort suchte, das sie nicht kränken konnte, nach einem letzten Lebewohl, das ihr sagen sollte, daß sie die Vorsorge und die Güte eines Engels besitze; als ich ihr danken wollte, weil sie mich vor einer Torheit bewahrt hatte – da hob sie die Hände mit einem noch demütigenderen Ausdruck von Erbarmen, Nachsicht und Überlegenheit, als wollte sie mir aus der Ferne die Lippen versiegeln. Und dann gab sie noch ein Zeichen, das mir Schweigen auferlegte, und verschwand.

XIII

Tage-, ja monatelang verfolgte mich das Bild der gekränkten und tief bestürzten Madeleine wie ein Albdruck. Ich hatte meinen Fehler aufs grausamste zu büßen. Immer sah ich die perlenden Tränen vor mir, die meine Vermessenheit verschuldet hatte; und ein stumpfer Gehorsam demütigte mich vor der sanften Gewalt einer Geste, die mir befahl, die verräterischen Lippen, die fast ein großes Unheil angerichtet hätten, für immer zu schließen. Der nichtswürdige Hochmut, der mich gegen Madeleine aufgebracht und mich zum Feind meiner eigenen Gefühle gemacht hatte; der böse Trieb, das edle und unschuldige Geschöpf, das ich anbetete, zum Gegner zu stempeln; die Verbitterung und der Aufruhr des kranken Herzens; die Zerrissenheit eines leidenden Gemütes, und was sonst in jener schlimmen Stunde meine lauteren Empfindungen sozusagen verunreinigt hatte: das alles war plötzlich wie durch Zauberkraft verschwunden. Es tat nicht mehr weh, meine Niederlage zu begreifen, mich für überwunden und erniedrigt zu erklären und noch einmal zu erleben, daß die Macht einer Frau den Dämon unterwarf, der mich beherrschte.

Als ich Madeleine zum ersten Male wieder traf – und ich zwang mich bereits nach wenigen Tagen, sie wieder aufzusuchen –, fand sie mich so völlig verändert, daß sie sich sofort beruhigte. Es kostete mich keine Mühe, ihr zu zeigen, daß ich als blind Gehorchender zurückkehrte. Sie verstand mich beim ersten Blick, den wir tauschten. Kurze Zeit ließ sie noch verstreichen, um sich zu überzeugen, daß meine Vorsätze wirklich ernst seien; aber sobald sie sah, daß ich beharrlich blieb und mancher schweren Prüfung standhielt, gab sie ihre Zurückhaltung auf. Es schien, als habe sie alles vergessen; und die Art, wie sie mir vergab, war unvergleichlich und war freilich auch die einzige, die sie sich erlauben durfte.

Erst als wir uns völlig beruhigt hatten, als jede Gefahr vorüber war und ich wirklich keinen Grund mehr hatte, ihr zu verheimlichen, wie tief ich bereute, sagte ich: »Ich habe Ihnen bitter weh getan und bin deswegen unendlich traurig.«

»Lassen Sie es gut sein«, erwiderte sie, »und reden wir nicht mehr davon! Und werden Sie vor allem gesund! Ich will Ihnen dabei helfen.«

Von dem Augenblick an schien Madeleine sich selbst zu vergessen und nur noch an mich zu denken. Es zeugte von unvergleichlichem Mut und unvergleichlicher Güte, daß sie mich stets in ihrer Nähe duldete, daß sie mich ständig überwachte und immer zugegen war, um mir durch ihre Anwesenheit beizustehen. Sie überlegte immer wieder, wie sie meinen Kummer lindern und mich einer ernsten Aufgabe zuführen könnte, die mich fesseln würde.

Es machte fast den Eindruck, als fühle sie sich mitverantwortlich für die Leiden, deren Ursache sie war, und als sei sie von dem Gedanken beseelt, daß sie die Pflicht habe, selbst jeden Heilungsversuch zu unternehmen. Sie blieb ruhig, verschwiegen und entschlossen. Wenn Gefahren drohten, die in jedem Falle vor ihr haltmachen mußten, dann ermutigte sie mich zum Kampf; und wenn sie mit mir zufrieden, das heißt wenn ich so zermürbt war, daß mein Herz ruhiger schlug, dann belohnte sie mich mit so sanften Worten, daß ich in Tränen ausbrach, oder mit einem Trost, der mich in Flammen setzte. Sie lebte in demselben Feuer, war aber gegen jede Brandwunde gefeit. Ein Gewand aus Unschuld und Rechtschaffenheit schützte sie vor der Glut, die ich atmete, gleichzeitig aber auch vor jedem Verdacht, der von der Welt ausging.

Nichts brachte so viel Seligkeit und gleichzeitig so viele grausame Foltern über mich wie die seltsame Mitwisserschaft, durch die Madeleine an meinen Kräften zehrte, ohne mir die Gesundheit wiederzugeben. Das dauerte Monate, möglicherweise sogar ein Jahr. Ich bin jetzt nämlich in eine äußerst verworrene und bewegte Zeit geraten, von der mir nur das Gefühl einer fortgesetzten Unruhe geblieben ist, und der kein ungewöhnliches Erlebnis ein besonderes Merkmal aufprägte.

Eines Tages verließ Madeleine Paris, um einen deutschen Kurort aufzusuchen.

»Sie dürfen mir nicht folgen«, sagte sie. »Denn es würden sich daraus nur tausend Unzuträglichkeiten für Sie und für mich ergeben.«

Zum ersten Male sah ich sie um ihre eigene Sicherheit besorgt. Acht Tage nach ihrer Abreise erhielt ich einen Brief von bewundernswerter Umsicht und Güte. Ich gab ihrer Bitte nach und antwortete nicht. »Ich will auch in der Ferne, so gut es geht, bei Ihnen sein«, schrieb sie. Während der ganzen Dauer ihrer Abwesenheit schickte sie mir in regelmäßigen Abständen mit unveränderter Treue Nachricht und belohnte mich damit für meinen Gehorsam. Sie wußte, daß Langeweile und Einsamkeit schlechte Gefährten sind. Deshalb wollte sie mich meinen Erinnerungen nicht allein überlassen und mir ab und zu den klaren Beweis geben, daß sie bei mir sei.

Ich wußte, wann sie zurückkehren würde, und beeilte mich, sie zu begrüßen.

Empfangen wurde ich von Herrn de Nièvres, dem zu begegnen mir stets großes Unbehagen bereitete. Vielleicht war ich ungerecht; sehr möglich sogar, daß meine unfreundlichen Gedanken ganz unbegründet waren. Aber das Bild des Gatten von Frau de Nièvres war nun einmal getrübt, und immer, ob mit Recht oder mit Unrecht, hatte ich ihn zugeknöpft, mißtrauisch und beinahe gehässig vor Augen. Sie waren gegen Morgen eingetroffen. Julie schlief noch, weil sie sich schwach fühlte und müde war. Frau de Nièvres konnte mich zunächst nicht empfangen. Sobald sie kam und ihre Verspätung entschuldigte, zog Herr de Nièvres sich zurück.

Als ich der tapferen Frau, die um meinetwillen so manche Gefahr auf sich genommen hatte, die Hand drückte, gab mir die Klugheit einen guten Gedanken ein. Nach einem kurzen Dank für ihre Güte sagte ich: »Ich habe die Absicht, einige Zeit auf Reisen zu gehen. Was meinen Sie dazu?«

»Wenn Sie sich einen Gewinn versprechen, dann tun Sie es«, erwiderte sie und schien kaum überrascht.

»Einen Gewinn? Wie soll ich das wissen? Jedenfalls muß der Versuch unternommen werden.«

»Vielleicht haben Sie recht«, entgegnete Madeleine und wurde plötzlich ernst. »Aber wie bleiben wir in Fühlung?«

»Nun, auf dieselbe Art, wie es jetzt geschehen ist, wofern Sie einverstanden sind.«

»Nein, das kann und darf nicht sein. Ihnen aus Deutschland nach Paris zu schreiben, war möglich. Aber aus Paris . . . auf gut Glück . . , Sie begreifen, daß das unvernünftig wäre.«

Die bittere Aussicht, daß mir für mehrere Monate jede Verbindung, auch jede mittelbare, mit Madeleine genommen werden sollte, ließ mich einen Augenblick zögern. Aber bei einer neuen Überlegung entschied ich mich für eine noch ernstere Prüfung und sagte: »Gut! Ich werde also nur durch Olivier von Ihnen hören; und ihn rechne ich nicht zu den zuverlässigsten Briefschreibern. Sie haben mir tausend Proben von Großmut gegeben, die mich zum Erröten bringen. Ich kann mich ihrer nur durch Entsagung würdig erweisen. Aber Sie wissen ja auch, was ich auf mich nehme.«

»Es ist also Ihr Ernst, daß Sie reisen?« Sie wollte mir durchaus nicht glauben.

»Morgen«, lautete meine Antwort. »Leben Sie wohl!«

»Gut denn«, sagte sie und schob die Augenbrauen zusammen, was ihr ein befremdendes Aussehen gab. »Gott schütze Sie!«

Am folgenden Tage war ich wirklich unterwegs. Olivier, der sich ehrenwörtlich verpflichtet hatte, mir zu schreiben, hielt sein Versprechen, soweit wie seine unheilbare Trägheit es zuließ. Durch ihn erfuhr ich immer, wie es Madeleine ging; und Madeleine ihrerseits brauchte für das Leben des Reisenden nicht zu fürchten. Aber das war auch alles.

Von dieser Reise, der herrlichsten, aber unergiebigsten,

die ich je gemacht habe, will ich Ihnen nichts erzählen. Wenn ich an einige Gegenden dieser Erde denke und mir vorstelle, daß ich gerade dort meinen Kummer mit mir herumgetragen und auf recht unmännliche Art Zähren vergossen habe, dann fühle ich mich wirklich beschämt. Ich entsinne mich eines Tages, an dem ich nicht weniger ehrlich und nicht weniger bitterlich geweint habe als ein Kind, das nicht zu erröten braucht, wenn seine Tränen fließen. Das war an einer Meeresküste, die zwar keine göttlichen, wohl aber menschliche Wunder erlebt hat. Ich war allein; die Füße ruhten im Sande, ich saß auf einem bewachsenen Felsen, und noch waren die ehernen Ringe vorhanden, an die man ehemals die Fahrzeuge festgebunden hatte. Weit und breit kein Mensch. Still das Gestade, das die Geschichte vergessen hatte; und still das Meer, auf dem kein Segel zu sehen war. Ein blasser Vogel zog seine Kreise zwischen Himmel und Flut; und die schmale Bahn, die er in das unveränderliche Blau des Himmels einzeichnete, spiegelte sich auf der glatten Meeresfläche. Mir allein war die Rolle zugefallen, zu dieser Stunde, an diesem einzigartigen Platz darzustellen, wie klein und zugleich wie groß ein lebendiger Mensch ist. Ich warf den Namen Madeleines den Winden zu, schrie ihn mit aller Kraft hinaus, auf daß er durch den Widerhall von Uferfels zu Uferfels bis ins Unendliche fortgetragen würde. Dann zerriß ein Schluchzen meine Stimme; und verwirrten Herzens fragte ich mich, ob die unbeugsamen, großen, starken Menschen vor zweitausend Jahren ebenso leidenschaftlich geliebt haben wie wir.

Ich hatte eine Abwesenheit von mehreren Monaten angekündigt; aber es wäre mir nicht möglich gewesen, die Heimreise auch nur um einen Tag zu verschieben. Madeleine glaubte mich noch in einer Entfernung von vier- oder fünfhundert Meilen. Da betrat ich eines Abends das Haus, von dem ich wußte, daß ich sie dort antreffen würde. Als sie mich kommen sah, gelang es ihr nicht, eine unvorsichtige Bewegung zu vermeiden.

Es gab nur wenige Menschen, die von meiner Abwesenheit wußten. In dem großen Paris kann einer so leicht verschwinden, daß er eine Reise um die Erde bereits hinter sich hat, bevor überhaupt bekannt wird, daß er fort war.

Ich begrüßte Madeleine, als hätte ich sie noch tags zuvor gesehen. Beim ersten Blick begriff sie, daß ich innerlich erschöpft, von Sehnsucht verzehrt, aber unbescholtenen Herzens wieder zu ihr kam.

»Sie haben mich sehr beunruhigt«, sagte sie. Dann stieß sie einen Seufzer der Erleichterung aus, als wäre die Überraschung nicht so groß wie die Freude darüber, daß eine drückende Sorge von ihr genommen worden war.

Mit größtem Mut nahm sie ihre schwierige Aufgabe wieder in die Hand. Sämtliche Mittel, die sie anwendete, um mich zu retten – dies war das Wort, dessen sie sich stets bediente, wenn sie das Vorhaben bezeichnen wollte, bei dem es sich in der Tat um mein und ihr Heil handelte –, erschienen ihr unzureichend, sofern sie nicht unmittelbar von ihr kamen. Und von nun an wollte sie, nur sie, in das Verhängnis eingreifen, dessen Ursache sie war.

»Was ich angerichtet habe, werde ich wiedergutmachen«, sagte sie eines Tages in einer unnatürlichen Erregtheit und in einer Anwandlung von fast krankhafter Vermessenheit, als sei sie allein imstande, dem Schicksal zu trotzen. Ihre gewohnte Kaltblütigkeit ließ sie im Stich. Sie beging seltsame und gefährliche Unbesonnenheiten. Es genügte ihr nicht mehr, oft in meiner Nähe zu sein, mich zu ermutigen, wenn ich schwach wurde, und mich zu beruhigen, sobald ich die Fassung verlor. Sie fühlte, daß es mich in Aufruhr versetzte, wenn ich nur an sie dachte, und bildete sich ein, dieses Feuer dadurch löschen zu können, daß sie fast Stunde für Stunde über meine geheimsten Regungen wachte. Um das zu ermöglichen, hätte ich die Zahl meiner Besuche, die sich ohnehin allzu oft wiederholten, ins Unendliche vermehren müssen. Schließlich fand sie Mittel und Wege, mich außerhalb ihres Hauses zu sehen. Hier zeigte sich der schier unglaubliche Leichtsinn, den eigentlich nur Frauen kennen, die mit ihrer Ehre spielen, oder die reine Unschuld. In ihrer Verwegenheit ging sie so weit, mir ein Stelldichein zu geben, und zwar in einer wenig besuchten Gegend, nicht weit von ihrem Hause. Und glauben Sie nicht etwa, daß sie diese Begegnungen in die Zeit der häufig vorkommenden Abwesenheiten ihres Gatten verlegte! Nein, während er in Paris war, und obschon die Gefahr bestand, daß sie ihm in die Arme lief und sich zugrunde richtete, kam sie zur vereinbarten Stunde und war dabei ihrer so durchaus mächtig, als hätte sie bereits alles preisgegeben.

Schon ihr erster flüchtiger Blick bedeutete eine Prüfung. Sie sah mich groß und strahlend an, als wollte sie mein Innerstes ergründen und in den Tiefen meines Herzens lesen, ob es schlimmer mit mir stünde oder ob ich mich seit dem Vortage gebessert hätte. Meistens begann sie mit einem: »Wie geht es Ihnen?« und dieses »Wie geht es Ihnen?« bedeutete: »Sind Sie ruhiger geworden?« Bisweilen brachte ich den Mut auf, nicht ganz ehrlich zu sein. Sie ließ sich indessen nicht täuschen, und es weckte in ihr nur Beunruhigungen und Besorgnisse anderer Art. Sie nahm meinen Arm, und wir wandelten unter Bäumen. Dabei schwiegen wir bald, und bald plauderten wir mit der ruhigen Natürlichkeit zweier Freunde, die einander zufällig begegnen. In den Stunden dieser süßen und doch so peinigenden Nähe gab ich mich ganz; aber auch sie streute, Wunder über Wunder, wahre Perlen von Aufopferungsfähigkeit, Entsagung und Fürsorge vor mich hin; und ich wußte nie, ob sie mir galten oder ihrem Mitleid. Sie gab meinen Tagen, die wenig planvoll waren, ja eigentlich ganz planlos verliefen und zwischen übertriebener Arbeit und barer Trägheit hin und her schwankten, eine bestimmte Ordnung. Sie rügte mich, wenn ich mich schwach zeigte, empörte sich, wenn ich ihr gegenüber versagte, und regte sich über meine Selbstbeschuldigungen auf, gerade weil ich an ihnen Vergnügen fand. Sie waren ihrem Bedünken nach nichts als Aufsässigkeit eines unausgeglichenen Herzens, das in seiner Verbitterung alles gesunde Empfinden verloren hat. Hätte ich nur etwas mehr Ehrgeiz besessen, wäre er durch den Mut, den sie zu entfachen verstand, ganz gewiß zum Brande geworden.

»Ich will, daß Sie glücklich werden«, sagte sie. »Wüßten

Sie doch nur, wie glühend mein Wunsch ist, daß Sie dieses Ziel erreichen!«

Wenn das Wort Zukunft fiel, stockte sie meistens, weil dann die kühle, kränkende Überlegung in ihre Rechte trat. Welche Pläne, welche Auswege konnten denn auch für einen Tag gelten, der unseren Träumen ein Ende machte? Keine. So gab Madeleine sich völlig haltlosen Phantasien hin. Aber sie glichen nur der letzten Hoffnung von Menschen, die längst wissen, daß jedes Hoffen vergeblich ist.

Kam es einmal vor, daß sie die übernommene Pflicht, der sie mit dem Eifer eines gewissenhaften Arztes nachkam, nicht erfüllen konnte, dann bat sie mich am folgenden Tage um Vergebung, als habe sie eine Schuld auf sich geladen. Ich war so weit, daß ich nicht mehr wußte, ob ich eine Hilfe annehmen sollte, die hold und entsetzlich zugleich war. Ich entdeckte, daß ich schändlich war, und oft wußte ich nicht zu unterscheiden, wo ich schlecht und wo ich unglücklich war. Wider meinen Willen schmiedete ich fürchterliche Pläne, und täglich war Madeleine, ohne es zu ahnen, Schrecklichem ausgesetzt. Mir war völlig klargeworden, daß es Prüfungen gibt, bei denen jede Standhaftigkeit versagt; daß die vollkommenste Tugend bei allzu häufigen Angriffen zum Erliegen kommt; und daß keine Krankheit so ansteckend ist wie die, von der ich geheilt werden sollte.

Da Herr de Nièvres Paris plötzlich verlassen hatte, ließ Madeleine mich wissen, daß wir unsere Spaziergänge einstellen müßten. Gleich nach der Rückkehr ihres Gatten wurden sie jedoch mit fiebernder Entschlossenheit wieder aufgenommen. Das ständige: »Me, me adsum qui feci – «, »Ich, ich bin die allein Schuldige – « nahm die Form einer ungesunden Großmut an, die mich beschämte, gleichzeitig freilich auch beseligte.

Madeleine war in eine Zone geraten, in der selbst die tapferste Frau ständig in Gefahr schwebt, in den Abgrund zu stürzen. Eine Zeitlang hielt sie sich noch mustergültig und ohne große Anwandlungen von Schwäche, wie jemand, den ein übernatürlicher Beistand vor dem Schwindel bewahrt und der trotz äußerster Gefahr in die Tiefe zu blicken vermag, weil sein klares Denken gelähmt ist. Doch jetzt merkte ich, daß sie am Rande ihrer Kraft war. Der Wunderbau stürzte in sich zusammen. Sie klagte jedoch nicht und gab ihre Schwäche in keinem Punkte zu. Erschöpfung und Mutlosigkeit einzugestehen, bedeutete für sie dasselbe, wie alles dem Zufall zu überlassen, und nichts fürchtete sie so sehr wie den Zufall, weil sie ihn für den unsichersten, treulosesten und wohl auch gefährlichsten Bundesgenossen hielt.

Wenn sie zugab, daß sie erschöpft sei, dann lieferte sie mir ihr Herz aus; und gleichzeitig bewies sie damit, daß sie ein unheilbares Weh angerichtet habe. Darum gab sie ihrer inneren Not keine Stimme, und ihre Ermattung war das einzige Zeichen, an dem ich erkannte, wie es um sie stand.

Eines Tages sagte ich: »Sie haben mich geheilt, Madeleine. Ich liebe Sie nicht mehr.«

Sie stutzte, wurde schrecklich blaß und sah mich groß an.

»Beruhigen Sie sich«, fuhr ich fort. »Der Tag, an dem es dahin kommen würde . . .«

»Der Tag, an dem es dahin kommen würde?« Ihre Stimme versagte, und sie brach in Tränen aus. Es war, als hätte ich sie mit einer verletzenden Bosheit getroffen. Am nächsten Tage kam sie wieder, sah jedoch so völlig verändert und so bekümmert aus, als sie den Wagen übereilig verließ, daß ich mich entsetzte.

»Was haben Sie?« fragte ich, ihr entgegenlaufend. Ich fürchtete, sie würde beim ersten Schritt in Ohnmacht fallen.

Dank ihrem erstaunlichen Willen, den ich nur allzu gut kannte, erholte sie sich und antwortete: »Ich bin sehr müde.«

Darauf packte mich mein Gewissen.

»Ich bin ein elender Mensch, ohne Herz und ohne Ehrgefühl. Ich habe nicht die Kraft gehabt, mich frei zu machen. Und nun kommen Sie zu mir, aber nur um von mir zugrunde gerichtet zu werden. Ich brauche Sie nicht mehr, Madeleine, ich will Ihren Beistand nicht; nichts, nichts will ich mehr. Ich will keine Hilfe, die so teuer erkauft wird, will keine Freundschaft, die mit solchen Gewichten behängt ist und die Sie eines Tages töten muß. Ob ich leide oder nicht, ist meine Sache. Meine Genesung hängt allein von mir ab. Ich habe mein Schicksal zu tragen; und der Ausgang geht mich an und sonst niemanden.«

Anfangs hörte sie zu, ohne etwas zu erwidern. Plötzlich aber war es, als wäre sie so krank oder so schwach oder in einem so zarten Alter, daß sie eine bittere Wahrheit nicht zu begreifen und keinen Entschluß zu fassen vermöchte.

»Wir wollen uns trennen«, fuhr ich fort, »und zwar für immer. Ja, wir wollen uns trennen, denn so ist es am besten. Wir wollen uns nicht mehr sehen, wollen uns vergessen. Paris wird uns rasch auseinanderreißen, und wir brauchen uns nicht einmal weit voneinander zu entfernen. Beim ersten Wort, aus dem ich schließen kann, daß Sie meiner bedürfen, werden Sie mich finden, und ich bin zur Stelle. Sonst . . .«

»Sonst?« fragte sie. Langsam wich ihre Benommenheit. Es dauerte ein paar Sekunden, bevor sie das Wort, das uns mit Furchtbarem bedrohte, fortgeschoben hatte. Aber dann war es wieder da, und es schien unmöglich, ihm einen freundlicheren Sinn zu geben.

»Ich bin eine schlechte Trösterin«, sagte sie, »eine langweilige Schwätzerin, eine ganz unbrauchbare Freundin.«

Drauf schien sie nach einem anderen Ausweg zu suchen. Ich wartete mit einem Bangen ohnegleichen. Aber sie winkte ab, wie eine Kranke, die ein ernstes Gespräch bis zur völligen Erschöpfung mitgenommen hat.

»Warum sind Sie gekommen«, fragte sie, »wenn Sie einen unmöglichen Vorschlag bringen? Macht es Ihnen Freude, mir weh zu tun? Gehen Sie, lieber Freund, gehen Sie! Ich bitte Sie dringend darum. Ich bin heute nicht wohl und kann nicht einmal den Ansatz zu einem guten Rat finden. Sie wissen besser als ich, was nach einem solchen Entschluß geschehen würde. Aber ich weiß auch, daß Sie das Vernünftige tun werden. Mein Respekt vor Ihnen und Ihrer Freundschaft für mich ist so groß, daß ich nicht einen Augenblick daran zweifle.«

Kopflos rannte ich davon, und sehr bald verzichtete ich

auf einen Plan, bei dem es kein Zurück gab und der uns sogar gegen unseren Willen für immer auseinandergerissen hätte. Aber ich änderte mein Verhalten und versuchte, mich langsam, aber stetig zu befreien und unsere Beziehung allmählich zu lockern, bis wir ohne allzu große Opfer zum Frieden gelangen könnten. Ich drohte nicht mehr mit dem Wort Vergessen, das nie und nimmer ehrlich sein konnte, weil es zu verzweifelt war. Auch würde sie selbst nur mitleidig gelächelt haben, wenn ich ihr dieses Heilmittel an einem Tage vorgeschlagen hätte, an dem ihr Kopf klar war. Ich blieb in ihrer Nähe, denn sie sollte sehen, daß ich mich zu einem weniger radikalen Verfahren entschlossen hatte.

Was ging damals in Madeleines Gemüt vor? Ich will versuchen, es Ihnen wenigstens einigermaßen deutlich zu machen. Sobald sie die Doppelrolle der Vertrauten und Helferin nicht mehr zu spielen brauchte, verwandelte sie sich von Grund auf. Ihr Sprechen und ihr Auftreten; der immer liebenswerte Ausdruck; ihr vollkommen ausgeglichener Charakter, der sich aus flüssigem Gold und aus Stahl, das heißt, aus Weichheit und aus strengster Zucht zusammensetzte; ihre Art, die widerstandsfähig und doch nicht hart, die fügsam und stark zugleich war und die immer dem ruhigen Spiegel eines entlegenen Bergsees glich; die findige Trösterin; der Mund, dessen erlesener Wortschatz sich nie erschöpfte: das alles war dahin. Ein fremdes, wunderliches, zerrissenes, undeutbares, hastiges, verbittertes, streitsüchtiges und argwöhnisches Wesen, das sich ständig von Fallstricken umgeben sah, kam zum Vorschein; und ich betrachtete es nunmehr als meine Aufgabe, mit meiner ganzen Kraft für den Frieden zu wirken und ihr, soweit es ging, Kummer und Schmerzen fernzuhalten.

Bisweilen fand ich sie in Tränen. Sie beruhigte sich jedoch sofort, strich mit einem unbeschreiblichen Ausdruck von Erbitterung und Widerwillen über ihre Augen und wischte die Spuren ab, als wären sie eine Befleckung. Oft errötete sie auch ohne jeden Grund, als fühlte sie sich plötzlich bei schlechten Gedanken ertappt. Mit ihrer Schwester war sie mehr zusammen als je zuvor. Oft sah ich sie auch am Arm ihres Vaters, der sie anbetete, der aber ganz anders dachte und empfand und der vor allem ihre geselligen Neigungen nicht teilte. Als ich sie eines Tages besuchte – meine Stunden bei ihr waren gezählt –, sagte sie: »Wollen Sie Herrn de Nièvres begrüßen? Ich glaube, er ist in seinem Arbeitszimmer.«

Mit diesen Worten schellte sie und ließ ihren Gatten zu uns bitten, weil sie nicht wollte, daß wir allein wären. Er kam sofort, und seine Gegenwart trennte uns.

Während dieses Besuches, vielleicht des einzigen formellen, den ich ihr gemacht habe, war sie ungewöhnlich heiter. Herr de Nièvres zeigte sich freundlicher, gab deshalb aber seine Zurückhaltung nicht auf, ja eigentlich wurde er immer kühler und unnatürlicher. Madeleine bestritt fast allein die Unterhaltung, die jeden Augenblick zu erlahmen und in einem allgemeinen Gähnen zu enden drohte. Dank ihren bisweilen recht anstrengenden Bemühungen wurde die Komödie zu Ende gespielt, ohne eine andere Wendung zu nehmen oder in einen falschen Ton zu geraten. Schließlich zählte sie in meinem Beisein die geselligen Verpflichtungen der nächsten Woche auf, die für mich nicht galten. Dann fragte sie ihren Gatten: »Begleiten Sie mich heute abend?«

»Sie bitten mich um etwas, was ich Ihnen meines Wissens niemals abgeschlagen habe«, erwiderte Herr de Nièvres in einem kühlen Ton.

Darauf ging sie, sich auf den Arm ihres Gatten stützend, aufrecht und den sicheren Halt betonend, an meiner Seite bis zur Tür ihres Ankleidezimmers. Ich verabschiedete mich und paßte mich dabei dem herzlichen, aber kalten Ton ihres Lebewohls genau an.

»Arme, geliebte Frau«, flüsterte ich mir beim Fortgehen zu. »Armes, geliebtes Herz, das ich so tiefen Erschütterungen habe aussetzen müssen.«

Und einer von den Gedanken, die plötzlich unser bestes Empfinden verwirren, führte mich zum Vergleich mit einer Statue, die durch eine Stütze gesichert wird, weil sie ohne diesen Halt sofort zu Boden stürzen würde.

XIV

Um diese Zeit teilte Augustin mir die Verwirklichung eines Vorhabens mit, das sein rechtschaffenes Herz schon lange heimlich im Auge gehabt hatte. Vielleicht entsinnen Sie sich früherer Andeutungen in dieser Richtung.

Ich besuchte Augustin regelmäßig, und nicht etwa nur in meinen Mußestunden. Es trieb mich im Gegenteil gerade dann zu ihm – und ich fand ihn auch stets zu meiner Verfügung –, wenn ich ein besonders dringendes Bedürfnis hatte, mir in einer reineren Luft Stärkung zu holen. Er sollte mich weder beraten noch trösten; es war sein Leben, das ich mir zum Vorbild nahm und das mich mehr ermutigte als manche Belehrung. Wenn ich mich müde, schwach und durch ein neues Versagen besonders gedemütigt fühlte, ging ich zu ihm und erlabte mich an seinem Dasein, etwa so wie man sich eine richtigere Vorstellung von Körperkraft verschafft, wenn man einem Ringkampf zusieht. Er war nicht glücklich. Sein unermüdliches, tapferes Bemühen war bisher nur durch recht magere Erfolge belohnt worden; aber er durfte das Mißlingen wenigstens eingestehen und brauchte sich der Schwierigkeiten, die ein hartes Ringen ihm auferlegte, nicht zu schämen.

Eines Tages erfuhr ich, daß er nicht mehr allein sei. Augustin machte mir diese Mitteilung, der er aus manchen Gründen den Ernst und das Gewicht eines Geheimnisses verlieh, während einer langen Gesprächsnacht, die er am Kopfende meines Bettes verbrachte. Der Winter näherte sich seinem Ende; aber die Nächte waren noch lang und kalt; und da es ihm kein Vergnügen machte, spät heimzukehren, entschloß er sich, den Tag in meinem Zimmer abzuwarten. Olivier, der mitten in der Nacht erschien, unterbrach uns. Er kam vom Ball. Seinen Kleidern entströmte ein Hauch von Luxus, von Blumen, die Frauen ihm geschenkt hatten, und von Vergnügungen aller Art. Auf seinem Gesicht lag noch der Abglanz des Festes; und Blässe und Erregung verliehen ihm eine große Anmut. Ich weiß noch genau, daß ich Olivier während der kurzen Augenblicke, da er neben Augustin stand, seine Zigarre zu Ende rauchte und die Goldstücke zählte, die er zwischen zwei Walzern gewonnen hatte, genau betrachtete; und vielleicht tue ich Unrecht, wenn ich Ihnen gestehe, daß der Gegensatz zwischen seinem Auftreten und seiner Kleidung und Augustins etwas schulmäßiger Steifheit mich aus wenig edlen Motiven betrübte. Mir fiel ein, daß Olivier von Leuten gesprochen hatte, deren einziges Erbe in Arbeitskraft und Zähigkeit bestehe; und plötzlich tauchte hinter der zweifellos bewundernswerten Tatkraft eines vom Willen beherrschten Menschen das Gespenst eines ärmlichen Daseins auf und erschreckte mich wider meine bessere Einsicht. Ein Glück für Augustin, daß er solche Unterschiede kaum bemerkte und daß sein Ehrgeiz nie durch den Wunsch getrübt wurde, sich wie Olivier zu kleiden, seine Tage wie Olivier zu verbringen und den großen Atem von Oliviers Leben zu genießen.

Als der Freund gegangen war, fuhr Augustin mit seinem Bericht fort. So weitgehende Geständnisse hatte er mir noch nie gemacht. Er sagte mir jedoch nicht, wer die Frau sei, die seine künftige Gefährtin und so lange der Inhalt seines Lebens sein würde, bis er sich einmal den Aufgaben widmen dürfe, die sich schon jetzt vor seinem Auge deutlich abzeichneten. Seine Erzählung bewegte sich anfangs in so unbestimmten Wendungen, daß ich mir zunächst kein klares Bild von der Beziehung machen konnte, die sich einmal nur auf Hoffnungen beschränkte und die dann doch auch wieder mit einem schönen Eheglück rechnete.

»Ich bin das letzte Glied einer Familie, die Elend, Unglück und frühzeitiger Tod zerstreut oder zugrunde gerichtet haben. Ich habe nur ein paar entfernte Verwandte, die nicht in Frankreich wohnen, sondern sich Gott weiß wo in der Welt herumtreiben. Ihr Olivier würde in einer ähnlichen Lage auf eine Erbschaft warten und im Vertrauen auf seinen guten Stern auf das bestimmt rechtzeitig eintreffende Vermögen hin Schulden machen. Ich erwarte gar nichts und glaube damit am klügsten zu handeln. Ich habe mich auch um den Rat keines Menschen bemüht, der mir vielleicht manche Erleichterung verschafft hätte. Ich habe nachgedacht, die guten und schlechten Aussichten gegeneinander abgewogen und versucht, mir auszurechnen, wo ich selbst handeln kann und wo Schwierigkeiten eintreten, die niemals fehlen, auch den Glücklichen nicht. Ich habe mir den Puls gefühlt, um zu prüfen, ob mein Gesundheitszustand und mein Mut für zwei und eines Tages für drei, vielleicht auch für noch mehr Menschen, ausreichen. Ich bin zu der Überzeugung gekommen, daß eine ruhige, frohe, ausgefüllte Zukunft durch ein Mehr an Leistung nicht zu teuer bezahlt wird; und damit war die Entscheidung gefallen.«

»Sie sind also verheiratet?« fragte ich, endlich begreifend, daß es sich um eine ernste und dauernde Veränderung handelte.

»Freilich. Glauben Sie, ich spräche von Mätressen? Mein lieber Freund, weder meine Zeit noch mein Geld noch meine Gaben reichen für eine Beziehung solcher Art aus. Es entspricht meiner Ihnen bekannten, sehr genauen Art, dergleichen Verhältnisse für kostspieliger zu halten als eine Ehe; außerdem für weniger befriedigend, selbst wenn sie glücklich sind, und meistens für schwerer lösbar, was wiederum beweist, wie sehr uns das Laster anzieht. Viele Menschen binden sich, um der Ehe aus dem Wege zu gehen, anstatt zu heiraten, um ihre Ketten loszuwerden. Vor dieser Fessel habe ich mich gescheut, zumal ich wußte, wie sehr ich dazu neige, mich von ihr binden zu lassen; und, wie Sie sehen, habe ich den richtigen Entschluß gefaßt. Ich habe meine Frau auf dem Lande, ganz nahe bei Paris, untergebracht, ziemlich erbärmlich, wie ich leider gestehen muß.«

Während er dies sagte, schien er seine Einrichtung mit der meinigen zu vergleichen, die indes auch keineswegs großartig war.

»Ich fürchte auch, daß sie den Mangel an Behaglichkeit spürt; und aus demselben Grunde wage ich nicht recht, Sie zu uns zu bitten.«

»Ich komme, wann immer Sie wollen«, erwiderte ich, ihm die Hand drückend. »Sobald es Ihnen recht ist, stellen Sie bitte einen Ihrer ältesten und besten Freunde Frau . . .« Ich war im Begriffe, Augustins Namen zu nennen.

»Ich heiße nicht mehr wie früher«, unterbrach er mich.

»Ich habe die Genehmigung erhalten, den Namen meiner Mutter anzunehmen, einer rechtschaffenen Frau, deren Andenken – denn ich habe sie zu früh verloren – mehr wert ist als das meines Vaters, dem ich nur den Unfall meiner Geburt verdanke.«

Ich war nie auf den Gedanken gekommen, mich zu erkundigen, ob Augustin Familie habe; so sehr hatte er das Gehaben einer Waise, das heißt, so selbständig und verlassen wirkte er, und so sehr trug sein Dasein die Züge eines Menschen, der für sich lebt, ohne Herkunft, Bindung, Pflichten und Freuden. Er errötete leicht, als er die Worte »Unfall meiner Geburt« aussprach; und ich begriff, daß er noch mehr war als eine Waise.

Er fuhr fort und sagte: »Bis auf weiteres bitte ich Sie, mir Ihren Freund Olivier nicht zu bringen. Er findet bei mir nichts, was ihm gefallen könnte, abgesehen von einer sehr guten und durchaus ergebenen Frau, die mir Tag für Tag dankt, daß ich sie geheiratet habe, und die um meinetwillen die Zukunft in rosigen Farben sieht, die kein anderes Trachten kennt als mein Glück und die sich an meinen Erfolgen erfreuen wird, sobald sie zu blühen beginnen.«

Es wurde Tag; und Augustin, der die längste Rede seines Lebens hielt, sprach noch immer. Aber als das Lampenlicht beim Anbruch der Dämmerung zu verblassen anfing und die Dinge langsam aus der Finsternis heraustraten, ging er ans Fenster und badete sein Gesicht in der eisigen Morgenluft. Ich sah, wie seine kantigen, etwas leidenden, bleichen Züge sich von dem eben hell werdenden Himmel abhoben. Er war dunkel gekleidet und hatte in seinem ganzen Wesen das Schmale, Gedrückte, fast möchte ich sagen Dürftige von Leuten, die sich abrackern, ohne etwas zu tun; und obschon er längst mehr als erschöpft war, streckte er seine mageren Arme aus und reckte sich wie ein Handwerker, den mitten in der Arbeit der Schlummer überfallen hat und der erst mit dem Hahnenschrei erwacht.

»Schlafen Sie!« rief er. »Ich habe Ihre Bereitwilligkeit, mir zuzuhören, allzusehr in Anspruch genommen. Erlauben Sie mir nur noch, eine Stunde zu bleiben!«

Damit nahm er an meinem Tische Platz, um eine Arbeit vorzubereiten, die am selben Morgen fertig sein sollte. Ich hörte ihn nicht, als er das Zimmer verließ, so geräuschlos entfernte er sich. Beim Erwachen war mir zumute, als hätte ich eine lange, ernste und rührende Geschichte geträumt, deren Moral auf mich gemünzt war.

Er kam noch am gleichen Vormittag wieder.

»Heute bin ich frei«, sagte er mit strahlendem Gesicht, »und ich benütze die Gelegenheit, den Tag daheim zu verbringen. Es ist sehr schlechtes Wetter. Fühlen Sie sich munter genug, um mich zu begleiten?«

Seit mehreren Tagen hatte ich Madeleine nicht gesehen. Da mir jede Unterbrechung unserer Begegnungen, die nur zu verletzenden Mißverständnissen oder mindestens zu betrüblichen Empfindlichkeiten führten, willkommen schien, sagte ich: »Heute hält mich nichts in Paris zurück. Ich bin zu Ihrer Verfügung.«

Augustin bewohnte ein einzeln stehendes Haus am Rande eines Dorfes, nicht weit vom offenen Land. Das Haus war klein und an seinen grünen Läden und den zwischen den Fenstern angebrachten Spalieren zu erkennen. Es war sauber, einfach und bescheiden wie sein Besitzer; und der Mangel an Wohlhabenheit, die bei dem Junggesellen Augustin keiner vorausgesetzt hatte, wirkte bei dem Ehepaar sofort beengend. Die Frau – das hatte er ja schon gesagt – war eine sehr angenehme junge Person; zu meinem Erstaunen fand ich sie sogar viel hübscher, als ich nach Augustins Ansichten über den Wert aller Äußerlichkeiten angenommen hatte. Freudig überrascht fiel sie ihrem Gatten um den Hals, weil sie ihn an diesem Tage nicht erwartet hatte. Dann zeigte sie mir mit viel Anmut und etwas Verlegenheit, weil sie gestört worden war, ihren kleinen Garten, in dem die Hyazinthen zu knospen anfingen.

Es war kalt, und mir war gar nicht froh ums Herz. Die Gegend und die Jahreszeit atmeten Traurigkeit. Ich sah nur Armut und ahnte Schlimmeres, das nicht sichtbar wurde. Dazu kam die Überlegung, daß wir einen langen, regnerischen Tag in einer wenig erfreulichen Umgebung würden verbringen müssen. Das alles wirkte nicht gerade belebend. Noch sehe ich die beiden großen Windmühlen vor mir, die eine Einfriedigung überragten. Die grauen Flügel mit ihren dunklen Stäben drehten sich vor unseren Augen mit einer einschläfernden Gleichmäßigkeit. Augustin wurde durch eine Fülle von häuslichen Sorgen und wirtschaftlichen Kleinigkeiten in Anspruch genommen. Daraus schloß ich, daß seine Frau kaum oder überhaupt keine Bedienung hatte und daß die Ehegatten vieles selbst tun mußten. Die Bedürfnisse des Hauses für den nächsten Tag und für die dann folgenden Tage beschäftigten ihn.

»Du weißt«, sagte er zu seiner Frau, »daß ich vor Sonntag nicht zurück sein werde.« Er warf einen Blick in den Holzschuppen. Der Vorrat an Kleinholz war erschöpft.

»Ich bitte, mich eine Viertelstunde zu entschuldigen«, rief er mir zu. Damit entledigte er sich seines Rockes, ergriff eine Säge und machte sich ans Werk. Ich bot ihm meine Hilfe an. Er war einverstanden und sagte im einfachsten Ton: »Gern, lieber Freund, zu zweit kommen wir rascher voran.«

Ich setzte meinen Ehrgeiz in diese Arbeit, zumal ich mich recht ungeschickt benahm. Bereits nach fünf Minuten war ich am Ende meiner Kraft. Aber ich ließ mir's nicht anmerken und hörte erst auf, als Augustin die Säge zum letzten Male handhabte. Ich habe in meinem Leben schwerere Leistungen vollbracht, aber kaum eine hat mir mehr Freude bereitet. Die kleine Betätigung meiner Muskeln lehrte mich, was angestrengter Mut, wenn er in regelmäßiger Folge von Willensakten zum Ausdruck kommt, zu erreichen vermag.

Abends klärte es sich auf, und wir konnten ausgehen. Ein schlüpfriger Pfad führte durch dichtes Buschwerk einem hohen Gehölz entgegen, das durch sein dunkles Winterkleid die freie Sicht zum Teil verdeckte. Gegenüber zeigte sich, von grauen Nebeln halb verhüllt, ein riesiger, zwischen Hügeln kreisförmig sich hinziehender Block. Das war die Häusermasse der engen, rauchgeschwärzten Stadt, die durch manche vorgelagerte Außenbezirke noch gewaltiger wirkte. Auf sämtlichen Straßen, die das Land durchschnitten und zu dem einen Mittelpunkt drängten, wie die Speichen des Rades der Nabe zustreben, hörte man das Läuten von Pferdeschellen, das Rollen schwerer Karren, Peitschenknall und den Ton rauher Stimmen. Wir befanden uns an einer der unerfreulichen Stellen, wo die häßlichen Vororte in das laute Treiben von Paris übergehen.

»Was Sie hier sehen, ist nicht schön«, sagte Augustin. »Aber daran können wir nichts ändern. Wir dürfen diese Stätte nicht als angenehmen Aufenthalt betrachten, sondern wollen hier nur auf bessere Zeiten warten.«

Wir kehrten im Finstern heim, weil Augustin noch am selben Abend durch seine Berufspflichten in die Stadt zurückgerufen wurde. Auf schmutzigen Pfaden gingen wir zur Haltestelle des Postwagens, der uns nach Paris bringen sollte. Unterwegs äußerte sich Augustin wieder sehr zuversichtlich. Wenn er »Meine Frau« sagte, dann sprach aus diesen Silben die ruhige Freude eines gesicherten Besitzes; und alle Härten seiner Laufbahn schienen angesichts eines so vollkommenen Glückes vergessen.

Ich geleitete Augustin nicht in seine Wohnung, die in dem Bezirk von Paris lag, den er das Bücherviertel nannte, sondern zu dem Anwesen der Persönlichkeit, deren Sekretär er war, wovon ich Ihnen ja schon erzählt habe. Er schellte wie jemand, der gewohnt ist, sich einigermaßen zu Hause zu fühlen. Dann sah ich, wie er den prächtigen Hof durcheilte, wie er langsam die Freitreppe hinaufstieg und im Vorzimmer eines schloßartigen Gebäudes verschwand. Deutlicher als je zuvor begriff ich, daß dieser magere junge Mann mit dem anspruchslosen und doch so entschlossenen Äußeren sich nie zum Bedienten von irgend jemand erniedrigen lassen würde; und das gab mir eine kleine Vorstellung von seiner Zukunft.

Als ich heimkam, war ich weniger bedrückt, weil ich an die Wunden eines anderen gerührt hatte, als beschämt, weil ich unfähig war, mich zu einem Entschluß durchzuringen. Olivier wartete auf mich. Er war müde und langweilte sich.

»Ich komme von Augustin«, sagte ich.

Er musterte mich und meine schmutzige Kleidung; und

da ich ihm ansah, daß er nicht begriff, woher ich in einem solchen Zustand kommen konnte, fuhr ich fort: »Augustin hat sich verheiratet.«

»Verheiratet?« rief er.

»Ja, warum nicht?«

»So mußte es kommen. Das ist der unerläßliche Anfang für einen Mann seiner Art. Hast du beobachtet«, sprach er in ernsterem Tone weiter, »daß es zwei Klassen von Menschen gibt, die beide auf ein frühes Heiraten erpicht sind; und dabei können die einen gar nicht mit einer Frau leben, und die anderen sind nicht imstande, ihrer Frau ein Leben zu schaffen. Ich meine die Seeleute und die völlig Mittellosen. Und wie ist Augustins Frau?«

»Seine Frau, die übrigens einen anderen Namen trägt, wohnt auf dem Lande. Er ist heute so freundlich gewesen, mich ihr vorzustellen.«

Mit wenigen Worten erzählte ich ihm von Augustins Leben, soviel ich für richtig hielt.

»Hast du Erbauliches gesehen?«

Es mißfiel mir, daß er sich durch ein so einzigartiges Vorbild an Mut und Rechtschaffenheit durchaus nicht beeindrucken ließ, und ich schwieg.

»Meinetwegen«, sagte Olivier mit der beleidigenden Ungezogenheit, die er in Augenblicken von schlechter Laune an sich hatte. »Womit habt ihr euch in seinen vier Wänden denn die Zeit vertrieben?«

»Wir haben Holz gesägt.« Ich wollte deutlich zum Ausdruck bringen, daß mir jeder Scherz fernlag.

»Dich friert«, erwiderte Olivier, während er aufstand, um fortzugehen. »Du bist im Regen gestapft. Deine nassen Kleider haben das Bittere und Widerwärtige von Armut und Kälte an sich. Heroisches Duldertum, Elend und Vermessenheit haben dich vergiftet. Wir wollen bis morgen warten und dann vernünftig reden.«

Ich schwieg und ließ ihn gehen. Dann hörte ich, wie er rasch die Tür hinter sich schloß. Ich glaubte mich nicht zu täuschen, wenn ich annahm, daß ein besonderer Verdruß ihn ungerecht machte. Vermutlich stand ein neues Abenteuer vor der Tür; oder es gab Unerfreuliches in einer alten Beziehung, die jedoch vermutlich ohnehin nicht von langer Dauer sein würde. Ich wußte, wie leicht es Olivier fiel, sich loszumachen, und daß er sich mit fast krankhafter Ungeduld dem Neuen zuwandte. Wenn ich Bruch und Untreue gegeneinander abwog, hielt ich die letztere für wahrscheinlicher. Ich war zur Nachsicht aufgelegt; mein Besuch bei Augustin hatte mich milde gestimmt. So ging ich denn am nächsten Morgen sofort zu Olivier. Er schlief oder tat, als schliefe er.

»Was hast du?« fragte ich und nahm seine Hände, als wollte ich ihm eine schlechte Laune vertreiben.

»Nichts«, sagte er, und ich blickte in ein durch Schlaflosigkeit und unangenehme Träume mitgenommenes Gesicht.

»Langweilst du dich?«

»Immer.«

»Und was langweilt dich?«

»Alles«, erwiderte er mit voller Aufrichtigkeit. »Ich bin so weit, daß ich die ganze Welt verabscheue und mich selbst am allermeisten.« Näheres wollte er offenbar verschweigen. Ich fühlte, daß er bei jeder Antwort auswich und daß mein Fragen ihn nur ärgern würde, ohne zu einem Ergebnis zu führen.

»Ich glaubte, du hättest vielleicht einen besonderen Anlaß zu Kummer und Sorge, und komme, um dir meine Dienste anzubieten.«

Bei dem letzten Wort lächelte er, weil es ihm wie Hohn vorkam; so wenig hatten gegenseitige Ratschläge uns bis jetzt genützt.

»Wenn du mir wirklich einen Gefallen tun willst, so mag es denn sein; es bedarf dazu auch keiner großen Mühe. Du brauchst nur zu Madeleine zu gehen und, so gut du kannst, eine Dummheit wiedergutzumachen, die ich gestern begangen habe. Ich bin nämlich an einem vielbesuchten Platz gewesen. Madeleine, Julie und mein Onkel waren ebenfalls dort. Ich war nicht allein. Möglich, daß man mich entdeckt hat; denn Julies Augen finden mich auch dort, wo ich gar nicht bin. Ich wäre dir sehr dankbar, wenn du dir

Gewißheit verschaffen könntest, indem du beide geschickt ausfragst. Ist es so, wie ich befürchte, dann denke dir bitte eine wahrscheinlich klingende Erklärung aus, die niemanden bloßstellt, und erfinde für die Frau, in deren Begleitung ich war, einen Namen, Lebensumstände und einen Freundeskreis; kurz eine Welt, deren Richtigkeit weder mein lieber Vetter noch Madeleine nachprüfen können, falls sie dazu Lust haben sollten!«

Noch am selben Abend sah ich Frau de Nièvres. Es war an einem Freitag, also an einem ihrer Empfangstage. Ich setzte mir zum einzigen Ziel, Oliviers Auftrag zu erfüllen. Sein Name fiel nicht. Ich erfuhr also nichts Bestimmtes. Julie war nicht ganz wohl. Am Abend vorher hatte sie einen leichten Fieberanfall gehabt, und die Folge waren Schwäche und eine nervöse Erregtheit – hier muß ich einschalten, daß Julies Zustand mir seit langem Kummer bereitete. Ich hatte mir ihretwegen schon oft Gedanken gemacht, sie aber nicht geäußert, weil Sorge um ihr zartes Wesen, so aufrichtig meine Zuneigung war, stets – das gestehe ich Ihnen – verschwand, wenn die eigenen selbstsüchtigen Wünsche sich regten.

Vielleicht entsinnen Sie sich noch, daß Madeleine am Abend vor ihrer Hochzeit in einem besonderen Tonfall von dem Testament ihrer Jungmädchenzeit gesprochen hatte. Bei dieser Gelegenheit wurde auch Julie erwähnt; und dabei war mein Name im Zusammenhang mit bestimmten Hoffnungen in einer solchen Weise neben den ihren gestellt worden, daß der Sinn der Rede nicht zweifelhaft sein konnte. Anspielungen ernsterer Art wiederholte Madeleine sowohl in Nièvres wie in Paris; aber weder Julie noch ich zeigten sich bereit, auf sie einzugehen. Eines Tages nahm sie, und zwar im Beisein ihres Vaters, der über solche kindlichen Manöver heimlich lachte, Julies Hände, legte sie in meine und strahlte dabei vor aufrichtiger Freude. Sie zwang uns sogar, diese Stellung beizubehalten, was mir außerordentlich peinlich war und was auch nicht Julies Geschmack zu entsprechen schien. Ohne zu ahnen, daß es manches Hindernis gab, das ihre Pläne durchkreuzte, schloß sie Julie in ihre Arme, wie eine Mutter es getan haben würde, küßte sie lange und zärtlich und sagte: »Wir wollen uns niemals trennen, liebe kleine Schwester. Hoffentlich werden wir niemals auseinandergerissen!«

Später, und zwar seit dem Tage, an dem sich Madeleine über den wahren Zustand meines Innern klargeworden war, wurde über diese Angelegenheit kein Wort mehr gesprochen, und nichts ließ darauf schließen, daß sie noch daran dachte. Im Gegenteil! Wenn durch Zufall wirklich einmal an eine Möglichkeit gerührt wurde, die ihr früher Kopfzerbrechen bereitet hatte, so schien sie das alles jetzt völlig vergessen oder es überhaupt nie erwogen zu haben. Kaum kam es vor, daß sie Julie mit einem zärtlichen oder taurigen Blick prüfte. Daraus schloß ich, daß sie Hoffnungen, die sich nicht verwirklichen ließen, entgültig aufgegeben hatte und daß die Zukunft ihrer Schwester, die eine Zeitlang im Zeichen törichter Pläne gestanden hatte, sie jetzt in neue Sorgen stürzte.

Julie selbst brauchte nicht im Kreise zu laufen. Ihre Gefühle waren von jeher unweigerlich und unveränderlich auf ein einziges Ziel gerichtet. Nur die Empfindlichkeit, über die Olivier sich beschwerte, wurde immer offensichtlicher. Sie hing stets damit zusammen, daß ihr Vetter etwas länger ausgeblieben war oder etwas unfreundlich mit ihr gesprochen oder sie ein bißchen zerstreut angesehen hatte. Ihr Gesundheitszustand verschlechterte sich. Sie war genauso stolz wie ihre Schwester, aber sie besaß nicht Madeleines Fähigkeit, den Menschen zu helfen, die sie kränkten, und das Unrecht anderer durch Liebe und Aufopferung zu vergelten. Jedes Mitleid, wenn es nicht von Olivier kam, tat ihr weh; da sie aber gerade von ihm am wenigsten zu erwarten hatte, wollte sie lieber der unbarmherzigsten Verachtung anheimfallen, als sich durch falsche Freundlichkeiten kränken lassen. Sie, die an sich schon argwöhnisch war, wurde von Tag zu Tag unzugänglicher, und ihre Mienen waren nicht mehr zu enträtseln. Ihr ganzes Wesen wurde hartnäckig und eigensinnig, weil sie sich irgendeiner Wahnidee hinzugeben schien. Sie sprach weniger und weniger und fragte kaum noch, damit sie nicht zu antworten brauchte. Auch der Glanz ihrer Augen, der sie allein mit der Umwelt verband, war im Erlöschen.

»Ich bin mit Julies Gesundheitszustand nicht zufrieden«, hatte Madeleine oft geäußert. »Es geht ihr nicht gut; und es gehört zu ihr, daß sie mit sich selbst völlig zerfallen ist, auch wenn die Nächsten ihr beistehen wollen. Dabei fehlt es ihr weiß Gott nicht an der Kraft, sich an einen Menschen zu binden.«

Zu anderen Zeiten würde Madeleine über ihre Schwester sicher nicht so gesprochen haben. Überdies vertrug sich Julies zartes und liebevolles Wesen, das Madeleine pries, nicht mit ihrem kühlen, etwas steifen Benehmen.

So weit war ich mit meinen Überlegungen gekommen, als mehrere Vorfälle, die ich Ihnen nicht erzähle, mir die Augen völlig öffneten. Der Schritt, mit dem Olivier mich betraut hatte, war also von größter Wichtigkeit für mich, obschon der Freund mich wie einen diplomatischen Vertreter, dem man die letzten Geheimnisse nicht preisgibt, behandelt und mir die Wahrheit nur halb gesagt hatte. Ich erkundigte mich genauestens nach der Ursache und nach dem Zeitpunkt von Julies Unpäßlichkeit. Was ich erfuhr, deckte sich durchaus mit Oliviers Mitteilungen. Madeleine blieb indes die unerschütterliche Herrin ihrer Antworten und sprach vom Fieber ihrer Schwester nicht anders als ein Arzt.

Ich kam spät heim. Olivier, der noch auf war, erwartete mich.

»Nun?« begann er neugierig zu fragen. Seine Ungeduld schien während meines Fortseins noch größer geworden zu sein.

»Ich habe nichts erfahren können«, sagte ich. »Ich weiß nur, daß Julie gestern mit Fieber aus dem Konzert zurückgekommen ist, daß das Fieber anhält und daß sie krank ist.«

»Hast du sie gesehen?« fragte Olivier.

»Nein.« Ich brauchte die Lüge, weil ich ihn zu einer etwas lebhafteren Anteilnahme an Julies übrigens durchaus harmlosem Unwohlsein bringen wollte.

Zornig fuhr er auf. »So und nicht anders habe ich es mir gedacht. Sie hat mich gesehen.«

»Ich fürchte, du hast recht«, entgegnete ich.

Ein paarmal durchmaß er sein Zimmer mit raschen Schritten. Dann hielt er inne, stampfte mit dem Fuß auf und beteuerte: »Nun, um so schlimmer für sie. Ich bin nicht schuld. Ich bin frei und kann tun, was mir gefällt.«

Ich kannte sämtliche Schattierungen von Oliviers Gemüt. Selten steigerte sich sein Ärger bis zum Zornesausbruch. Deshalb glaubte ich auch, ruhig eine Frage stellen zu dürfen, bei der es um das Herz eines anständigen jungen Mädchens ging.

»Was geht zwischen Julie und dir vor, Olivier?«

»Was vorgeht, mein Lieber, ist, daß Julie mich liebt und daß sie bei mir keine Gegenliebe findet.«

»Deshalb möchte ich aus Freundschaft für euch beide ...«

»Ich danke dir, aber du brauchst dich meinetwegen nicht in einer Sache zu bemühen, die ich nie gewollt, für die ich nie etwas getan, die ich nie gutgeheißen habe, die mich nichts angeht und mich immer so wenig interessieren wird . . .«, damit schüttelte er die Asche von seiner Zigarre ab. »Bejammere Julie, wenn es dir Vergnügen bereitet! Aber sie hat sich nun einmal etwas Verrücktes in den Kopf gesetzt.«

Er war außer sich, sprach sehr laut und erging sich, vielleicht zum erstenmal in seinem Leben, in Übertreibungen, während er sonst eher zu wenig sagte.

»Und was soll ich nun tun? Hier gibt es nämlich keinen Ausweg. Freilich kenne ich andere Fälle, wo es nicht besser steht.«

»Von mir wollen wir jetzt nicht reden«, unterbrach ich ihn. Ich gab ihm damit zu verstehen, daß es sich um ihn handle und daß man sich nicht reinwäscht, wenn man andere beschuldigt.

»Ja, wer in Not ist, soll sehen, wie er wieder herauskommt, und dabei weder auf andere schauen noch andere um Rat fragen. Schön. Mir bleibt eben kein anderes Mittel, als nein, nein und immer wieder nein zu sagen.«

»Und gerade das hilft dir nichts. So lange, wie ich dich kenne, sagst du nein, und so lange, wie ich Julie kenne, will sie deine Frau werden.«

Bei den letzten Worten fuhr er voller Entsetzen in die Höhe. Dann brach er in ein Gelächter aus, an dem Julie gestorben wäre, wenn sie es gehört hätte.

»Meine Frau!« rief er mit dem Ausdruck von unsagbarem Abscheu gegen eine Vorstellung, die für ihn an Wahnsinn grenzte. »Ich Julies Mann! Das wäre ja noch schöner! Aber kennst du mich denn so wenig, als wären wir uns vor einer Stunde zum ersten Male begegnet? Zunächst will ich dir erklären, warum ich Julie nicht, und dann, weshalb ich überhaupt nicht heiraten will. Julie ist meine Cousine, und das mag ein Grund sein, weshalb ich sie weniger schätze als andere Frauen. Wir kennen uns von Kindesbeinen an, haben sozusagen in derselben Wiege gelegen. Es mag Menschen geben, für die so ein halb geschwisterliches Verhältnis ein Grund zur Annäherung ist. Mir erscheint der Gedanke, daß ich ein Mädchen heiraten soll, das ich schon als kleines Ding gekannt habe, so lächerlich, wie wenn man zwei Puppen verkuppeln wollte. Sie ist hübsch, sie ist durchaus nicht dumm, und sie besitzt auch sonst manche guten Eigenschaften. Wenn sie mich nun einmal liebt – Gott weiß, daß ich nichts dazu getan habe –, dann wird sie von einer Beharrlichkeit ohnegleichen sein. Und wenn ihre Wünsche in Erfüllung gehen, dann wird sie die Sanftmut in Person, und je glücklicher sie wird, um so reizender wird sie sein. Aber ich liebe Julie nun einmal nicht, ich liebe sie nicht, und ich will sie nicht. Und wenn dies so weitergeht, werde ich sie am Ende noch hassen.«

Wieder war er aufs äußerste erregt.

»Übrigens würde ich sie unglücklich machen, schrecklich unglücklich. Was käme bei dem Ganzen also heraus? Schon am Tage nach der Hochzeit wäre sie eifersüchtig, auch wenn sie keine Veranlassung hätte. Sechs Monate später wäre sie es vermutlich mit Recht. Ich würde sie bestimmt im Stich lassen. Ich kenne mich und weiß, daß ich mich nicht täusche. Wenn dieser Zustand noch lange dauert, gehe ich auf und davon, und müßte ich bis ans Ende der Welt laufen. Man will mir Gewalt antun. Man überwacht mich, man belauert mich, man entdeckt, daß ich Mätressen habe. Und wer ist der Spion? Meine zukünftige Frau.«

»Rede keinen Unsinn, Olivier«, sagte ich, ihm das Wort abschneidend. »Kein Mensch ist dir auf der Spur. Kein Mensch ist mit der armen Julie im Bunde, um dir deine Freiheit zu rauben und dich an Hand und Fuß zu binden. Willst du meine Ansicht, dann höre zu! Ich habe immer gewünscht, Julie und du, ihr möchtet euch verstehen, weil ich glaube, daß Julie dabei unter allen Umständen ihr Glück findet, daß es aber auch für dich keine bessere Lösung gibt.«

»Ein sicheres Glück für Julie die beste Lösung für mich! Herrlich! Ja, wenn dem so wäre, hättest du wirklich recht. Aber jetzt höre du zu! Folgendes würde geschehen: Du würdest Julie ins Unglück stürzen, würdest, um ihr eine vorübergehende Enttäuschung zu ersparen, aus mir einen feigen Lumpen machen, und zu guter Letzt würdest du sie völlig zugrunde richten. Ich liebe sie nicht. Bin ich deutlich genug? Du weißt, was man unter Lieben und Nicht-Lieben versteht; und du weißt sehr genau, daß sie, obschon Gegensätze, beide zugleich mächtig und ohnmächtig sind. Mach den Versuch, Madeleine zu vergessen, und ich will versuchen, Julie zu lieben. Wir werden es erleben, wer von uns am raschesten zum Ziel kommt. Dreh mich um und um, kehre das Innerste nach außen, öffne mir die Adern; und wenn du den leisesten Pulsschlag findest, der nach Sympathie aussieht, den geringsten Ansatz, der darauf schließen läßt, daß er sich eines Tages zur Liebe entwickelt, dann führe mich geradeswegs zu deiner Julie, und ich heirate sie. Aber sonst rede kein Wort mehr von diesem Mädchen, das mir ein Greuel ist!«

Er hielt inne. Nicht, daß es ihm an Worten gefehlt hätte. Sie flossen ihm, ohne daß er zu überlegen brauchte, aus einer unerschöpflichen Schatzkammer zu. Aber plötzlich wollte er ruhig sein und sich besinnen, denn nichts war bei ihm so stark wie die Angst, sich lächerlich zu machen, wie die Furcht, zuviel oder zuwenig zu sagen, und nichts so mächtig wie der Wunsch, stets das rechte Maß einzuhalten. Als er sich eine Viertelstunde zugehört hatte, merkte er, daß er ins Faseln geriet.

»Du machst mich bei Gott zum Narren«, rief er, »und bringst es noch dahin, daß ich den Kopf verliere. Du stehst vor mir wie ein Theatergast, dem ich eine tragische Rolle vorzuspielen habe.«

Damit ließ er sich auf einen bequemen Stuhl nieder und nahm die Haltung eines Menschen an, der sich nicht mehr in langen Reden ergehen, sondern eine leichte Unterhaltung führen will. Ebenso rasch und so vollständig wie sein Ton änderten sich auch seine Gesten. Mit einem Blinzeln in den Augen und einem Lächeln auf den Lippen fuhr er fort: »Nicht unmöglich, daß ich mich eines Tages verheirate. Ich glaube es zwar nicht, aber ich will vorsichtig sein und zugeben, daß die Zukunft alles zuläßt. Wir erleben die seltsamsten Veränderungen und laufen einem Ideal nach, das wir niemals erreichen. Sollte sich für mich die Form einer Ehe finden, die mir zusagt und zu der ein Name gehören müßte, der sich in der rechten Art mit dem meinen verbinden ließe, dann könnte es geschehen, daß ich eine Torheit beginge; denn eine Torheit wäre es in jedem Falle. Aber dieser Entschluß hinge wenigstens von meiner Wahl, von meinem Geschmack und von meinem Entschluß ab. Im Augenblick habe ich die Absicht zu leben, wie es mir Spaß macht. Das ganze Problem des Lebens besteht darin, daß man tut, was dem eigenen Wesen entspricht, und daß man sich nicht das Glück eines anderen zum Vorbild nimmt. Wenn wir uns vornähmen, die Rollen zu tauschen, würdest du die meine niemals spielen wollen; und noch peinlicher wäre es mir, die deine zu übernehmen. Wende ein, was du willst! Deine Freude sind Romane, Verwicklungen und gefährliche Situationen. Du hast eben Kraft genug, um die Klippen nur zu streifen, ohne zu scheitern, und bist doch auch wieder so schwach, daß du dir den Zauber der Gefahr nicht entgehen lassen möchtest. Jeder Sensation gibst du dich hin, von der Furcht, schlecht zu werden, bis hin zum stolzen Triumph der sogenannten harmonischen Selbstüberwindung. Dein Weg ist vorgezeichnet; ich sehe es deutlich. Du wirst ihn bis zu Ende gehen, wirst dein Abenteuer so weit treiben, wie du es treiben kannst, ohne ruchlos zu werden, und immer wirst du die süße Genugtuung auskosten, daß du nur um Haaresbreite von der Schuld entfernt bist und daß du sie trotzdem nicht begehst. Soll ich dir alles sagen? Eines Tages wird Madeleine dir in die Arme sinken und um deine Liebe betteln. Dir wird das unvergleichliche Glück zuteil, daß ein unantastbares Wesen überwältigt vor dir auf die Knie sinkt. Aber du wirst sie schonen, dessen bin ich völlig gewiß, und du wirst, den Tod im Herzen, auf und davon gehen und dein Unglück jahrelang beweinen.«

»Schweig, Olivier, schweig aus Liebe zu Madeleine, wenn du es nicht meinetwegen tun willst!«

»Ich bin am Ende«, sagte er völlig ruhig. »Was ich dir vorplappere, soll weder ein Vorwurf noch eine Drohung noch eine Prophezeiung sein. Es liegt an dir, mir zu beweisen, daß ich im Unrecht bin. Ich will dir nur zeigen, wie verschieden wir sind, und dich davon überzeugen, daß keiner von uns vernünftig ist. Ich will vor allem Klarheit. Ich habe immer gewußt, was andere aufs Spiel setzen und was ich aufs Spiel setze. Diesmal geht es zum Glück auf beiden Seiten nicht um das Kostbarste. Ich habe es gern, wenn entschieden und rasch gehandelt wird. Das Glück, das wahre Glück gehört der Legende an. Das Paradies ist nach dem Fehltritt unserer Voreltern zugesperrt worden; und nun finden wir uns seit fünfundvierzigtausend Jahren hienieden mit einer halben Vollkommenheit, mit einem ungenügenden Glück und mit ungenügenden Mitteln ab. Ich wünsche mir echte Genüsse und echte Freuden ebenso lebhaft wie meinesgleichen, aber ich stelle keine allzu hohen Ansprüche und bin tief betrübt, daß ich nichts als ein Mensch bin; und daher bescheide ich mich auch. Weißt du, was mir am schwierigsten erscheint? Die Überwindung der Langeweile. Wer dies für die Menschheit erreichen würde, wäre der eigentliche Bezwinger der Ungeheuer: des Gemeinen und der Langeweile! Der gesamte Mythos der armseligen Heiden hat nichts so Abgefeimtes und nichts so Entsetzliches gestaltet. Sie gleichen einander, insofern sie beide, obschon vielgestaltig, garstig, niedrig und schal sind, und insofern sie solche Vorstellungen vom Leben wecken, daß man sich voll Grauen abwendet, wenn man nur in ihre Nähe gerät. Sie sind unzertrennlich, ein scheußliches Paar, vor dem die Welt die Augen verschließt. Wehe denen, die sie zu früh kennenlernen! Mir sind sie immer vertraut gewesen. Sie hausten im Gymnasium, und damals hast auch du ihren Anhauch verspürt. In den drei mit Plattem und Minderwertigem vollgestopften Jahren, die ich dort zubringen mußte, sind sie nicht einen einzigen Tag von meiner Seite gewichen. Und verzeihe mir, wenn ich dir sage, daß sie sich bisweilen bei deiner Tante, ja auch bei meinen beiden Cousinen eingeschlichen haben. Fast hätte ich vergessen, daß sie auch in Paris ihr Wesen treiben und daß ich unablässig bemüht bin, ihnen zu entlaufen, indem ich mich in den Lärm, ins Unvorhergesehene und in den Luxus stürze, immer in der Hoffnung, daß die beiden hausbackenen, knauserigen, armseligen Allerweltsgespenster mich in Frieden lassen. Die beiden haben mehr Opfer auf dem Gewissen als manche sogenannte tödliche Leidenschaft. Ich weiß um ihr mörderisches Gehabe, und ich fürchte . . .«

Auf diese Weise fuhr er in einem halb ernsten Tone fort, hinter dem sich manches Eingeständnis unheilbarer Wahnvorstellungen versteckte; und schon damals fürchtete ich einen Zustand der Entmutigung, der denn auch wirklich eingetreten ist und dessen Ende Ihnen bekannt ist. Ich ließ ihn weitersprechen; und als er fertig war, fragte ich: »Willst du dich gar nicht erkundigen, wie es Julie geht?«

»Ja, im Vorzimmer.«

»Und willst du sie nicht wiedersehen?«

»So selten wie möglich.«

»Weißt du, was geschehen wird?«

»Ich weiß nur, daß sie einen anderen heiratet oder gar nicht.«

»Leb wohl«, sagte ich darauf, obwohl Olivier sich noch nicht angeschickt hatte, mich zu verlassen.

Bei diesem Abschiedswort trennten wir uns; und obschon der Kern unserer Freundschaft nicht berührt wurde, zerbrach doch das Vertrauen, und es gab einen kurzen, harten, metallischen Klang, wie wenn ein Glas zerspringt.

XV

Mehr als einen Monat war es her, daß ich Madeleine nicht gesehen hatte; und noch länger hatte ich ihre gewohnten Freundlichkeiten entbehren müssen. Eines Tages traf ich sie zufällig in einer menschenleeren Straße des Stadtteils, in dem ich wohnte. Sie war allein und ging zu Fuß. Das Blut schoß ihr in die Wangen, als sie mich sah; und ich brauchte meine ganze Entschlußkraft, um ihr nicht entgegenzulaufen und sie auf offener Straße zu umarmen.

»Wo kommen Sie her, und wohin gehen Sie?« Dies war meine erste Frage, als ich überlegte, wie verirrt und verloren sie in einem Stadtteil sein mußte, der für Frau de Nièvres das Ende der Welt bedeutete.

»Mein Ziel liegt zwei Schritte von hier«, erwiderte sie. »Ich muß einen Besuch machen.« Dann gab sie einen Namen an. »Ich weiß nicht, ob ich empfangen werde. Auf alle Fälle ist es besser, wenn wir uns trennen. Man darf uns hier nicht zusammen sehen. Sie sind schon längst nicht mehr unbefangen, und Sie haben solche Dummheiten begangen, daß es in Zukunft an mir ist, vernünftig zu sein.«

»Ich gehe«, sagte ich, während ich zum Abschied grüßte.

»Übrigens«, begann Madeleine in dem Augenblick, in dem ich mich entfernte, von neuem, »bin ich heute abend mit meinem Vater und meiner Schwester im Theater. Wir haben einen Platz für Sie, wenn Sie ihn wollen.«

»Lassen Sie mich nachdenken.« Ich tat, als fiele mir eine Verabredung ein, die ich indes gar nicht hatte. »Heute abend bin ich nicht frei.«

»Es war nur ein Gedanke von mir«, fügte sie mit der Anmut eines Kindes hinzu, das man bei einem Unrecht ertappt.

»Nein, es ist leider nicht möglich.« Es war, als mache es

mir Freude, Laune mit Laune zu vergelten, um sie zu peinigen.

Abends um einhalb neun Uhr betrat ich ihre Loge. Ich öffnete die Tür so leise wie nur möglich. Madeleine fühlte offenbar, daß ich es war, denn sie machte nicht einmal den Versuch, sich umzusehen. Sie überließ sich völlig der Musik, und ihr Blick blieb auf die Bühne gerichtet. Erst während der ersten Pause konnte ich zu ihr gehen und ihr einen Gruß abnötigen.

»Ich bitte Sie um einen Platz in Ihrer Loge«, sagte ich, und, mich verstellend, fuhr ich fort: »Es sei denn, daß dieser Platz Herrn de Nièvres vorbehalten ist.«

»Herr de Nièvres kommt nicht«, entgegnete Madeleine. Dabei blickte sie in den Zuschauerraum.

Ein unsterbliches Meisterwerk wurde gegeben. Das Haus erstrahlte im vollsten Glanz. Unvergleichliche Sänger, die heute verschwunden sind, weckten wahre Stürme von Begeisterung. Die Zuschauer ergingen sich in nicht enden wollendem Beifall. Die aufpeitschende, leidenschaftliche Musik brachte nicht nur die Hände in Bewegung; sie zündete auch in den trägsten Herzen, und selbst die unempfindlichsten Gemüter gerieten in Verzückung. Ein Tenor, der schon durch seinen Namen berauschend wirkte, trat, nur wenige Schritte von uns entfernt, ganz nahe an die Rampe. Einen Augenblick stand er wartend und etwas linkisch da, wie eine Nachtigall, die sich zum Singen anschickt. Er war garstig, fett, schlecht kostümiert und glich auch in seiner äußeren Reizlosigkeit dem gefiederten Künstler. Schon nach den ersten Tönen ging ein Beben durch den Raum, das an das leise Zittern des Laubes erinnerte. Nie ist er mir so herrlich vorgekommen wie an jenem Abend, dem einzigen und letzten, an dem ich ihn gehört habe. Alles war erlesen, auch die flüssige, bewegliche und dabei so sehr dem Maß gehorchende italienische Sprache, die Gedanken in klingende Akzente und Wortreihen in Melodien verwandelt. Er sang die ewig hinreißende und ergreifende Arie von den beiden Liebenden, die aufeinander hoffen. Nacheinander brachte er in unerhörten Tonfolgen die ganze Traurigkeit, die ganze Glut und die ganze Zuversicht erschütterter Herzen zum Ausdruck. Es war, als wende er sich nur an Madeleine, so unmittelbar erlebten wir die mächtige und doch so gehaltene Stimme. Für mich war der Mann ein Leidensgefährte, obschon er selbst nichts fühlte. Hundert Jahre hätte ich mein gemartertes und brennendes Herz bis ins Innerste durchwühlen können; aber nicht ein Wort wäre ans Licht gekommen, das es mit einem Seufzer dieser Kehle, die so viel sagte und so gar nichts empfand, hätte aufnehmen können.

Madeleine lauschte atemlos. Ich saß so nahe hinter ihr, wie es ihr Sessel, auf den ich mich stützte, zuließ. Ab und zu lehnte sie sich so weit zurück, daß ihr Haar meine Lippen streifte. Bei jeder Bewegung spürte ich ihr unregelmäßiges Atmen, und das setzte mich noch mehr in Flammen. Sie hatte ihre beiden Arme über der Brust gekreuzt, vielleicht, um ihren Herzschlag zu dämpfen. Ihr ganzer Körper gehorchte diesem mächtigen Pochen. Jeder Atemzug teilte sich dem Sessel und meinem Arm mit; und das krampfhafte Zucken, das ich dann spürte, schien uns beide zu verbinden. Es war, als verschenke derselbe Atemzug ein zwiefaches Leben und als kreise Madeleines Blut in meinen von der Liebe völlig ausgetrockneten Adern.

In diesem Augenblick entstand in einer entfernteren Loge ein Geräusch. Zwei Frauen traten ein, die ohne Begleitung kamen. Sie waren in großer Aufmachung, erschienen aber zu spät, um noch eine Wirkung zu erzielen. Kaum hatten sie Platz genommen, da begann auch schon der Rundgang ihrer Gläser. An Madeleines Loge machten sie halt. Madeleine ahmte sie unwillkürlich nach. Es fand eine kurze gegenseitige Musterung statt, bei der ich vor Schrecken erblaßte, weil ich beim ersten Blick ein Gesicht erkannte, das mich einmal schwach gesehen hatte und das die häßlichsten Erinnerungen in mir weckte. Ob Madeleine einen Verdacht hegte, als sie den prüfenden Blick bemerkte, weiß ich nicht. Ich möchte es jedoch annehmen, denn sie drehte sich plötzlich um, als wollte sie mich ertappen. Ich hielt dem Glanz ihrer Augen stand, dem leuchtendsten und durchdringendsten, der mir je begegnet ist. Wäre es um ihr Leben gegangen, und ich hätte mich durch die leichtsinnigste Tat gefährden müssen, wäre ich nicht entschlossener gewesen. Der Abend endete schlecht. Madeleine schien an der Musik keine Freude mehr zu haben, weil eine peinliche Vorstellung sie ablenkte und das unselige Gegenüber sie wohl auch wirklich störte. Ein paarmal versuchte sie noch, sich Klarheit zu verschaffen. Dann verschloß sie sich allem, was um sie her vorging, und überließ sich ganz ihren Gedanken. Ich brachte sie zu ihrem Wagen. Als man den Tritt heruntergelassen und sie sich in ihren Pelzen vergraben hatte, fragte ich, ob ich sie begleiten dürfe.

Aber ich brauchte keine Antwort, vor allem nicht in Herrn d'Orsels und Julies Gegenwart. Die Frage war ja auch gar nicht ernst gemeint; und so stieg ich ein, bevor ich die Erlaubnis hatte.

Während der Fahrt auf dem dröhnenden Pflaster und beim raschen, lauten Pferdegetrappel wurde kein Wort gesprochen. Herr d'Orsel dachte an die Oper und summte vor sich hin. Julie betrachtete mich verstohlen; dann schmiegte sie ihr Gesicht an die Scheiben und sah hinaus. Madeleine lehnte sich zurück, als liege sie auf einem Ruhebett, und mit einer nervösen Handbewegung zerknitterte sie einen riesigen Veilchenstrauß, der mich schon den ganzen Abend berauscht hatte. Ich sah einen seltsamen, fiebrigen Glanz in ihren Augen, und ich war völlig verwirrt, weil ich fühlte, daß sich etwas verändert hatte, ja daß sich vielleicht gar eine letzte, bittere Auseinandersetzung vorbereitete.

Madeleine stieg als letzte aus, und ich hielt ihre Hand noch, als Herr d'Orsel und Julie schon die Treppe hinaufgingen. Wir folgten etwas langsamer. Da ließ sie plötzlich ihren Strauß fallen. Ich tat, als habe ich nichts bemerkt.

»Meine Blumen, bitte!« Es klang wie ein Befehl.

Wortlos gab ich sie ihr. Sie nahm die Blumen, führte sie rasch an die Lippen und biß hinein. Es sah aus, als wolle sie sie aus Wut zerstören.

»Sie foltern mich, Sie richten mich zugrunde«, flüsterte

sie. Der Ton von Verzweiflung, der mitschwang, war nicht zu überhören. Dann riß sie mit einer Bewegung, die ich Ihnen nicht zu schildern vermag, den Strauß in zwei Hälften, behielt die eine und warf mir die andere an den Kopf.

Es war mitten in der Nacht, aber ich lief wie ein Verrückter. Als wäre es ein Stück von Madeleines Herzen, so trug ich die Blumen vor mir her, auf die sie ihre Lippen gedrückt hatte; und wo ich ihren Biß spürte, da glaubte ich ihre Küsse zu erhaschen und festzuhalten. Ich ließ mich vom Zufall treiben. Trunken vor Wonne wiederholte ich dauernd irgendein Wort, das mir so licht schien wie die aufgehende Sonne. Ich wußte nicht, wieviel Uhr es war, und nicht, wo ich mich befand. Nachdem ich mich zehnmal in dem Stadtteil von Paris verirrt hatte, den ich am besten kannte, kam ich an die Quais. Ich begegnete niemandem. Ganz Paris schlief, wie es immer zwischen drei und sechs Uhr morgens zu schlafen pflegt. Der Mond beleuchtete die ausgestorbenen Quais, die sich ins Unabsehbare fortsetzten. Es war kaum noch kalt; wir befanden uns im März. Auf dem Fluß zitterten helle Lichtflecken. Der Strom flutete ohne das leiseste Geräusch zwischen seinen hohen, mit Bäumen und schönen Häusern gekrönten Ufern. Dahinter dunkelte die große Stadt mit ihren Kuppeln, ihren geraden und spitzen Türmen; und die Sterne über ihnen sahen aus wie eben entzündete Flämmchen. Irgendwo, im Nebel verschwindend, lag das Herz von Paris im Schlummer. Stille und Einsamkeit steigerten das Bild, das ich jetzt vom Leben, von seiner Größe, seinem Reichtum und seiner Mächtigkeit hatte, bis zur äußersten Klarheit. Ich dachte an alles, was ich erlitten hatte. Ob unter Menschen oder allein in meinen Räumen, immer hatte ich mich einsam, verloren, durchschnittlich und wie ausgestoßen gefühlt. Ich wußte, daß dieses dauernde Ungenügen nicht meine Schuld war, sondern daß ihm, wie jedem Gebrechen, mangelndes Glück zugrunde lag. »Ein Mensch ist alles oder nichts«, sagte ich mir. »Aus dem Kleinsten kann der Größte werden. Und der Elende vermag eines Tages Neid zu erregen.« Und plötzlich war ich sicher, mein Glück und mein Stolz könnten Paris erobern. Ich hatte die unsinnigsten Vorstellungen und schmiedete die ungeheuerlichsten Pläne, und sie wären unentschuldbar gewesen, hätte mein Erregungszustand sie nicht hervorgebracht. Am nächsten Tage wollte ich Madeleine sehen, um jeden Preis. »Es soll«, flüsterte ich mir zu, »kein Ausweichen, keine Verstellung, keine List und keine Schranke mehr geben, die stärker sind als mein Wille und als die Zuversicht, die ich in mir fühle.» Ich ließ die zerknitterten Blumen nicht los. Ich sah sie an; ich bedeckte sie mit Küssen; ich fragte sie, ob sie Madeleines Geheimnis gehütet hätten; ich bat sie, mir zu sagen, was Madeleine ihnen anvertraut habe und ob es Liebkosungen oder Beleidigungen gewesen seien. Und plötzlich erwiderte mir irgendein schreckliches Gefühl, daß Madeleine für mich verloren, daß jede Verwegenheit vergeblich sein würde.

Schon am folgenden Tage ging ich zu Frau de Nièvres. Ich fand sie nicht zu Hause. An den beiden folgenden Tagen ging ich wieder zu ihr. Sie blieb unsichtbar. Aus all dem folgerte ich, daß sie nicht mehr Herrin ihrer selbst sei und daß sie die einzigen Schutzmaßnahmen ergriffen habe, die jeder Prüfung standhalten.

Etwa drei Wochen vergingen in einem Kampf gegen verschlossene Türen und in einer Empörung, die mich in eine verstörte Bestie verwandelte, die mit dem Kopf gegen ihr Gitter rennt.

Eines Abends überreichte man mir ein Schreiben. Ich ließ es einen Augenblick geschlossen und hielt es vor mich hin, weil ich wußte, daß es mein Schicksal enthielt.

»Falls Sie überhaupt noch mein Freund sind«, schrieb Madeleine, »geben Sie es endlich auf, mich zu verfolgen! Sie tun mir unnötig weh. Solange ich hoffen durfte, Sie von Ihrem Wahn und von Ihrer Torheit zu heilen, habe ich nichts unversucht gelassen, um dieses Ziel zu erreichen. Heute gehöre ich anderen Pflichten, die ich nur allzusehr vernachlässigt habe. Tun Sie, als wären Sie nicht mehr in Paris! Wenigstens eine gewisse Zeit. Es liegt bei Ihnen, ob ich Ihnen ›Lebe wohl‹ oder ›Auf Wiedersehen‹ sage.«

Diese abgedroschenen, gefühllosen Abschiedsworte hatten einen vollkommenen Zusammenbruch zur Folge. Auf die Erschlaffung folgte Zorn. Und der Zorn war vielleicht meine Rettung. Er gab mir die Kraft, mich zur Wehr zu setzen und mich zu einer äußersten Anstrengung aufzuraffen. Noch am selben Tage schrieb ich mehrere Briefe, um zu sagen, daß ich Paris verließe. Ich nahm eine andere Wohnung und verschwand in einem entlegenen Stadtviertel. Ich rief zu Hilfe, was in mir an Vernunft, Einsicht und Liebe zum Guten geblieben war, und unterwarf mich einer neuen Prüfung, deren Dauer ich nicht kannte, von der ich jedoch genau wußte, daß sie die letzte war.

XVI

Dieser Wechsel vollzog sich von einem Tage zum andern. Ich durfte weder zögern noch Zeit verlieren. Jetzt verachtete ich jede halbe Maßnahme; jetzt wollte ich den Kampf. Die Tatkraft hatte die Oberhand gewonnen. Da mein Wille auf der einen Seite nicht durchgedrungen war, mußte er sich in einer anderen Richtung entfalten, mußte er einen neuen Widerstand finden, an dem er sich erproben konnte; und mit ihm mußte er sofort zu ringen beginnen. Die Zeit drängte. Abgesehen von der wirklichen Zahl meiner Jahre fühlte ich mich zwar nicht gealtert, aber doch sehr gereift. Ich war kein Jüngling mehr, den der leiseste Kummer so umwirft, daß er sich im Schmerz verzehrt und in lauter Weichheit ertrinkt. Ich war ein stolzer, ehrgeiziger Mann, Knecht einer unseligen Leidenschaft, der plötzlich mitten auf dem Lebenswege unversehens fällt wie ein langjähriger Krieger bei einem entscheidenden Ringen, während sein Herz voller Gram, seine Seele durch Ohnmacht verbittert und sein Geist trächtig ist von vielfachen Plänen.

Ich verkehrte nicht mehr in der Gesellschaft, wenigstens nicht mehr in den Kreisen, in denen ich fürchten mußte, Bekannte zu treffen oder auf Spuren zu stoßen, die mir eine Versuchung hätten werden können. Ich schloß mich nicht völlig ab, denn dann wäre ich den Erstickungstod gestorben. Aber ich beschränkte mich auf den Umgang mit tätigen, geistigen, ganz von einer bestimmten Facharbeit in Anspruch genommenen Männern, die keinem Hirngespinst nachliefen, sondern sich etwas Wirklichem, einer Wissenschaft oder einer Kunst widmeten, wie jener geistreiche Florentin, der die Perspektive erfunden und einmal mitten in der Nacht seine Frau geweckt hat, um ihr zu sagen: »Was für ein herrliches Ding ist doch die Perspektive!« Ich mißtraute der Phantasie, weil sie auf Irrwege führt, und hielt statt dessen auf strenge Zucht. Wenn ich meine Nervenkraft bisher mit einer Art von Wollust gespart hatte, so züchtigte ich sie jetzt auf die grausamste Weise dadurch, daß ich alles Kranke von mir wies und mit vollster Überlegung nur das Starke und Gesunde bevorzugte.

Ein Mondstrahl am Seine-Ufer, eine gütige Sonne, eine Träumerei am Fenster, ein Wandeln unter Bäumen, ein größeres oder geringeres Wohlbefinden, je nachdem die Sonne schien oder der Regen tropfte, die üble Laune, in die ein zu lebhafter Luftzug versetzte, und die guten Gedanken, die ein völliges Schweigen der Lüfte schenkt, die ganzen Verzärtelungen und Abhängigkeiten, alle die kleinen Genüsse und übertriebenen Empfindlichkeiten: das alles unterzog ich einer Prüfung. Ich fand, es sei eines Mannes nicht würdig, und ich zerbrach den vielfach giftigen und brüchigen Panzer, mit dem ich mich sonst gegen das Leben gewehrt hatte. Das schmerzliche Gefühl des Opfers verband sich in mir mit dem verlockenden der Pflicht, die ich mir selbst gegenüber zu erfüllen hatte. Aus ihm zog ich eine seltsame Befriedigung, die nicht eigentlich Freude und noch weniger Machtgefühl war, sondern eher einer schönen Genugtuung glich, die ein erfülltes mönchisches Gelübde bringt. Ich sah nichts Knabenhaftes in einer Wandlung, die so tief begründet war und von der ich ein ernsthaftes Ergebnis erhoffte. Mit meiner Lektüre hielt ich es wie mit tausend anderen Dingen; ich betrachtete sie als eine geistige Nahrung von höchster Wichtigkeit und merzte alles Überflüssige aus. Ich fühlte nicht das geringste Bedürfnis mehr, über Angelegenheiten des Herzens aufgeklärt zu werden. Mich in Büchern rührenden Inhalts zu spiegeln, lohnte sich in dem Augenblick nicht, in dem ich mir selbst entfliehen wollte. Ich konnte in ihnen nur ein besseres oder ein schlechteres Ich finden. Im ersten Falle war es eine überflüssige Belehrung; im zweiten ein Bild, das ich zu meiden hatte. Ich stellte mir für den eigenen Gebrauch ein nützliches Verzeichnis von allem auf, was Menschengeist an Tröstlichem, an Sittlich-Starkem und an wirklich Vernünftigem hervorgebracht hatte. Schließlich hatte ich Madeleine ja versprochen, mein Bestes zu versuchen; und diesen Schwur wollte ich halten, selbst wenn ich ihr nie zeigen konnte, was ich ohne Amt zu leisten vermochte und was einem Ehrgeiz an Kraft und Dauer eignete, der im Grunde nichts war als enttäuschte Liebe.

Als ich diese Lebensweise ein paar Monate unverändert geführt hatte, erreichte ich einen Grad von künstlicher Gesundheit und von geistiger Robustheit, der mir manche Möglichkeiten zu geben schien. Zunächst rechnete ich mit der Vergangenheit ab. Wie Sie wissen, war Poesie meine Leidenschaft. Es mochte unüberwindliche Anhänglichkeit an ehemalige schöne Tage oder Eigenliebe sein; jedenfalls wollte ich das, was von meiner Jugend erhalten war, nicht völlig preisgeben. Deshalb machte ich mich an die Aufgabe, die alten Schätze aus der Zeit kindlicher, halbreifer Empfindungen zu sichten. Es war ein liebevolles, aber durchaus mutiges Bekenntnis, so daß mein strenges Gewissen sich nicht zu schämen brauchte. Aus meinen zahlreichen Jugendtorheiten machte ich zwei Bände und gab ihnen einen Titel, aus dem ihre Entstehung in sehr frühen Tagen hervorging. Außerdem schrieb ich ein geschicktes Vorwort, das sie zum mindesten vor dem Vorwurf der Lächerlichkeit schützte, und veröffentlichte sie ohne Namen. Sie erschienen und verschwanden wieder. Ich hatte nichts anderes erwartet. Vermutlich haben nicht mehr als zwei oder drei junge Leute meines Alters sie gelesen. Ich unternahm nichts, um sie vor völliger Vergessenheit zu bewahren;

denn ich bin überzeugt, was unbeachtet bleibt, verdient kein anderes Schicksal, wie umgekehrt kein heller Sonnenstrahl im Universum verlorengeht.

Als diese Säuberung beendet war, beschäftigte ich mich mit weniger leichtfertigen Aufgaben. Es wurde damals überall Politik getrieben, und zumal von denen, die beobachtend und etwas verbittert im Hintergrunde standen und zu denen ich damals gehörte. Eine Menge unreifer Gedanken, viele hoffnungsvolle Pläne und manche Ideale, die sich auf Menschheitsbeglückung bezogen, lagen in jenen Tagen in der Luft. Bald darauf nahmen sie eine festere Gestalt an und führten zu dem, was man heute den Gewitterhimmel der modernen Politik nennt. Meine wohl etwas müde, aber keineswegs erloschene Phantasie fand hier einen günstigen Nährboden. Der Ruhm des Staatsmannes war in der Epoche, von der ich spreche, das würdigste Ziel des Ehrgeizes, zumal jedes Genie, jedes Talent, ja überhaupt jeder Befähigte sich den sozialen Forderungen der Zeit zu beugen hatte. Mich beflügelte der Wunsch, ein solcher Mensch zu werden, zumal ich so lange unnütz gewesen war. Bisweilen wurde ich auch ein Opfer der Ruhmsucht, aber Gott weiß, daß es nicht meinetwegen geschah.

Zunächst begann ich mit einer Art von Dienst im Vorraum des staatlichen Lebens, das heißt in einem bescheidenen Zirkel, der sich aus ehrgeizigen, opferbereiten, sehr jungen Leuten zusammensetzte und in dem sich im kleinen ein Teil der Kämpfe abspielte, die damals Europa in Bewegung setzten. Ich hatte Erfolg. Heute, wo unsere Zusammenkünfte längst vergessen sind, darf ich es getrost zugeben. Mein Weg schien vorgezeichnet, meine Tätigkeit nahm einen derartigen Umfang an, daß sie mich völlig aufsog. Trotzdem war mein Verlangen, Madeleine wiederzusehen, unbesiegbar; und wenn ich, etwas voreilig, von einem künftigen Posten in der Regierung träumte, wußte ich manchmal nicht, ob der Menschenfreund in mir lauter sprach oder der Liebende.

Wie dem auch sein mochte, ich faßte meine Gedanken zunächst einmal in einem Buch zusammen, das unter einem fingierten Namen erschien. Ein paar Monate später gab ich ein zweites heraus. Beide fanden einen größeren Widerhall, als ich erwartet hatte. Binnen kürzester Zeit wurde ich aus einem völlig Unbekannten fast zu einer Berühmtheit. Heimlich genoß ich das eitle, flüchtige, aber sehr eigenartige Vergnügen, mich in der Person meines Pseudonyms preisen zu hören. Als mein Erfolg nicht mehr bestritten werden konnte, brachte ich Augustin die beiden Bände. Er umarmte mich liebevoll, setzte mir auseinander, daß ich große Fähigkeiten habe, sprach sein Erstaunen darüber aus, daß sie sich so rasch und so plötzlich entwickelt hätten, und sagte mir mit einer Bestimmtheit, gegen die keine Einwände aufkamen, ein Schicksal voraus, daß mich der Schwindel packte. Da es mein dringender Wunsch war, daß Madeleine den Vorgeschmack meines Berühmtseins mit mir teilen möchte, schickte ich die Bücher an Herrn de Nièvres. Ich bat ihn, mein Geheimnis zu wahren, und gab ihm eine einleuchtende Erklärung für meine Zurückgezogenheit, die übrigens dadurch entschuldbar wurde, daß ich eine Aufgabe hatte.

Herrn de Nièvres Antwort bestand eigentlich nur aus ein paar Dankesworten und einem dem allgemeinen Urteil nachgesprochenen Lob. Madeleine fügte diesem Schreiben nicht eine Silbe hinzu.

Das leise Schwindelgefühl, das mit dieser glücklichen literarischen Laufbahn zusammenhing, ging rasch dahin. Den Hochgefühlen einer leichten, ungestümen und nicht sehr streng durchgearbeiteten Produktion folgte eine tiefe Ernüchterung, deutlicher gesagt, eine Zeit kühler Überlegung und eigentümlich klarer Selbsterkenntnis. In mir lebte ein früheres Ich, von dem ich Ihnen schon lange nicht mehr erzählt habe. Dieses Ich hatte geschwiegen, aber es war nicht tot. Es benutzte den Augenblick der Erschöpfung, um wieder ans Licht zu treten und mir eine ernste Predigt zu halten. Während mein Herz überströmte, hatte ich es völlig unterdrückt. Es gewann die Oberhand wieder, sobald es sich um Dinge handelte, über die sich streiten ließ. Es fing an, mir ganz kalt vorzurechnen, welche tatsächlichen Ergebnisse ich von meinen Fähigkeiten zu erwarten hatte. Mit anderen Worten, ich untersuchte genau, was an meinen Erfolgen berechtigt war und ob und welche Hoffnungen ich mir machen durfte. Ich stellte eine unerbittliche Bilanz meines Wissens auf, das heißt, der von mir erworbenen Kenntnisse und Fähigkeiten, will sagen der Kräfte, die ich in Leistungen umzusetzen vermochte. Ich überschlug, was angelernt und was angeboren war, was ich mit aller Welt teilte und was mir allein gehörte. Diese unparteiische Kritik, bei der ich so unbarmherzig verfuhr wie bei einer geschäftlichen Abrechnung, ergab, daß ich zwar ein Mann von Geschmack, aber nur mittelmäßig begabt war.

Ich hatte grausamere Enttäuschungen erlebt; diese bereitete mir keinen sonderlichen Kummer. Im übrigen hatte ich es mir kaum anders gedacht.

Viele würden meine Lage für besonders glücklich gehalten haben. Ich sah sie mit anderen Augen. Das eine Ungetüm unserer Zeit, das Olivier das Gemeine nannte, das er so tief verabscheute und das ihn schließlich, Sie wissen ja, wohin geführt hat, kannte auch ich, nur unter einem anderen Zeichen. Es hauste im Reich der Gedanken nicht weniger als in den unteren Schichten der Geschehnisse. Es war der böse Geist aller Zeiten, und es war die Plage auch der unseren. Die Verunglimpfung des Edlen, die sich überall vollzog, blieb mir nicht verborgen. Ich sträubte mich nicht gegen das Lob, das mir zuteil wurde, ließ mich in meinen Ansichten jedoch nicht im geringsten beeinflussen. Ich nahm es als den unüberlegten Ausdruck der öffentlichen Meinung, die obenauf war, weil das Niedrige den Maßstab herabdrückte und den ehemals lebendigen Sinn für das Höhere lähmte. Ich hielt die Ansichten über mich für gerecht und verurteilte mich und sie zugleich.

Ich entsinne mich, daß ich eines Tages eine Probe machte, die noch überzeugender war als die bisherigen. Ich entnahm meiner Bibliothek eine Anzahl von zeitgenössischen Werken; und indem ich ebenso verfuhr, wie die Welt sicher noch vor dem Ablauf unseres Jahrhunderts verfahren wird, fragte ich mich bei einem jeden nach seinem bleibenden Wert, und mehr noch, ob es das Recht habe, sich einen wirklichen Nutzen zuzuschreiben. Da ging mir dann sehr bald auf, daß nur sehr wenige die erste Bedingung erfüllten und Dauer beanspruchten und daß genau so wenige sich als notwendig bezeichnen konnten. Manche hatten ihren Zeitgenossen Vergnügen bereitet, aber mit dieser kleinen Freude war ihr Leben zu Ende. Einigen haftete ein Glanz von Gültigkeit an, der sich, aus der Nähe gesehen, als falsch erwies; ihnen den richtigen Platz einzuräumen, wird die Aufgabe der Zukunft sein. Nur eine ganz geringe Zahl – und ich staunte, wie gering sie war – trug das seltene, unbestreitbare und unveräußerliche Zeichen, an dem man die echte göttliche und menschliche Schöpfung erkennt, die wohl nachgeahmt, aber nicht ersetzt werden kann und die man sich nicht fortzudenken vermag, ohne ein Gefühl des Mangels zu haben. Diese Form von nachträglicher Beurteilung, mit der ein Unwürdiger an vieles Vorzügliche heranging, bewies mir klipp und klar, daß ich niemals zu den Verschonten gehören würde. Der, der einstmals die großen Schatten in seinem Kahn aufnehmen würde, mußte mich am ersten Gestade zurücklassen. Daran bestand kein Zweifel.

Nochmals trat ich mit meinem Namen, oder vielmehr mit der fingierten Person, hinter der ich stand, vor das Publikum. Dann fragte ich mich, was ich nun tun wolle, und war eine Zeitlang ratlos. Vor allem gab es eine außerordentliche Schwierigkeit. Ich hatte mich aus vielen Bindungen gelöst, über viele Irrtümer waren mir die Augen aufgegangen, aber ich hing noch an einem einzigen Faden. Und eben dieser Faden war eine ständige Fessel, und ich konnte mir nicht vorstellen, daß ich ihn je würde zerreißen können.

Von Madeleine erfuhr ich fast nur noch durch Olivier, den ich jedoch selten sah, oder durch Augustin, den sie in ihren Kreis gezogen hatte, seitdem ich verschollen war. So wußte ich ungefähr, wie ihr Dasein sich abgespielt hatte. Ich wußte, daß sie Reisen gemacht, daß sie in Nièvres und dann wieder in Paris gewohnt hatte; freilich nur, um die Stadt bald wieder zu verlassen, wofür eigentlich kein anderer Grund vorlag als ein drückendes Unbehagen, das sich in einem ständig wechselnden Gemütszustande äußerte und in einem Bedürfnis nach Ortsveränderung. Ab und zu hatte ich sie gesehen, aber so flüchtig und innerhalb eines solchen Gedränges, daß es mir jedesmal vorgekommen war wie ein peinigender Traum. Von diesen kurzen Begegnungen blieb nichts als der Eindruck eines verzerrten Bildes und eines betrübten Gesichts, als hätten die düsteren Farben meines Gemütes ihr strahlendes Antlitz verfinstert.

Eben um diese Zeit hatte ich ein sehr aufregendes Erlebnis. Es gab eine Ausstellung von moderner Malerei. Obschon ich für diese Kunst Empfinden besaß, hatte ich doch weder Verständnis noch Erfahrung. Ich sprach nicht viel über sie, gerade weil ich sie sehr hochschätzte, machte jedoch ab und zu eine Probe, um mir ein Urteil über meine Zeit zu bilden, wobei der Vergleich mit früheren freilich nicht erfreulich war. Eines Tages sah ich eine kleine Gruppe von Menschen, offenbar von Kennern, vor einem Gemälde diskutieren. Es war ein Brustbild, im alten Stil auf dunklem Hintergrund gemalt; die Kleidung war kaum ausgeführt, jedes Beiwerk fehlte. Man sah wunderschöne Hände und eine im Dunkeln sich verlierende Frisur. Das fest umrissene Gesicht blickte auf den Beobachter. Es war mit der Genauigkeit einer Emailarbeit auf die Leinwand aufgetragen und mit zarten, kühnen und doch weichen Strichen herausgearbeitet worden, so daß man unter den kräftigen und deutlichen Zügen, die bisweilen an eine Münze erinnerten, das Schlagen eines erregten Herzens spürte. Erschüttert stand ich vor diesem Gemälde, das in seiner traurigen Wirklichkeit fast beängstigend wirkte. Die Signatur war die eines berühmten Mannes. Ich stürzte mich auf den Katalog und fand die Anfangsbuchstaben von Frau de Nièvres Namen. Aber ich bedurfte keines Beweises. Madeleine saß vor mir und sah mich an. Aber mit welchem Blick und in welcher Haltung! Wie bleich schaute sie drein, und wie geheimnisvoll war dieses wartende Gesicht, das so viel bitteren Kummer verriet!

Fast hätte ich einen Schrei ausgestoßen; und heute weiß ich nicht mehr, wie es mir gelungen ist, den Umstehenden einen Ausbruch von Wahnsinn zu ersparen. Ich drängte mich durch die Neugierigen, die mir im Wege standen, weil sie von dem Bildnis und mir nichts wußten, und befand mich bald in der vordersten Reihe. Da ich mich berechtigt fühlte, aus der Nähe und genauer zu studieren, ahmte ich die Gesten, die Haltung, die Art zu betrachten und sogar die kleinen billigenden Zurufe der Kunstbeflissenen nach. Es sah aus, als begeistere ich mich für das Werk des Malers, aber in Wirklichkeit war ich nur von leidenschaftlicher Liebe zu seinem Modell hingerissen. Am nächsten und an jedem folgenden Tage kam ich wieder. Frühzeitig fand ich mich in den leeren Sälen ein und sah das Bild schon aus der Ferne, wenn es noch kaum deutlich war. Mit jedem Schritt, mit dem ich näher kam, wurde es deutlicher. Und dann stand ich vor ihm. Von einer Würdigung des Kunstwerkes war keine Rede. Ich sah nur Madeleine. Sie wurde immer trauriger; es war, als würde sie von Angst und von bösen Träumen gepeinigt. Ich sprach mit ihr. Ich erzählte ihr, wie ich mich zwei lange Jahre gequält hatte. Ich flehte sie an, mich nicht mehr abzuweisen und meine Besuche wieder zu erlauben. Mein ganzes Leben mußte sie anhören und meinen berechtigten und doch so erbarmungswürdigen Stolz über sich ergehen lassen. Manchmal wurden die zurücktretenden Wangen, die leuchtenden Augen und der unbeschreiblich zarte Mund des stummen Bildnisses so lebendig, daß mich der Schrecken packte. Sie schien zuzuhören und zu verstehen; aber dann war es wieder, als verbiete ihr die allgewaltige Kunst, die sie so unbarmherzig in den Rahmen gesperrt hatte, sich zu bewegen und mir Antwort zu geben. Zuweilen kam mir der Gedanke, Madeleine habe alles vorausgesehen und geahnt, daß ich erst ihrem Bilde wieder begegnen und daß mich der wunderliche Dialog zwischen dem lebenden Menschen und dem toten Gemälde vor Kummer halb wahnsinnig machen würde. Und je nachdem, ob aus dem Antlitz vor mir Mitleid oder Verachtung sprach, packte mich Zorn oder rührte mich Dankbarkeit bis zu Tränen.

Was ich hier erzähle, dauerte fast zwei Monate. Eines Tages sprach ich ein letztes Lebewohl. Die Säle wurden geschlossen, das Bild verschwand, und ich war einsamer als je zuvor.

Bald darauf besuchte mich Olivier. Er machte einen ernsten und verstörten Eindruck. Gewissensbisse schienen ihn zu plagen. Als ich ihn sah, befiel mich ein Zittern.

»Ich weiß nicht, was in Nièvres vor sich geht«, sagte er. »Jedenfalls ist alles aus den Fugen.«

»Handelt es sich um Madeleine?« fragte ich entsetzt.

»Julie ist krank«, fuhr er fort, »und so krank, daß man sich Sorgen macht. Madeleine geht es auch nicht gut. Ich möchte hinausfahren, aber, wie die Dinge liegen, ist es nun einmal unmöglich. Mein Onkel schreibt verzweifelte Briefe.«

»Und Madeleine?« fragte ich noch einmal, als gäbe es noch etwas Schlimmeres, was er verschweigen wollte.

»Ich wiederhole, daß Madeleines Gesundheitszustand betrüblich ist. Aber er hat sich auch nicht mehr verschlechtert; er bleibt, wie er ist.«

»Ob du nach Nièvres fährst oder nicht, Olivier, ich werde morgen dort sein. Niemand hat mich aus Madeleines Hause vertrieben; es war mein Wille, mich zu entfernen. Ich hatte sie gebeten, mir sofort Nachricht zu geben, wenn sie meiner bedürfe. Sie hat Gründe zu schweigen, und ich habe Grund, zu ihr zu eilen.«

»Du mußt tun, was du für richtig hältst. In deinem Falle würde ich genauso handeln; nur würde es mich nicht bedrücken, wenn sich hinterher herausstellte, daß das Heilmittel schlimmere Folgen hat als das Übel selbst.«

»Leb wohl!«

»Leb wohl!«

XVII

Am folgenden Tage war ich in Nièvres. Ich kam abends, kurz vor Dunkelwerden an. Es war im November. Ich ließ mich in einiger Entfernung vom Eingangstor, mitten im Gehölz, absetzen und ging über den Hof. Niemand bemerkte mich. Rechts, am Ende des Seitenflügels, loderte in der Küche ein Feuer. Die Fenster, aus denen der Lichtschein fiel, bildeten an der Vorderseite des Schlosses zwei helle Ausschnitte. Ich ging geradewegs zur Halle. Die Tür war angelehnt. Irgend jemand durchquerte den Raum im Augenblick meines Eintretens. Es war sehr finster.

»Ist Frau de Nièvres daheim?« fragte ich. Ich glaubte, mit einem Zimmermädchen zu sprechen. Die Frau, an die ich mich wandte, drehte sich rasch um und kam auf mich zu. Dann stieß sie einen Schrei aus. Es war Madeleine.

Starr vor Schrecken blieb sie stehen. Ich ergriff ihre Hand. Ich war nicht stark genug, um auch nur ein einziges Wort herauszubringen. Das wenige Licht, das von draußen hereinkam, gab ihr die leblose Blässe einer Statue. Ihre schwachen eiskalten Hände lösten sich unmerklich aus meiner Umklammerung. Sie glichen den Händen einer Toten. Ich sah, wie sie schwankte; aber als ich mich beeilte, um sie aufzufangen, machte sie sich mit einem Ausdruck von unbeschreiblichem Entsetzen los. Sie riß ihre Augen weit auf und stammelte: »Dominique ... Sie? ...« Es war, als erwache sie aus einem zweijährigen bösen Traum und als würde ihr nun erst plötzlich klar, daß ich noch auf der Welt sei. Dann tat sie ein paar Schritte, um die Treppe zu erreichen, und schleppte mich dabei ganz unbewußt und gedankenlos mit. Seite an Seite stiegen wir, uns immer noch an den Händen haltend, die Treppe hinauf. Als wir im Vorzimmer des ersten Stockwerks standen, schien ihre Besinnung zurückzukehren.

»Treten Sie hier ein«, sagte sie, »ich will meinen Vater benachrichtigen.« Ich hörte sie rufen. Dann ging sie in Julies Zimmer.

Herr d'Orsel begrüßte mich mit den Worten: »Mein

lieber Junge, ich habe großen Kummer.« Das besagte mehr als jeder offene Vorwurf und traf mich wie ein Dolchstoß.

»Ich habe von Julies Erkrankung erfahren«, erwiderte ich und bemühte mich gar nicht erst, meine zitternde Stimme zu verstellen. »Ich weiß auch, daß Frau de Nièvres leidend war, und deshalb bin ich gekommen. Es ist lange her . . .«

»Ja, es ist lange her«, fiel Herr d'Orsel ein. »Das Leben reißt die Menschen auseinander. Jeder hat seine Pflichten und seine Sorgen.«

Er schellte, ließ die Lampen anzünden und musterte mich mit einem flüchtigen Blick, als müßten die beiden Jahre mich ebenso verändert haben wie seine Kinder.

»Auch Sie sind älter geworden«, fuhr er in gütigem und herzlichem Tone fort. »Sie haben viel gearbeitet; wir haben die Beweise.«

Dann erzählte er von Julie und von den großen Sorgen, die sie ihnen bereitet habe. Seit einer Reihe von Tagen sei das Ärgste jedoch überwunden. Jetzt sei das Ganze nur noch eine Frage von richtiger Pflege, Schonung und einer kurzen Ruhezeit. Darauf kehrten seine Gedanken zu mir zurück.

»Sie sind kaum ein Mann geworden, und schon haben Sie einen Namen. Wir sind dem allem mit größter Anteilnahme gefolgt.«

Er ging auf und ab und sprach dabei ohne Ordnung und Zusammenhang. Sein Haar war schlohweiß geworden; und die edle, hohe, etwas gebückte Gestalt deutete auf ein frühzeitiges Alter oder vorschnelle Entkräftung.

Nach etwa fünf Minuten unterbrach uns Madeleine. Mit den dunklen Farben, die sie trug, glich sie dem Bildnis, das mich so sehr aufgeregt hatte. Aber nun war es das Leben selbst. Ich erhob mich, ging ihr entgegen und stammelte ein paar Sätze, die weder Sinn noch Verstand hatten. Wie sollte ich meinen Besuch rechtfertigen? Wie die gewaltige Lücke füllen, die zwei Jahre Trennung gerissen hatten? Welcher Abgrund tat sich zwischen uns auf, und wieviel Geheimes, wieviel Unausgesprochenes, wieviel Dunkel lag in ihm verborgen! Dann faßte ich mich, weil ich merkte, daß Madeleine sicherer wurde, und sprach mit ihr so offen und natürlich, wie Olivier es mir empfohlen hatte. Als ich seinen Namen nannte, unterbrach sie mich: »Kommt er bald?«

»Ich glaube nicht, wenigstens nicht in den nächsten Tagen.« Meine Antwort entmutigte sie völlig, und wir verfielen alle drei einem peinlichen Schweigen.

Ich fragte, wo Herr de Nièvres sei, als ob es überhaupt denkbar wäre, daß Olivier mir von seiner Reise nichts mitgeteilt haben sollte, und tat erstaunt, als ich von seiner Abwesenheit erfuhr.

»Wir sind recht verlassen«, fuhr Madeleine fort, »und sind fast alle mehr oder weniger krank. Die Atmosphäre scheint vergiftet; es ist eine ungesunde und unfrohe Jahreszeit.« Sie warf einen Blick auf die hohen Fenster mit dem altertümlichen Verschluß. Sie gaben kaum noch Licht, da der Tag fast am Verlöschen war.

Um einer persönlichen Unterhaltung aus dem Wege zu gehen, sprach sie von all dem Jammer, der sie umgab. Der Winter kündigte sich durch Krankheit und Not an. Im Dorfe siechte das Kind dahin, das Julie betreut und gepflegt hatte, bis sie selbst, schwer heimgesucht, ihre Fürsorge, die angesichts der Todesgefahr ohnehin nichts mehr vermochte, einer anderen hatte überlassen müssen. Madeleine schien an diesem Katalog des Elends ihre Freude zu haben; mit einer wahren Lust am Traurigen zählte sie die Unglücksfälle auf, die sich in der Nachbarschaft ereignet hatten; und die Kümmernisse wetteiferten miteinander. Dann machte sie es wie Herr d'Orsel und sprach von mir; manchmal behutsam, und dann wieder mit einer Unbefangenheit, die uns allen wohltat.

Es war meine Absicht gewesen, sie kurz zu besuchen und abends in das Dorfgasthaus zurückzukehren, in dem ich mir ein Zimmer hatte geben lassen. Aber Madeleine verfügte anders. Ich merkte, daß sie Anordnungen getroffen hatte, um mich im zweiten Stock des Schlosses unterzubringen, und zwar in ein paar kleinen Räumen, die ich schon bei meinem ersten Aufenthalt in Nièvres bewohnt hatte.

Noch am selben Abend schrieb sie in meinem Beisein, kurz bevor wir uns trennten, an ihren Gatten.

»Herr de Nièvers soll wissen, daß Sie hier sind.«

Ich begriff, was diese Vorsicht, die sie in meiner Gegenwart ausübte, an Ernst und Zartgefühl von ihr verlangte.

Julie hatte ich noch nicht gesehen. Sie war schwach und erregbar. Die Nachricht von meinem Kommen hatte sie aller Behutsamkeit zum Trotz stark mitgenommen. Als ich die Patientin am nächsten Morgen besuchen durfte, lag sie auf einem bequemen Ruhebett. Unter einem weiten Morgenrock verschwand ihr armer Körper; und sie sah aus wie eine verheiratete Frau. Sie hatte sich sehr verändert, mehr, als denen zum Bewußtsein kommen konnte, die täglich um sie waren. Ein kleiner Spaniel schlief zu ihren Füßen; sein Kopf ruhte auf der Spitze ihres Pantoffels. Auf dem von Stauden und blühenden Pflanzen umgebenen Tischchen, das sie mit einem Handgriff erreichen konnte, standen Vogelkäfige. Sie selbst pflegte die Tiere, und in dem kleinen Wintergarten tönte es von frohen Stimmen. Ich betrachtete das schmale, durch Fieber mitgenommene und abgezehrte Gesicht, die bläulichen Stellen an den Schläfen und die umschatteten Augen. Sie waren noch größer und dunkler als sonst; nur das Feuer in den Pupillen strahlte wie immer. Der Anblick des armen jungen Mädchens, das so liebte, obschon Oliviers Gleichgültigkeit es fast zugrunde richtete, tat mir bitter weh.

»Heilen Sie sie, machen Sie sie gesund«, sagte ich zu Madeleine, als wir die Kranke verlassen hatten, »aber sorgen Sie dafür, daß sie sich keiner Täuschung hingibt!«

Madeleine schien nicht überzeugt. Sie konnte sich von dem letzten Hoffnungsschimmer, der ihr verblieb, offenbar nicht losmachen.

»Geben Sie jeden Gedanken an Olivier auf«, fuhr ich entschlossen fort, »und beschuldigen Sie ihn nicht mehr, als billig ist!«

Ich machte kein Hehl aus den Gefühlen, die, ob gut oder

schlecht, nun einmal über Julies Zukunft entschieden. Ich schilderte Oliviers Eigenart und seinen unbeugsamen Widerwillen gegen jede Heirat. Ja, ich betonte diese vielleicht vernunftwidrige, aber nun einmal unleugbare Abneigung, die nicht diese oder jene, sondern jede Frau unglücklich machen würde, immer wieder mit allem Nachdruck und erreichte damit wenigstens, daß Madeleine nicht mehr ganz so streng urteilte.

»Für ihn ist es eine Frage von Rechtschaffenheit«, war das letzte Verteidigungsmittel, das ich vorbrachte.

Bei dem Worte Rechtschaffenheit lächelte sie betrübt, weil es sich schlecht mit dem unabwendbaren Unheil vertrug, dessen Schuld in ihren Augen bei Olivier lag.

»Er ist der glücklichste von uns allen«, sagte sie, und die hellen Tränen liefen ihr über die Wangen.

Vom übernächsten Tage an durfte Julie in ihrem Zimmer ein wenig auf und ab gehen. Die unbezwingliche Lebenskraft des zarten Geschöpfes, das im geheimen schon so manche schwere Prüfung bestanden hatte, erwachte nicht etwa allmählich, sondern zeigte sich schon nach wenigen Stunden. Als sie kaum anfing, gesund zu werden, merkten wir bereits, daß sie sich gegen die Vorstellung, sie sei bei einer Schwäche ertappt worden, wie gegen eine Erkrankung auflehnte. Wir beobachteten, wie sie mit dem körperlichen Leiden rang, dem einzigen, dem gegenüber ein Sieg möglich war, und wie sie seiner auch wirklich Herr wurde. Zwei Tage später raffte sie sich schon dazu auf, allein in den Salon zu kommen; sie wehrte sich gegen jeden Beistand, obschon die Müdigkeit Schweißtropfen auf ihre Stirne trieb und obgleich sie infolge eines ständigen leichten Schwindels fast bei jedem Schritt wankte. Noch am selben Tage wollte sie eine Ausfahrt machen. Wir ließen sie in die freundlichsten Waldwege bringen. Das Wetter war schön. Nach der Heimkehr war sie ganz aufgelebt, nur weil sie in den weiten, von der klaren Sonne erwärmten Lichtungen den Geruch der Eichen geatmet hatte. Beim Betreten des Hauses war sie gar nicht wiederzuerkennen, so volle Farben hatte sie infolge der großen

Erregung, die indes nur Gutes bedeutete, weil ihr Blut sich belebt hatte und aufs neue durch die ausgezehrten Adern strömte. Ich war aufs höchste betroffen, als ich sah, daß so wenig, daß nichts als ein Strahl der winterlichen Sonne und der Holzgeruch geschlagener Stämme imstande waren, sie derart zu verwandeln; und mir war klar, daß sie mit aller Leidenschaft am Dasein hängen würde, obschon es ihr nichts versprach als eine lange Reihe von elenden Tagen.

»Spricht sie zuweilen von Olivier?« fragte ich.

»Nie.«

»Aber sie denkt ständig an ihn?«

»Ständig.«

»Glauben Sie, daß das immer so bleiben wird?«

»Immer.«

Als Madeleine die ernsthafte Sorge los war, die sie drei Wochen lang an Julies Bett gefesselt hatte, schien sie mit einem Male den Verstand zu verlieren. Ich weiß nicht, was in sie fuhr und sie derart aus dem Häuschen brachte, daß sie eine Unvorsichtigkeit, eine Überspanntheit und eine Dummheit nach der anderen beging. Die flammenden Blicke, die mir damals nach dem Theater klargemacht hatten, wie gefährlich es um uns stand, waren wieder da; sie trieb alles, was es auch sein mochte, bis zum äußersten und warf mir gewissermaßen ihr Herz an den Kopf, so wie sie mir an jenem Abend die Blumen ins Gesicht geschleudert hatte.

Es kamen Tage, an denen wir sehr leichtsinnig im Schloß und im Walde umhergingen. Es waren drei Tage voll unerhörten Glücks, wenn man die völlige Zerstörung des Seelenfriedens noch als ein Glück bezeichnen will. Es waren Flitterwochen verwegener und verzweifelter Art, die an Höhen und Tiefen nicht ihresgleichen und Ähnlichkeit wohl nur mit den völlig ausgefüllten, fürchterlichen Stunden hatten, in denen man einem zum Tode Verurteilten noch einmal eine Freude macht.

Am dritten Tage sollte ich, obschon ich mich hartnäckig sträubte, ein Pferd ihres Gatten reiten.

»Ich verlange, daß Sie mich begleiten«, sagte Madeleine. »Ich sehne mich nach rascher Bewegung und möchte weit, weit hinaus.«

Sie kleidete sich rasch um, ließ dann ein Pferd satteln, das Herr de Nièvres für sie abgerichtet hatte; und als sie mir zurief: »Und nun auf und davon!« hätte man wirklich denken können, sie wolle sich ohne Nachdenken, am hellichten Tage, angesichts ihrer Dienstboten, von mir entführen lassen.

Wir waren kaum im Walde, als sie zu galoppieren anfing. Ich machte es wie sie und folgte ihr unmittelbar. Sobald sie merkte, daß ich ihr auf den Fersen war, beschleunigte sie die Gangart, schlug ihr Pferd mit der Peitsche und trieb es ohne Schonung bis zur äußersten Geschwindigkeit. Ich paßte mich an; und wenn ich drauf und dran war, sie einzuholen, machte sie neue Anstrengungen, und ich blieb wieder zurück. Diese hemmungslose, aufreibende Jagd raubte mir den Atem. Madeleine ritt ein leichtes Tier und führte es so vortrefflich, daß sie sein Tempo verzehnfachte. Sie saß kaum im Sattel und machte sich so leicht, daß sie das ohnehin geringe Gewicht ihres Körpers noch verringerte. Sie stieß keinen Freudenschrei aus, machte keine jubelnde Gebärde, aber sie stürmte fort, als würde sie von Fittichen davongetragen. Ich folgte ihr, aber meine Lippen waren trocken und unbeweglich wie die eines Jockeys während des Rennens. Sie hielt sich auf einem so schmalen, eingeengten, am Rande ausgewaschenen Pfad, daß sich zwei Pferde nicht nebeneinander bewegen konnten und eins immer zurückbleiben mußte. Als ich merkte, daß Madeleine sich die größte Mühe gab, mir den Weg abzuschneiden, ritt ich durchs Unterholz, wobei ich hundertmal Gefahr lief, mir den Schädel zu zertrümmern; und als ich sie endlich überholt hatte, erklomm ich die Böschung, um die Kreuzung zu erreichen und mein Pferd querzustellen. Sie brachte das ihre kurz vor mir zum Stehen. Die beiden aufgeregten, schaumbedeckten Tiere bäumten sich, als erwarteten sie den Streit ihrer Gebieter. Und wirklich glaube ich, daß Madeleine und ich uns voller Zorn angesehen haben; so hatte dieses verrückte Wettrennen uns, abgesehen von anderen unaussprechlichen Gefühlen, aufgeregt und gereizt. Sie hielt vor mir, die Reitpeitsche mit dem Schildpattknopf zwischen den Zähnen, mit fahlen Wangen und glühenden Augen, die mich verächtlich betrachteten. Sie lachte so krampfhaft und unnatürlich, daß ich zu Eis erstarrte. Dann jagte ihr Pferd in gestrecktem Galopp davon.

Wie Bernard de Mauprat, der Edmeas Spuren folgt, blickte ich ihr nach und beobachtete, wie sie unter dem hohen Eichendom davongetragen wurde. Ihr Schleier wehte, und ihr dunkler Rock wirbelte mit der übernatürlichen Beweglichkeit eines kleinen schwarzen Dämons. Als sie am Pfadende angelangt war und ich sie, mitten im rötlichen Laub, nur noch als Punkt sah, konnte ich mich nicht beherrschen und schrie vor Verzweiflung laut auf. Dann ritt ich weiter. Als ich dorthin kam, wo sie eben noch gewesen war, sah ich sie, wo zwei Alleen sich kreuzten. Sie hielt und erwartete mich lächelnd, aber vollkommen außer Atem.

»Madeleine«, rief ich, während ich zu ihr eilte und ihren Arm ergriff, »machen Sie dem grausamen Spiel ein Ende, oder töten Sie mich auf der Stelle!«

Sie sah mich so groß und so durchdringend an, daß mir das Blut ins Gesicht schoß. Dann bewegte sie sich in ruhigerer Gangart dem Schloß entgegen. Im Schritt reitend, kamen wir an, ohne ein Wort zu wechseln. Unsere Pferde gingen nebeneinander, rieben sich die Schnauzen und bewarfen sich gegenseitig mit Schaum. Im Tor stieg Madeleine ab und überquerte, den Sand mit Peitschenhieben bearbeitend, den Hof. Dann begab sie sich auf ihr Zimmer und erschien erst am Abend wieder.

Um acht Uhr wurde die Post gebracht. Ein Brief von Herrn de Nièvres war dabei. Madeleine erbleichte, als sie das Siegel erbrach.

»Herr de Nièvres ist wohlauf«, sagte sie. »Er kommt erst im Laufe des nächsten Monats zurück.«

Bald darauf klagte sie über große Müdigkeit und zog sich zurück.

Es war in dieser Nacht wie in den vorhergehenden: ich verbrachte sie schlaflos, ohne mich hinzulegen. Herr de Nièvres' Brief, so bedeutungslos er sein mochte, trat zwischen uns wie ein aufs neue geltend gemachter Anspruch auf vieles, das der Vergangenheit angehörte; und wenn er nur die Worte »Ich lebe« geschrieben hätte, die Warnung wäre deshalb nicht weniger deutlich gewesen. Ich nahm mir fest vor, Nièvres am kommenden Tage zu verlassen, und handelte damit genau so unüberlegt und ohne Berechnung wie bei meinem Kommen. Um Mitternacht war in Madeleines Zimmer noch Licht; auf der Ahorngruppe, die ihren Fenstern gegenüber vor dem Schloß stand, lag noch der rötliche Schein, durch den ich immer erfuhr, wie lange sie wachte. Meist wurde es sehr spät. Jetzt war der Widerschein eine Stunde nach Mitternacht noch sichtbar. Ich legte eine leichte Fußbekleidung an und tastete mich die Treppe hinunter. Dann schlich ich bis zur Tür von Madeleines Räumen, die Julies Zimmer gegenüber am Ende eines langen Flures lagen. Wenn ihr Gatte abwesend war, schlief nur eine Zofe im Nebenzimmer. Ich horchte und glaubte mehrmals das trockene, nervöse Hüsteln zu vernehmen, das Madeleine nicht unterdrücken konnte, wenn sie aufgeregt war oder sich ärgerte. Ich legte die Hand an den Drücker. Der Schlüssel steckte. Ich ging fort; kam wieder und entfernte mich aufs neue. Mein Herz klopfte zum Zerspringen. Ich war im wahrsten Sinne des Wortes ein Getriebener und zitterte an allen Gliedern. Ich schlich noch eine Zeitlang in völliger Finsternis im Flur auf und ab; dann blieb ich wie angenagelt stehen, weil mir jede Entschlußkraft fehlte. Dieselbe Macht, die mich eines schönen Tages unter dem Eindruck böser Nachrichten mechanisch nach Nièvres gezogen hatte und mich dort als Unheil hatte wirken, fast möchte ich sagen, als Katastrophe hatte hereinbrechen lassen, trieb mich jetzt mitten in der Nacht durch das arglos schlummernde Haus und führte mich bis zu Madeleines Schlafzimmer. Aber wenn ich dort ein Ziel suchte, so geschah es wie im Traum. Sollte ich nicht anders sein als irgendeiner, der keiner Entsagung fähig, der vor Gier blind und in Gefahr ist, ruchlos zu werden? Diese Gedanken arbeiteten halb unbewußt in mir, aber es fiel weder eine Entscheidung zum Guten noch zum Gemeinen. Nur eines war mir klar, obschon es mich der Unentschlossenheit nicht enthob: ich wußte, daß ein Vergehen Madeleines Ende bedeuten, und wußte ebenso, daß ich sie dann ganz gewiß um keine Stunde überleben würde.

Was mich behütet hat, vermag ich nicht zu sagen. Ich fand mich im Park wieder, ohne zu wissen, wie ich dorthin geraten war. Verglichen mit der völligen Finsternis im Hause, war es hier hell, obschon, wenn ich mich recht entsinne, weder Mond noch Sterne schienen. Die Baumgruppen hatten etwas von langen, dunklen Berghängen; unter ihnen wurden die lichten Windungen der Alleen sichtbar. Ich ging, wohin mich der Zufall trieb, und kam zu den Teichen. Die Vögel erwachten und ließen ihre kleinen Stimmen im Schilf vernehmen. Ich trat ins Haus, schloß die Türen hinter mir mit der Geschicklichkeit eines Schlafwandlers oder eines Diebes und warf mich völlig angekleidet aufs Bett.

Vor Tagesanbruch stand ich auf. Der Albdruck, der mich die ganze Nacht durchs Haus getrieben hatte, war gewichen. Nur der eine Gedanke lebte in mir, daß ich noch am selben Tage reisen müsse. Und das sagte ich auch zu Madeleine, als wir uns begrüßten.

»Wie Sie wollen«, antwortete sie. Sie war völlig verwirrt und körperlich und seelisch so mitgenommen, daß es mir weh tat.

»Gehen wir, und machen wir unseren Kranken einen Besuch«, sagte sie gleich nach dem Mittagessen.

Ich begleitete sie, und wir begaben uns ins Dorf. Das Kind, das Julie gepflegt und das sie hatte adoptieren wollen, war am Abend zuvor gestorben. Madeleine ließ sich an die Wiege führen, in der der kleine Leichnam lag, und war nahe daran, ihn zu küssen. Als wir heimkehrten, liefen ihr die Tränen über die Wangen. Immer wieder hörte ich das Wort Kind. Da begriff ich erst, wie dieser Kummer an ihr zehrte; aber gleichzeitig konnte ich die Eifersucht nicht überwinden.

Frühzeitig begann ich, mich zu verabschieden, zuerst von Julie, dann von Herrn d'Orsel, dem ich meinen Dank ruhigen Herzens aussprechen wollte. Darauf wußte ich mit meiner Zeit nichts mehr anzufangen. An einem Leben, das sich ständig und fühlbar von mir löste, hing ich ganz und gar nicht, und so lehnte ich mich denn über das Geländer, das sich an einem Umfassungsgraben hinzog. Dort blieb ich lange stehen und überließ mich dem vollkommenen Stumpfsinn. Wo Madeleine sich aufhielt, wußte ich nicht. Ab und zu glaubte ich, ihre Stimme im Flur zu hören. Dann sah ich sie von einem Hof in den anderen gehen und wieder zurückkehren. Offenbar wollte auch sie nur ihre Unruhe betäuben.

Wo der Wassergraben eine Biegung machte, befand sich unten im Turm eine Art von halbvermauerter Zelle, die ehemals als geheimer Ausgang gedient hatte. Die Brücke, die sie mit den Parkalleen verband, war zerstört. Nur drei Pfeiler standen noch; und auch die waren teilweise überschwemmt und wurden ständig vom schmutzigen, schaumigen Grabenwasser bespült. Mich packte eine unerklärliche Lust, dort den Rest des Tages zu verbringen. Ich ging zwischen den Pfeilern auf und ab, und dann setzte ich mich auf den Boden. Um mich war moderige Düsternis. Ich hörte, wie das Wasser aus der Wäscherei in den breiteren und tieferen Graben floß. An den Füßen spürte ich die Nässe. Mehrmals sah ich Madeleine auf der anderen Seite der Gräben. Sie blickte ins Freie, als suche sie jemanden. Sie verschwand und kam wieder, schwankte offenbar zwischen den drei oder vier Alleen, die vom Schloßhof bis zum Parkende führten, und wählte schließlich den schattigen Ulmenweg, um zu den Teichen zu gelangen. Mit einem Sprung war ich draußen und folgte ihr. Sie bewegte sich rasch, ihre ländliche Frisur saß locker über dem Nacken; ein langer Kaschmirschal hüllte sie ein, als litte sie sehr unter der Kälte. Sobald sie mich hörte, drehte sie sich um. Dann machte sie unvermutet kehrt, ließ mich stehen, ohne mich eines Blikkes zu würdigen, und ging weiter, bis sie die Freitreppe im Schloßhof erreichte. Darauf begann sie, die Stufen hinaufzusteigen. Ich holte sie ein, als sie in dem kleinen Salon stand, der ihr eigenes Reich war und in dem sie sich täglich aufzuhalten pflegte.

»Helfen Sie mir beim Zusammenlegen des Schals«, befahl sie. Aber ihre Gedanken und ihre Augen waren anderwärts, und sie machte alles falsch. Das bestickte Tuch, das wir der Länge nach gefaltet hatten, trennte uns und war schon nichts mehr als ein schmaler Streifen Stoff, von dem jeder ein Ende in der Hand hielt. Wir kamen einander immer näher und brauchten nur noch die beiden Spitzen des Schals zusammenzulegen. Mochte es nun Ungeschicklichkeit oder Schwäche sein, plötzlich entglitt der Saum Madeleines Händen. Sie tat noch einen Schritt; dann taumelte sie zuerst rückwärts, dann vorwärts, und schließlich fiel sie mir in die Arme. Ich fing sie auf, drückte sie ein paarmal gegen meine Brust und bedeckte das süße Geschöpf mit Küssen. Der Kopf war nach hinten gesunken, die Augen waren geschlossen, die Lippen kalt. Kraftlos und wie tot lag sie da. Dann befiel sie plötzlich ein heftiger Krampf. Sie öffnete die Augen, erhob sich auf die Zehenspitzen, um meine Größe zu erreichen, umschlang mich so fest, wie sie konnte; und nun war sie es, die mich küßte.

Ich ergriff sie von neuem und zwang sie, sich gegen meine wütenden Umarmungen zu wehren, wie eine Gefangene, die sich der Schlinge zu entziehen sucht. Sie glaubte, es sei um sie geschehen, und stieß einen Schrei aus; und ich schäme mich, Ihnen sagen zu müssen, daß erst dieser wirkliche Todesschrei in mir das einzige menschliche Gefühl geweckt hat, das mir verblieben war, das Mitleid. Ich spürte, daß ich drauf und dran war, sie zu töten, wußte aber nicht genau, ob es sich um ihre Ehre oder ihr Leben handelte. Jedenfalls darf ich mich meiner Großmut nicht rühmen; so wenig hatte wahres menschliches Empfinden an einer Handlung teil, die völlig unbewußt geschah. Ich ließ sie los, wie ein Raubtier seine Beute losläßt, wenn es aufgehört hat zu beißen. Noch einmal strengte sich das liebe Opfer an; aber es war eine unnütze Mühe, denn ich hielt sie nicht mehr fest. Dann wurde sie von einem Entsetzen geschüttelt, das mich erst ganz darüber belehrt hat, was das Gewissen einer anständigen Frau ist. Ein Schrecken bemächtigte sich ihrer, der mir, wäre ich in der Lage gewesen nachzudenken, bewiesen hätte, wie tief ich mich in ihren Augen erniedrigt hatte. Es war, als fühle sie plötzlich, daß wir das Unterscheidungsvermögen, das aus Pflichtbewußtsein, gegenseitiger Rücksicht und Hochachtung entsteht, verloren hatten und daß das rein gefühlsmäßige Mitleid nur ein Zufall war, dessen Macht jeden Augenblick dahin sein konnte. Mit einer Gebärde des Grauens, die meine Erinnerung noch heute in alle Farben des Schreckens und der Scham taucht, bewegte Madeleine sich langsam zur Tür, und ohne mich aus den Augen zu lassen, wie man es bei einem Bösewicht macht, gelangte sie, rückwärts gehend, zum Flur. Dort erst drehte sie sich um und ergriff die Flucht.

Ich hatte das Bewußtsein verloren, obschon ich mich noch aufrecht hielt. So gut ich konnte, schleppte ich mich bis zu meinem Zimmer und hatte dabei nur den einen Gedanken, daß man mich nur nicht ohnmächtig im Treppenhause finden möchte. Aber als ich vor meiner Tür stand, war es mir unmöglich, mich länger zu halten. Ich besaß nicht einmal mehr die Kraft, sie zu öffnen. Mechanisch überzeugte ich mich, daß niemand im Flur sei. Die letzte Empfindung, die alles andere um eine Sekunde überdauerte, war die Gewißheit, daß Madeleine sich in Sicherheit befinde. Dann fiel ich wie ein Klotz auf die Fliesen.

Mehrere Stunden später, als es schon völlig dunkel war, erwachte ich mit der undeutlichen Erinnerung an einen schrecklichen Vorgang. Es wurde zum Abendessen geläutet; ich mußte hinuntergehen. Ich konnte mich bewegen; meine Beine gehorchten mir; es war jedoch, als hätte man mir einen mächtigen Schlag über den Kopf versetzt. Diese körperliche Lähmung verursachte ein Gefühl allgemeinen Leidens; aber ich konnte keinen Gedanken fassen. Der erste Spiegel, in dem ich mich sah, zeigte mir das seltsam verzerrte Gesicht eines Schemens, der mir so wenig glich, daß ich Mühe hatte, mich zu erkennen. Madeleine erschien nicht; und mir war es gleichgültig, ob sie bei uns war oder anderwärts. Auch Julie gesellte sich nicht zu uns. Sie war müde und verstimmt oder um ihre Schwester besorgt; möglicherweise peinigte sie sogar ein Argwohn. Jedenfalls waren bei diesem eigentümlich hellsichtigen und doch so verschlossenen jungen Mädchen alle Vermutungen erlaubt, wiewohl sie immer zweifelhaft blieben. So saß ich denn den ganzen Abend Herrn d'Orsel allein gegenüber. Ich war stumpfsinnig, unzugänglich und völlig gefühllos; und mir blieb weder die Kraft zum Nachdenken noch die Fähigkeit zu einer Herzensregung.

Es mochte etwa zehn Uhr sein, als Madeleine eintrat. Sie war so verändert, daß mich das Entsetzen packte, und glich einer Genesenden, die um den Tod weiß.

»Ich möchte einen Augenblick mit Herrn de Bray allein sein, lieber Vater«, sagte sie in einem Ton unbeugsamen Entschlusses.

Herr d'Orsel erhob sich sofort, gab seiner Tochter einen väterlichen Kuß und ging hinaus.

»Sie werden morgen reisen«, sagte Madeleine. Sic sprach im Stehen. Auch ich stand.

»Ja.«

»Und wir werden uns niemals wiedersehen.«

Ich erwiderte kein Wort.

»Nie«, fuhr sie fort, »verstehen Sie mich? Nie. Ich habe zwischen uns das einzige Hindernis geschoben, das eine Umkehr unmöglich macht.«

Ich warf mich ihr zu Füßen und ergriff ihre beiden Hände. Sie leistete keinen Widerstand. Dann brach ich in ein Schluchzen aus. Eine Anwandlung von Schwäche schnitt ihr die Stimme ab. Sie zog ihre Hände zurück, gab sie mir aber wieder, sobald sie sich stärker fühlte.

»Ich werde alles tun, was in meiner Macht steht, um Sie zu vergessen. Vergessen auch Sie mich! Ihnen wird es leichter fallen. Heiraten Sie irgendwann, wann immer Sie mögen, und glauben Sie nicht, daß Ihre Frau auf mich eifersüchtig zu sein braucht! Denn zu jener Zeit bin ich nicht mehr am Leben, oder ich bin glücklich.«

Sie zitterte so, daß sie dem Umsinken nahe war.

»Leben Sie wohl!«

Ich blieb auf den Knien, mit ausgestreckten Armen, und wartete auf ein liebevolles Wort, das sie jedoch nicht sprach. Aber dann wurde es ihr doch noch durch eine letzte Anwandlung von Nachgiebigkeit oder Mitleid entrissen.

»Mein armer Freund«, sagte sie, »so weit mußte es kommen. Wenn Sie wüßten, wie sehr ich Sie liebe! Gestern hätte ich es nicht aussprechen können. Heute darf ich es gestehen, weil es eben dieses verbotene Wort ist, das uns für immer trennt.«

Sie, die noch ganz erschöpft gewesen war, schien eine wunderbare Kraft in sich entdeckt zu haben, die sie plötzlich stärkte. In mir war nichts als Schwäche.

Sie fügte, glaube ich, noch ein oder zwei Worte hinzu, die ich nicht mehr zu erfassen vermochte. Dann entfernte sie sich langsam, wie eine Erscheinung, die allmählich vergeht. Ich habe sie nie wiedergesehen, weder am selben Abend, noch am folgenden Tage, noch überhaupt jemals.

Ich reiste bei Morgengrauen, ohne mich von irgend jemandem zu verabschieden. Ich vermied die Fahrt durch Paris und ließ mich sofort in einen der äußersten Vororte, und zwar zu dem Hause bringen, in dem Augustin wohnte. Es war Sonntag. Ich traf ihn daheim.

Beim ersten Blick begriff er, daß mir etwas zugestoßen war. Anfangs glaubte er, Frau de Nièvres sei tot, weil er sich bei der vollkommenen Lauterkeit, die ihm als Mann wie als Ehegatten eigen war, kein größeres Unheil vorzustellen vermochte. Als ich ihm dann erzählte, was wirklich geschehen war, sagte er: »Einen Kummer solcher Art kenne ich nicht, aber ich beklage Sie von ganzem Herzen.«

Ich zweifelte nicht an der Aufrichtigkeit seiner Worte, zumal er Katastrophen im Auge hatte, wie er sie bei der Unsicherheit seiner eigenen Zukunft stets gewärtigen mußte.

Er arbeitete, als ich überraschend eintrat. Seine Frau saß neben ihm; auf ihrem Schoß hatte sie ein kleines, sechs Monate altes Kind, das während meiner freiwilligen Verbannung zur Welt gekommen war.

Sie lebten glücklich. Aus einer gewissen Wohlhabenheit schloß ich, daß ihre Verhältnisse sich gebessert hatten. Sie stellten mir ein Lager zur Verfügung. Die Nacht war entsetzlich; ein Sturm, wie er nur Ende Oktober möglich ist, tobte ununterbrochen vom Abend bis zum Sonnenaufgang. Bei dem langen, trüben Gesang von Regen und Wind malte ich mir aus, was derselbe Wind wohl vor den Zimmern Madeleines und in ihrem Schlaf anrichten mochte, wofern sie überhaupt schlief. Über diese kindliche und rein körperliche Vorstellung ging mein Denken jedoch nicht hinaus. Als das Unwetter vorüber war, nötigte Augustin mich zu einem Spaziergang, obgleich es noch sehr früh war. Bis zum Aufbruch nach Paris hatte er noch eine Stunde Zeit. Er führte mich in den Wäldern umher, die der Nachtwind verwüstet hatte. Das Wasser lief noch über die aufgeweichten Pfade und schwemmte die letzten Blätter des Jahres fort.

Wir gingen lange, bevor ich mir klarwurde, welcher dringende Anlaß mich zu Augustin geführt hatte. Endlich fiel mir ein, daß ich gekommen war, um von ihm Abschied zu nehmen. Anfangs glaubte er, es sei ein verzweifelter Entschluß, den ich erst tags zuvor gefaßt hätte und der vernünftigen Einwendungen gegenüber nicht standhalten würde. Als er dann aber sah, daß meine Entscheidung schon vor langer Zeit gefallen, daß sie das Ergebnis einer Selbstprüfung sei, auf die er nichts zu erwidern habe, und daß sie früher oder später unter allen Umständen reif geworden wäre, hielt er jede Auseinandersetzung mit mir sowohl über meine Person als auch über unsere Zeit für überflüssig. Er sagte: »Ich denke und empfinde nicht viel anders als Sie. Ich weiß, daß ich wenig bedeute, halte mich darum aber nicht für minderwertiger als den Durchschnitt. Aber ich darf nicht wie Sie bis zuletzt konsequent bleiben. Sie werden auf diskrete Weise fahnenflüchtig; ich bleibe, aber nicht aus Vermessenheit, sondern weil es nicht anders geht und weil die Pflicht mich zwingt.«

»Ich bin müde«, erwiderte ich, »und brauche nichts so nötig wie Ruhe.«

Wir trennten uns in Paris mit den Worten »Auf Wiedersehen«, wie es in der Regel geschieht, wenn das Wort »Lebe wohl« zuviel Gewicht besitzt, trafen jedoch über Ort und Zeitpunkt einer etwaigen späteren Begegnung keine Vereinbarung. Mit ein paar kleinen Angelegenheiten, die noch zu erledigen waren, betraute ich meinen Diener. Ich selbst verabschiedete mich nur von Olivier, der sich anschickte, Frankreich zu verlassen. Nach meinem Aufenthalt in Nièvres fragte er nicht. Als er mich sah, wußte er sofort, daß alles zu Ende war.

Ich brauchte mit ihm nicht mehr über Julie und er mit mir nicht mehr über Madeleine zu sprechen. Unsere mehr als zehnjährige Freundschaft war plötzlich, wenigstens für lange Zeit, zerstört.

»Versuche, glücklich zu werden«, sagte Olivier, als rechne er für mich nicht auf mehr Glück als für sich selber.

Drei Tage nach meiner Abfahrt aus Nièvres war ich in Ormesson. Ich verbrachte die Nacht bei Frau Ceyssac, die sich bei meiner Rückkehr mancherlei dachte und mir zu verstehen gab, daß sie als gottesfürchtige Frau und Pflegemutter in ihrem zärtlichen Mitgefühl meinen Irrweg immer beklagt habe. Ohne mir auch nur eine einzige Stunde wirklicher Ruhe zu gönnen, setzte ich am nächsten Tage die elende Reise fort, die mich an meinen Herd zurückführen sollte wie ein waidwundes Tier, das schweißt und doch um keinen Preis unterwegs verenden will; und noch am selben Tage befand ich mich bei einbrechender Dunkelheit angesichts von Villeneuve. Am Dorfrande stieg ich aus; und während der Wagen auf der Straße dahinrollte, schlug ich einen Seitenweg ein, der mich durch den Sumpf zu meinem Hause brachte.

Seit vier Tagen und vier Nächten schnürte mir ein drükkender Schmerz die Brust zusammen, und meine Augen waren so trocken, als hätte ich mein Lebtag keine Träne vergossen. Beim ersten Schritt auf dem Wege nach Les Trembles packte mich die Erinnerung, so daß ich zu zittern anfing. Mein Schmerz brannte jedoch nur um so mehr, obschon seine Heftigkeit nachließ.

Es war sehr kalt, der Boden gefroren, und die Finsternis so weit vorgeschritten, daß Küstensaum und Meer eine einzige klare, ganz schwarze Linie bildeten. Am Himmelsrande wurde das Tageslicht von Minute zu Minute bleicher und erlosch zuletzt. Fern an der Steilküste fuhr ein Wagen; deutlich hörte man das Rütteln und Kreischen auf der vereisten Straße. Das Wasser der Sümpfe hatte sich mit einer Eisschicht überzogen; nur an einzelnen Stellen waren breite Tümpel wärmeren Wassers, die niemals gefroren, noch in leiser Bewegung, und sie hatten auch noch ihre helle Farbe. Am Kirchturm von Villeneuve schlug es sechs. Stille und Dunkelheit wurden so groß, daß man hätte glauben können, es sei Mitternacht. Ich ging auf dem erhöhten Damm; und plötzlich fiel mir ein, daß ich an ebender Stelle, an der ich mich befand, ehemals, in klaren, kalten Nächten, Enten gejagt hatte. Und da vernahm ich auch schon über meinem Kopf das eigenartige, kurze Surren, das beim raschen Dahinziehen dieser Vögel entsteht. Ein Gewehrschuß ertönte. Ich sah das Aufblitzen des Pulverdampfes. Der Knall brachte mich zum Stehen. Ein Jäger trat aus seinem Versteck. Er bewegte sich in der Richtung des Strandes und ging dort auf und ab. Ein anderer sprach mit ihm. Bei diesem Austausch von kurzen, ziemlich leise gesprochenen Worten, deren Klang die Nacht jedoch verstärkte, hörte ich eine Stimme, die mich eigentümlich berührte. »Andreas!« rief ich, und nach einer Pause noch einmal: »Andreas!«

»Was?« erwiderte die Stimme, und jetzt war jeder Zweifel behoben.

Andreas ging mir ein paar Schritte entgegen. Ich erkannte ihn nur undeutlich, obgleich er den dunklen Weg mit seiner ganzen Gestalt überragte. Er bewegte sich langsam, ja er schien sich auf dem von vielen Hufen zerwühlten Boden voranzutasten. Immer wieder sagte er: »Wer ist da? Wer ruft mich?« Dabei wurde er immer aufgeregter, und immer weniger sträubte er sich, den zu erkennen, der ihn rief und den er in weiter Ferne wähnte.

»Andreas«, sagte ich zum dritten Male, als er nur noch ein oder zwei Schritte zu gehen hatte.

»Wie? Was? ... Oh! ... Gnädiger Herr ... Herr Dominique!« Bei diesen Worten fiel sein Gewehr zu Boden.

»Ja, ich bin es, ich bin es wirklich, mein guter Andreas.«

Ich warf mich in die Arme meines alten Dieners. Mein Herz war endlich am Ende seiner Qual. Es befreite sich selbst und erlöste sich in einem gewaltigen Schluchzen.

XVIII

Dominique hatte seine Erzählung beendet. Die letzten Worte sprach er in dem sich überstürzenden Tonfall eines Menschen, der sich beeilt, und mit dem Ausdruck des traurigen Beschämtseins, der sich nach allzu vertraulichen Mitteilungen meistens einstellt. Jetzt hielt er inne. Ich ahnte, was diese Aussprache ein empfindliches, seit längerer Zeit auf sich selbst zurückgedrängtes Herz gekostet haben mußte, und ich dankte ihm mit einem zärtlichen Händedruck, den er nur durch ein Kopfnicken erwiderte. Oliviers Brief, dessen trauriger Abschied seiner Erzählung gewissermaßen als Auftakt gedient hatte, lag offen vor ihm. Er stand und sah zum Fenster, das einen ruhigen Fernblick über Flachland und Meer einräumte, und verharrte einige Zeit in einer stummen Benommenheit, die ich nicht zu stören wagte. Er war bleich. Sein Gesicht, das die Ermattung ein wenig verändert und der Abglanz der früheren leidenschaftlichen Zeit ab und zu wohl auch verjüngt hatte, gewann allmählich den Ausdruck zurück, der seinen Jahren entsprach; und die Falten, aber auch seine heitere Überlegenheit traten aufs neue hervor. Mit dem sinkenden Tage vergrößerte sich der Widerschein friedlicher Bilder auf seinem Antlitz. Dämmerung füllte den engen, verstaubten kleinen Raum, in dem eine lange Reihe von Beschwörungen, deren mehr als eine schmerzlich gewesen war, ihr Ende fand. Von dem Gekritzel an den Wänden sah man fast nichts mehr. Das äußere und das innere Bild verblaßten also gleichzeitig, als versänke die ganze Vergangenheit, die ein Zufall ans Licht gebracht hatte, im schwankenden Hinsterben des Abends und in der Vergessenheit, um nie wieder an den Tag zu treten.

Stimmen von Arbeitern, die an den Parkmauern entlanggingen, entrissen uns beide der quälenden Frage, ob wir schweigen oder ein sinnlos gewordenes Gespräch wiederaufnehmen sollten.

»Es ist Zeit, hinunterzugehen«, sagte Dominique, und ich folgte ihm zum Gutshof, wo jeden Abend um die gleiche Stunde einige Überwachungsarbeiten zu erledigen waren. Die Rinder kehrten von der Arbeit des Pflügens heim; und das war der Augenblick, in dem der Hof sich belebte. Zwei oder drei Paare gingen im selben Joch; denn angesichts des aufgeweichten und daher besonders zähen Bodens hatte man die Gespanne verdreifachen müssen. Sie kamen an, ihre Deichseln hinter sich herziehend, mit schnaubenden Nüstern, gesenkten Hörnern, bebenden Flanken und schmutzbespritzten Bäuchen. Die Tiere, die für die Ablösung bestimmt waren und die an diesem Tage nicht gearbeitet hatten, brüllten hinten im Stall, als sie ihre tätigen Kameraden heimkehren hörten. Anderwärts beunruhigten sich die Schafe, die man in ihrem Gehege eingeschlossen hatte. Pferde scharrten und wieherten, weil das Futter über ihren Köpfen hin und her geschoben wurde.

Die Leute versammelten sich um ihren Herrn, entblößten Hauptes und mit Anzeichen von Müdigkeit. Dominique erkundigte sich aufs genaueste, ob die neuen Werkzeuge die erwarteten Ergebnisse erzielt hätten; dann gab er seine Anweisungen für den folgenden Tag. Er vervielfachte sie besonders, soweit sie die Aussaat betrafen; und ich begriff, daß keineswegs das ganze Saatgetreide, das er zur Verteilung ausgab, für seinen eigenen Grund und Boden bestimmt war. Zweifellos handelte es sich um viele Leihgaben, um Vorschüsse oder andere Hilfe.

Als er mit seinen Anordnungen zu Ende war, geleitete er mich wieder auf die Terrasse. Der Himmel hatte sich aufgeklärt. Der Herbst war durch den Wechsel von Sonnenschein und lauem Regen ungewöhnlich mild; und obschon wir uns bereits in der zweiten Novemberhälfte befanden, fühlte jedes wirklich ländliche Gemüt ein tiefes Behagen. Der Tag, der in den Mittagsstunden trübe gewesen war, endete in einem goldenen Abend. Die Kinder spielten im Park, während Frau de Bray in der zu den Wäldern führenden Allee auf und ab ging, um ihr Spiel aus der Nähe zu überwachen. Sie verfolgten sich durch das Gebüsch und stießen dabei Schreie von Tieren aus, die es gar nicht gibt, weil sie glaubten, sich damit besonders zu erschrecken. Drosseln, die letzten Vögel, die sich zu so später Stunde noch vernehmen ließen, antworteten ihnen mit seltsam abgerissenen Tonfolgen, die lauten Lachsalven glichen. Das letzte Tageslicht ruhte friedlich auf dem langen Unterbau der Terrasse. Die bereits spärlich gewordenen Weinblätter standen mit scharfen Umrissen gegen den bleichen Himmel. Vorwitzige Ratten, die im Gebälk hausten, kernten behutsam die wenigen eingeschrumpften Trauben aus, die noch an den Reben hingen. Dieses ruhige Ausklingen eines aufregenden Tages, dem schönere folgen sollten; das Versprechen des sich aufheiternden Himmels; der Jubel der Kleinen, der den schon halb entblätterten Park belebte; die zuversichtliche, glückliche Mutter, die eine zarte Brücke war für die Liebe des Vaters zu den Kindern und die Liebe der Kinder zum Vater; er selbst, der ernst, nachdenklich und entschlossen mit behenden Schritten die üppigen bunten Laubengänge durchmaß; dieses Vermähltsein von Überfluß und Frieden; dieses vollkommene Glück: das alles gab unserem Gespräch einen so schönen, so angemessenen und so harmonischen Abschluß, daß ich Dominiques Hand ergriff und sie noch fester drückte als gewöhnlich.

»Ja, lieber Freund«, sagte er, »ich bin am Ziel. Sie wissen, welchen Preis ich gezahlt habe; aber jetzt sind Sie auch Zeuge, wie ich belohnt worden bin.« Seine Gedanken fanden offenbar noch keine Ruhe. Als wollte er sich des längeren über eine Entwicklung auslassen, deren Ergebnis ich vor Augen hatte, fuhr er langsam und in völlig verändertem Tone fort: »Viele Jahre sind seit dem Tage vergangen, an dem ich an meinen Herd zurückgekehrt bin. Keiner hat die Geschehnisse, von denen ich Ihnen berichtet habe, vergessen; aber noch sicherer ist, daß keiner gern bei ihnen verweilt. Zeit und örtliche Trennung haben zwischen den wenigen Personen meiner Erzählung eine Zone des Schweigens geschaffen; und in allen lebt die Überzeugung, daß sie sich gegenseitig vergeben, daß sie ihre Schuld gesühnt haben und daß sie glücklich sind. Olivier ist, meine ich, der einzige, der sich bis zur letzten Stunde von seinen Gedankengängen und seinen Ängsten nicht hat befreien können. Sie entsinnen sich, was ihm als der Todfeind galt, den er mehr als alles andere fürchtete. Und so darf man denn wohl behaupten, daß er im Zweikampf mit der Langeweile den kürzeren gezogen hat.«

»Und Augustin?« fragte ich.

»Seine Freundschaft ist die einzige, die die alten Zeiten überdauert hat. Er hat geleistet, was er leisten wollte; und zwar ist er auf schnurgeradem Wege dahin gelangt, dem unerschrockenen Wanderer gleich, der nach einer langen und beschwerlichen Reise sein Ziel erreicht. Er ist keineswegs ein bedeutender Mann, aber er besitzt einen gewaltigen Willen. Heute steht er im Blickfeld von vielen Zeitgenossen; und – bei Gott kein alltäglicher Fall – eine Lauterkeit wie die seine vermochte so hoch zu klimmen, daß anständige Menschen Lust verspüren, sie nachzuahmen.«

»Was mich angeht«, fuhr Dominique fort, »so bin ich dem Beispiel, das sein standhaftes Herz mir schon in der Frühzeit seines Lebens gegeben hat, sehr spät gefolgt. Dabei habe ich nicht weniger Glück gehabt als er; aber an Verdienst und Mut stehe ich ihm weit nach. Er hat schon als junger Mann die Ausgeglichenheit erreicht, die mir erst jetzt gelungen ist. Dafür bringe ich meinem Dasein etwas, was er nicht kennt, nämlich die Erfahrung, daß ich für mein früheres Leben, das ganz gewiß nicht gut war, zu büßen und ein Unrecht wiedergutzumachen habe, das noch heute weiterwirkt. Denn meiner Meinung nach gehören alle Frauen, sofern sie der Hochachtung würdig sind, auf geheime Weise durch den gleichen Anspruch auf Tugend und Ehre zusammen. Den Entschluß, mich aus der Welt zurückzuziehen, habe ich nie bereut. Ein Mann, der diesen Entschluß faßt, bevor er dreißig wird, und ihm treu bleibt, beweist hinlänglich, daß er nicht für das öffentliche Leben taugt, aber auch nicht für die Leidenschaften. Im übrigen glaube ich nicht, daß mein bescheidenes Wirken einen schlechten Ausgangspunkt bildet für die Beurteilung derer, die sich in der Welt bewegen. Ich stelle fest, daß die Zeit manchen Ansichten von mir, die ehemals Zweifel zuließen, recht gegeben hat; und wie es mit manchen Prophezeiungen von mir gegangen ist, so könnten vielleicht auch meine traurigen Einsichten Bestätigung finden. Man spricht vom Sinken der geistigen Temperatur eines Landes, wenn eine müde Generation von einer noch müderen abgelöst wird und wenn hohe Ingenien ohne Nachfolge bleiben, und behauptet, es bestehe nicht viel Hoffnung für eine Zeit, in der der Ehrgeiz ein großes Arbeitsfeld findet, die Art seiner Beteiligung jedoch nicht zu rechtfertigen vermag; in der man Vergängliches mit Dauerndem verwechselt; in der alle Welt darüber klagt, daß es an guten Leistungen fehle, während niemand begreift, daß keine Männer da sind . . .«

»Wollen Sie mit diesen Worten sagen, daß sie für unsere Tage zutreffen?« warf ich ein.

»Ich möchte es glauben, will jedoch zu dieser wie zu mancher anderen Frage lieber schweigen. Es steht einem Fahnenflüchtigen nicht wohl an, über die vielen Verwegenen herzuziehen, die noch in der Kampfzone leben, der er entflohen ist. Im übrigen handelt es sich um mich, um mich allein; und um endlich mit der Hauptperson dieser Erzählung aufzuräumen, will ich Ihnen sagen, daß mein Leben eben beginnt. Ich habe Vergnügen an der Landwirtschaft und verstehe etwas davon – bitte vergeben Sie mir diese kleine Eitelkeit –, und ich werde meine Felder besser bestellen als die Gefilde meines Geistes; mit geringerem Aufwand, weniger Sorgen und mehr Beziehung zur Umwelt, ja, so Gott will, zum Vorteil derer, die in meiner Nähe leben. Sonst hätte ich Schöpfungen, deren größter Feind das Mittelmäßige ist, mit Plattheiten verdorben, die geringen Begabungen nun einmal anhaften. Heute darf ich – zur großen Befriedigung meines Geistes, der keineswegs verbraucht ist – die gesunde Praxis der Landwirtschaft mit einem Körnchen Phantasie würzen und mit . . .«

Er suchte nach einer Bezeichnung, die auf bescheidene Art zum Ausdruck bringen sollte, was seine neue Lebensaufgabe ihrem eigentlichen Wesen nach war.

»Und mit Wohltätigkeit«, ergänzte ich.

»Gut«, fuhr er fort, »ich nehme das Wort im Namen von Frau de Bray an; denn hier befinden wir uns in Bezirken, in denen sie ganz allein zu schalten und zu walten hat.«

In eben dem Augenblicke brachte Frau de Bray ihre Kinder, die ganz außer Atem und völlig durchnäßt waren. Eine Weile herrschte vollständiges Schweigen. Wie eine Symphonie in immer kürzeren und immer atemloseren Akkorden ausklingt, so vernahmen wir nichts als das Flüstern der Drosseln, die auf den Zweigen noch schwatzten, aber nicht mehr lachten.

Wenige Tage nach unserem Gespräch, das mir den Zugang zu den Geheimnissen einer Seele verschafft hatte, deren eigentliche Eigenart im treuesten Befolgen des uralten Gebotes der Selbstprüfung bestand, hielt im Hof von Les Trembles eine Postkutsche.

Ihr entstieg ein Mann mit spärlichem, grauem, kurzgeschnittenem Haar. Sein gesamtes Äußeres, seine Gesichtszüge, sein Betragen, vor allem die Bestimmtheit seines Auftretens deuteten auf einen ungewöhnlichen Menschen, der sich sogar auf Reisen mit wichtigen Angelegenheiten beschäftigt. Übrigens war er vorzüglich gekleidet, und auch aus diesem Umstande durfte man auf Gewohnheiten schließen, wie sie nur zu den gehobeneren Verhältnissen der großen Welt und einer besonderen Stellung gehören. Lebhaft musterte er, was er vom Schloß sehen konnte: den Unterbau der Terrasse und ein Stück Park. Dann hob er den Blick zu den Türmen und machte eine Wendung, um die kleinen Fenster im Dachgeschoß zu betrachten, hinter denen ehemals Dominiques Zimmer gelegen hatten.

Dieser trat auf die Terrasse, und sie begrüßten einander.

»Oh, was für eine schöne Überraschung, mein guter, alter Freund«, sagte Dominique, während er sich dem Gaste näherte und ihm mit großer Herzlichkeit die beiden Hände entgegenstreckte.

»Guten Tag, de Bray«, erwiderte dieser in dem klaren und ungezwungenen Tonfall eines Mannes, dem die Wahrheit offenbar sein Leben lang die Lippen genetzt hatte.

Es war Augustin.

NACHWORT

Eugène Fromentin, der im Jahre 1820 in St. Maurice bei La Rochelle zur Welt gekommen ist, gehört zu den nicht eben häufigen Doppelbegabungen, bei denen der Maler dem Schriftsteller die Hand reicht und bei denen beide gleichzeitig nach Geltung trachten. Vorwiegend hat er sich allerdings zum bildenden Künstler berufen gefühlt, und als solcher hat er auch alle nur erdenklichen Ehrungen genossen. Heute sind seine Bilder, die uns allzu laut, allzu pathetisch und allzu wirklichkeitsnah anmuten, durch die glänzende Entwicklung der französischen Malerei im neunzehnten und im beginnenden zwanzigsten Jahrhundert in den Hintergrund gedrängt worden, während die wenigen Werke seiner Feder bis in unsere Tage denselben ansehnlichen Platz behaupten, der ihnen gleich nach ihrem Erscheinen eingeräumt worden ist.

Dem Maler Fromentin das entscheidende Gepräge gegeben und den Schriftsteller aus der Taufe gehoben haben seine Reisen nach Nordafrika Ende der vierziger und Anfang der fünfziger Jahre. Eine Reihe seiner lange Zeit berühmt gewesenen Gemälde ist damals entstanden, und seine beiden Tagebücher haben ihm sofort einen Namen in der literarischen Welt verschafft. Man erblickt in ihnen das Zeugnis eines universalen Geistes, der Flora und Fauna, Himmelserscheinungen und Erdformationen, Volksbräuche, Geschichte und Menschen jedes Standes und Alters mit der gleichen Liebe betrachtet und sich als ein so vortrefflicher Darsteller erweist, daß er beim winzigsten Detail zu verharren vermag, ohne das Ganze jemals aus den Augen zu verlieren.

Im Jahre 1862 veröffentlicht Fromentin seinen einzigen Roman. Der Erfolg dieses Buches ist wie der seiner beiden ersten Arbeiten eigentümlich konstant geblieben; und wenn eine verständnisvolle Kritik ihm nach der Publikation vorausgesagt hat, daß es bei dem breiteren Publikum nicht viel Glück haben, aber um so mehr die Beachtung und die Liebe verwöhnter Leser gewinnen werde, so gilt dieses Urteil heute nicht weniger als damals. Die Auflagenziffern bewegen sich seit jenen Tagen langsam, aber dauernd in steigender Richtung; und der Roman, der seinen Weg im Schatten der Meisterwerke seines Jahrhunderts hat gehen müssen, verschwand niemals, auch nicht vorübergehend, im Dunkel.

Bei genauerem Zusehen weist er wohl einige Schwächen auf, denen ein geübterer Autor und denen auch Fromentin selbst bei größerer Erfahrung ausgewichen wäre. Allein die subtile Psychologie, die den verschlungensten Pfaden und Irrpfaden zweier Liebender nachgeht, die viel zu erleiden haben, weil religiöses und sittliches Verantwortungsgefühl ihnen verbieten, schuldig zu werden, verbindet sich mit einer so großen Fähigkeit, für die leisesten und differenziertesten Seelenregungen den richtigen sprachlichen Ausdruck zu finden, daß die wenigen Mängel völlig verblassen. Wenn der Autor sich in den Widmungszeilen bei Frau George Sand, seiner Gönnerin, entschuldigt, daß er nicht alle Fehler ausgemerzt habe, so bezieht er sich dabei lediglich auf Verbesserungsvorschläge, die die Schriftstellerin gemacht hatte und von denen wir heute, ohne respektlos sein zu wollen, behaupten dürfen, daß der Autor sie zum Segen seines Werkes nur zum allergeringsten Teil akzeptiert hat. Noch erstaunlicher als jene Fehlurteile ist die Rüge, die der berühmte Sainte-Beuve dem Verfasser des *Dominique* erteilt. Er ist der Meinung, es sei unnatürlich, daß das standhafte Liebespaar beim letzten Zusammensein nicht der Versuchung erliege. Dabei fordern der Sinn des Buches und die künstlerische Absicht des Dichters nichts dringender als den Sieg der Lauterkeit des Paars. So völlig recht hat oft ein Anfänger, der mit seinem Werk lebt; und so ganz versagen bisweilen eine große Künstlerin und ein erprobter Kenner, wenn Theorien dem liebenden Verstehen des anderen im Wege sind.

Wie weit dem Werk persönliche Erlebnisse zugrunde liegen, wissen wir nicht. Keinesfalls darf es zu den Ich-Romanen gerechnet werden; denn der Held der Erzählung und der Verfasser dürften nur in wenigen Zügen übereinstimmen. Als sicher angenommen werden kann wohl nur, daß die Schilderung von Landschaft und Landleben, die zum Schönsten des Buches gehört, auf eigenen Anschauungen und Erfahrungen des Dichters beruht. Zu erwähnen ist nur noch ein Brief des alternden Fromentin, in dem er berichtet, daß er nach vielen Jahren dem Vorbild seines Olivier wiederbegegnet sei und daß dieses Vorbild immer noch als reicher Mann auf seinen Gütern ein planloses, keineswegs zu billigendes Dasein führe. Im Gegensatz zur Romanfigur ist der wirkliche Mensch also am Leben geblieben.

Der Krieg 1870/71 hat Fromentin, wie auch manchen seiner bedeutenderen Landsleute, völlig aus dem Geleise geworfen; und fast mehr noch als der deutsche Sieg hat ihn das Schreckensregiment der Kommune bestürzt. Sein Verhältnis zu Deutschland hat damals eine betrübliche Wendung erfahren. Während im *Dominique* einige Personen bei den empfindsamen Promenaden, die sie »deutsche Spaziergänge« nennen, von Klopstock und Goethe schwärmen, stehen in einem der letzten Briefe der *Korrespondenz* anläßlich eines Urteils über Heine die Worte: »Das Deutschland von ehemals, das wir geliebt haben; das Deutschland vor der Zeit Preußens.«

Dank seiner umfangreichen Tätigkeit – neben seiner Arbeit leitet er als hochverehrter Lehrer eine Malschule; außerdem wirkt er ständig in der Jury für die jährlichen Ausstellungen mit – gewinnt Fromentin seine alte Lebenssicherheit und Lebensfreude zurück. Im Jahre 1875 unternimmt er eine Reise nach Belgien und Holland, um die großen Niederländer zu studieren; und das Ergebnis, *Les Maîtres d'autrefois*, ist ein heute noch vielgelesenes Werk. Zwei Monate nach seiner Aufnahme in die Akademie entreißt der Tod den erst Sechsundfünfzigjährigen einem gesegneten Dasein.

Ludwig Wolde